RAVENCLAW

재치
배움
지혜

해리 포터 시리즈

읽는 순서:
해리 포터와 마법사의 돌
해리 포터와 비밀의 방
해리 포터와 아즈카반의 죄수
해리 포터와 불의 잔
해리 포터와 불사조 기사단
해리 포터와 혼혈 왕자
해리 포터와 죽음의 성물

라틴어로도 읽을 수 있는 책:
해리 포터와 마법사의 돌
해리 포터와 비밀의 방

웨일스어, 고대 그리스어, 아일랜드어로도 읽을 수 있는 책:
해리 포터와 마법사의 돌

함께 읽을 책
신비한 동물 사전
퀴디치의 역사
(코믹 릴리프와 루모스를 돕고자 출간되었음)
음유시인 비들 이야기
(루모스를 돕고자 출간되었음)

이 세 권은 또한 다음의 시리즈로 출간되었습니다:
호그와트 라이브러리
(코믹 릴리프와 루모스를 돕고자 출간되었음)

일러스트 에디션
짐 케이 일러스트
해리 포터와 마법사의 돌
해리 포터와 비밀의 방
해리 포터와 아즈카반의 죄수
해리 포터와 불의 잔

올리비아 L. 길 일러스트
신비한 동물 사전

크리스 리델 일러스트
음유시인 비들 이야기

J.K. ROWLING

해리포터

HARRY POTTER

불의 잔

3

J.K. 롤링 지음 | 강동혁 옮김

RAVENCLAW

문학수첩

HARRY POTTER & THE GOBLET OF FIRE

First published in Great Britain in 2000 by Bloomsbury Publishing Plc
This edition Published in October 2020
Text © J.K. Rowling 2000
Cover and interior illustrations by Levi Pinfold © Bloomsbury Publishing Plc 2020
Wizarding World is a trade mark of Warner Bros. Entertainment Inc.
Wizarding World Publishing and Theatrical Rights © J.K. Rowling
Wizarding World characters, names and related indicia are TM and © Warner Bros.
Entertainment Inc. All rights reserved.
Korean translation copyright © 2022 by Moonhak Soochup Publishing Co., Ltd.

리들리 씨를 추모하며

피터 롤링에게,

또한 해리가 벽장에서 나올 수 있게 해 준

수전 슬래든에게.

CONTENTS

22장
예상치 못한 과제

"포터! 위즐리! 집중 좀 해라!"

목요일 변환 마법 수업 시간, 짜증이 깃든 맥고나걸 교수의 목소리가 채찍처럼 휘둘러졌다. 해리와 론 둘 다 화들짝 놀라 고개를 들었다.

수업이 끝날 무렵이었다. 이미 수업 과제도 마쳤다. 학생들이 기니피그(Guinea pig)로 바꿔 놓은 뿔닭(Guinea fowl)이 커다란 우리에 갇힌 채 맥고나걸 교수의 책상 위에 놓여 있었다(네빌의 기니피그에는 여전히 닭 털이 달려 있었다). 칠판에서 숙제도 옮겨 적었다("하나의 종을 다른 종으로 바꾸고자 할 때 적합한 변환 마법 주문에 대해 사례를 들어 설명하시오"). 종이 울리기 일보 직전이었다. 각각 프레드

와 조지의 속임수 마법 지팡이를 들고 교실 뒷자리에서 칼
싸움을 하던 해리와 론이 고개를 들었다. 론은 이제 깡통
앵무새를, 해리는 고무 생선을 들고 있었다.

"포터와 위즐리가 기꺼이 나이에 맞는 행동을 보여 준 김
에……." 해리가 들고 있던 생선 머리가 툭 꺾이더니 바닥
으로 소리 없이 떨어지자(론이 들고 있던 앵무새 부리가 조
금 전 생선 머리를 잘랐기 때문이었다) 맥고나걸 교수가 화
난 눈초리로 두 사람을 바라보며 말했다. "여러분 모두에
게 알려 줄 소식이 있습니다. 크리스마스 무도회가 다가오
고 있습니다. 트라이위저드 대회의 전통이자 외국에서 온
손님들과 친교를 맺는 기회이기도 하죠. 그리고, 무도회는
4학년 이상만 참가할 수 있습니다. 여러분이 원하면 하급
생을 무도회에 초대할 수는 있지만……."

라벤더 브라운이 새된 소리로 키득거렸다. 파르바티 파
틸이 그녀의 옆구리를 쿡 찔렀다. 웃지 않으려고 기를 쓰느
라 파르바티의 얼굴도 잔뜩 일그러져 있었다. 두 사람 모두
해리를 힐끔힐끔 돌아보았다. 맥고나걸 교수는 그런 그들
을 못 본 척했는데, 해리는 그녀가 방금 그와 론을 야단쳐
놓고 그렇게 구는 건 굉장히 불공평하다고 생각했다.

"정장 로브를 입도록 하세요." 맥고나걸 교수가 말을 이

었다. "무도회는 크리스마스 당일 저녁 8시에 대연회장에서 시작해 자정에 끝날 겁니다. 자, 그럼⋯⋯."

맥고나걸 교수는 일부러 말을 끊고 교실을 둘러보았다.

"크리스마스 무도회는 당연히 우리 모두가⋯⋯ 음⋯⋯ 머리를 풀고 느긋하게 즐길 수 있는 기회입니다." 그녀가 못마땅한 목소리로 말했다.

라벤더는 소리를 틀어막으려고 입을 꽉 누르며 아까보다도 심하게 키득거렸다. 이번에는 해리 또한 뭐가 웃긴지 알 수 있었다. 머리카락을 단단히 말아 올린 맥고나걸 교수는 머리카락이든 긴장이든 결코 풀어 본 적이 없는 모습이었던 것이다.

맥고나걸 교수가 말을 이었다. "하지만 그렇다고 우리가 호그와트 학생들에게 기대하는 품행의 기준이 완화될 거라는 얘기는 **아닙니다.** 만약 그리핀도르 학생이 어떤 식으로든 학교의 명예를 실추시킨다면 나는 굉장히 화가 날 겁니다."

종이 울리자 모두가 가방을 싸서 어깨에 걸치는 등 평소와 같은 부산스러움이 일었다.

맥고나걸 교수가 그 소리 너머로 소리쳤다. "포터, 괜찮으면 잠깐 얘기 좀 하자꾸나."

머리 잘린 고무 생선과 관련된 얘기일 거라 생각한 해리는 우울한 마음으로 교탁으로 다가갔다.

맥고나걸 교수는 다른 학생들이 다 나갈 때까지 기다렸다가 입을 열었다. "포터, 대표 선수와 그 파트너는……."

"무슨 파트너요?" 해리가 물었다.

맥고나걸 교수가 수상쩍다는 듯 그를 바라보았다. 그가 장난을 치려 한다고 생각한 것 같았다.

"크리스마스 무도회 파트너 말이다, 포터." 그녀가 차갑게 말했다. "네 댄스 파트너."

해리는 속이 오그라들고 오글거리는 것 같았다. "댄스 파트너요?"

그는 얼굴이 빨개지는 것을 느꼈다. "저는 춤 안 추는데요." 그가 재빨리 말했다.

"아니, 출 거다. 춰야 돼." 맥고나걸 교수가 짜증이 깃든 목소리로 말했다. "그 얘기를 하려고 불렀다. 대표 선수와 그들의 파트너들이 무도회를 시작하는 게 전통이니까."

갑자기 해리의 머릿속에 어떤 소녀를 데리고 무도회에 참석하는 자신의 모습이 떠올랐다. 소녀는 피튜니아 이모가 버넌 이모부의 회사 파티에 참석할 때마다 입곤 하는 주름이 잔뜩 들어간 드레스 같은 것을 입고 있었고, 그는 실크해트와 턱시도 차림이었다.

"저는 춤 안 춰요." 그가 말했다.

"전통이다." 맥고나걸 교수가 단호하게 말했다. "너는 호그와트 대표 선수니, 학교 대표로서 사람들이 기대하는 행동을 해야 돼. 그러니까 꼭 파트너를 찾도록 해라, 포터."

"하지만 저는 안 출……."

"나는 분명히 얘기했다, 포터." 맥고나걸 교수가 마지막으로 못 박았다.

1주일 전이었다면 해리는 무도회 파트너를 구하는 일쯤이야 헝가리 혼테일을 상대하는 것에 비하면 아무것도 아니라고 말했을 것이다. 하지만 이미 그 과제를 통과하고 여학생 한 명에게 무도회에 가자고 요청해야 하는 일을 앞두게 되자 차라리 혼테일과 한 번 더 붙고 싶다는 생각마저 들었다.

해리는 그렇게 많은 학생이 크리스마스 연휴에 호그와트에 남겠다고 이름을 적을 줄은 전혀 몰랐다. 물론 그렇지 않으면 프리빗가로 돌아가야 했던 해리는 항상 그 기간에 호그와트에 남는 소수에 속했다. 하지만 올해에는 4학년 이상 학생은 모두 남는 것 같았다. 게다가 해리의 눈에는 그들 모두가 다가오는 무도회에 집착하는 것처럼 보였다. 적어도 여학생들은 그랬다. 호그와트에 이렇게 많은 여학생이 있었는지 새삼 놀랄 정도였다. 전에는 별로 의식하지 못했던 것이다. 복도에서 키득거리며 귓속말을 나누는 여학생들, 남학생들이 곁을 지나갈 때면 높은 목소리로 웃어 대는 여학생들, 크리스마스 날 밤에 입을 옷을 놓고 신나게 쪽지를 주고받는 여학생들…….

"왜 꼭 몰려다니는 거지?" 열 몇 명의 여학생이 해리를 보면서 키득거리고 지나가자 해리가 론에게 물었다. "저 중 한 명한테 물어보려면 어떻게 해야 돼?"

"올가미를 던져서 한 명 잡아올까?" 론이 제안했다. "누구한테 물어볼지는 생각해 놨어?"

해리는 대답하지 않았다. 누구에게 물어보고 *싶은*지는 확실히 알고 있었지만, 그럴 용기를 끌어내는 건 다른 문제였다. ……초는 해리보다 한 학년 위였다. 그녀는 아주 예뻤다. 훌륭한 퀴디치 선수였고, 인기도 굉장히 많았다.

론은 해리의 머릿속에서 무슨 일이 벌어지고 있는지 아는 것 같았다.

"잘 들어. 넌 아무 문제 없을 거야. 너는 대표 선수잖아. 방금 헝가리 혼테일을 무찌른. 장담하는데, 여자애들은 너랑 같이 가려고 줄을 설걸?"

최근에 회복한 우정의 표시로 론은 목소리에 담긴 씁쓸함을 최대한 숨기고 있었다. 게다가 놀랍게도 론의 말은 사실로 드러났다.

해리가 한 번도 말을 걸어 본 적이 없는 곱슬머리 후플푸프 3학년 여학생이 바로 다음 날 함께 무도회에 가자고 말했다. 해리는 너무 놀라서, 그 문제에 대해 잠깐 생각할 겨를도 없이 "싫어"라고 말해 버렸다. 그 여학생은 상당히 상처받은 표정으로 가 버렸고, 해리는 마법의 역사 시간 내내 딘, 셰이머스, 론이 그 일에 대해 놀려 대는 것을 견뎌야 했다. 다음 날에는 또 다른 여학생 두 명이 무도회에 함께 가자고 말했다. 2학년생 한 명과, (끔찍하게도) 거절하면 해리를 그대로 때려눕힐 것 같은 모습의 5학년생이었다.

"괜찮게 생겼던데." 론이 웃음을 멈추고 너무했다는 듯 말했다.

"나보다 30센티미터는 크잖아." 해리가 여전히 불안해하면서 말했다. "그 여자애랑 같이 춤을 추면 내가 어떻게 보일지 생각해 봐."

헤르미온느가 크룸에 대해서 했던 말이 계속 떠올랐다. '쟤들은 그냥 유명하다는 이유만으로 좋아하는 거야!' 해리는 파트너가 되어 달라고 말한 여학생들 중 그가 학교 대표 선수가 아니었어도 함께 무도회에 가고 싶어 했을 사람이 한 명이라도 있을지 매우 의심스러웠다. 그러다가 그는 초가 물었더라도 이런 일이 신경 쓰였을지 궁금해졌다.

크리스마스 무도회라는 당혹스러운 미래가 기다리고 있긴 해도, 해리는 첫 번째 과제를 통과한 이후 자신의 처지가 전보다 확실히 나아졌다는 사실은 대체로 인정할 수밖에 없었다. 이제는 복도에서 불쾌한 일을 당하는 일도 거의 없었다. 해리는 여기에 세드릭이 깊이 관여했을 거라고 생각했다. 해리가 용과 관련해서 힌트를 준 것에 대한 보답으로 세드릭이 후플푸프 학생들에게 해리를 가만히 두라고 말했을지도 몰랐다. 주위에서 '세드릭 디고리를 응원합니다' 배지도 거의 찾아볼 수 없었다. 물론 드레이코 말포이는 여전히 기회만 있으면 리타 스키터의 기사를 읊어 댔지만 그 말에 웃음을 터뜨리는 사람은 점점 줄어들었다. 그리고 더 안심이 되는 것은 《예언자일보》에 해그리드에 관한 기사가 실리지 않았다는 사실이었다.

"솔직히 마법 생명체들한테는 별 관심이 없어 보이더라." 크리스마스 연휴 전 마지막 마법 생명체 돌보기 수업 시간에 해리, 론, 헤르미온느가 리타 스키터와의 인터뷰가

어땠는지를 묻자 해그리드가 말했다. 굉장히 다행스럽게
도 해그리드는 이제 스크루트와 직접적으로 접촉하는 일
을 포기했다. 덕분에 오늘 그들은 해그리드의 오두막 뒤에
숨어서 탁자에 앉아 스크루트를 꾀어내려고 선별한 신선
한 음식을 준비하고 있었다.

"그냥 해리 네 얘기만 하고 싶어 하던데." 해그리드가 나
직한 목소리로 말을 이었다. "뭐, 더즐리네 집으로 너를 데
리러 갔을 때부터 친구로 지냈다고 말했지. 그 여자가 묻더
구나. '4년 동안 해리를 야단친 적이 있었나요?', '수업 시간
에 장난을 친 적도 없고요?' 그래서 그런 적 없다고 말했어.
전혀 기뻐하는 표정이 아니더구나. 네가 아주 못된 녀석이
라고 말해 주기를 바라는 것 같았어, 해리."

"당연히 그랬겠죠." 해리가 용의 간 덩어리들을 커다란
금속 그릇에 던져 넣고 좀 더 잘라 내려고 칼을 집어 들며
말했다. "제가 비극적인 꼬마 영웅이라는 얘기만 계속 쓸
수는 없잖아요. 지겨울 테니까."

"새로운 시각을 원하는 거예요, 해그리드." 론이 샐러맨
더 알 껍질을 까며 알은체했다. "해리가 정신 나간 불량 청
소년이라고 말했어야 하는 거죠!"

"하지만 사실이 아니잖아!" 해그리드가 정말로 충격받은

표정으로 말했다.

"그럴 거면 스네이프를 인터뷰했어야지." 해리가 싸늘하게 말했다. "얼마든지 나에 관한 좋은 기삿거리를 줬을 텐데. 포터는 이 학교에 처음 도착한 이래로 계속 선을 넘어 왔습니다……."

"스네이프 교수가 그렇게 말했어?" 론과 헤르미온느가 웃음을 터뜨린 가운데 해그리드가 말했다. "뭐, 상황에 따라 규칙을 몇 개 어겼을지도 모르지만, 해리 넌 정말 괜찮은 학생이었어. 안 그러냐?"

"고마워요, 해그리드." 해리가 씩 웃었다.

"이번 크리스마스 무도회인지 뭔지에 오실 거예요, 해그리드?" 론이 물었다.

"들러 보긴 하겠지." 해그리드가 걸걸하게 대답했다. "멋진 파티가 될 거야. 네가 맨 처음 입장하잖아, 해리. 누구를 데려갈 거냐?"

"아직 아무도 없어요." 해리는 또다시 얼굴이 빨개지는 것을 느꼈다. 해그리드는 이 문제에 대해 더 이상 묻지 않았다.

학기 마지막 주는 날이 갈수록 점점 활기에 넘쳤다. 크리스마스 무도회와 관련된 소문들이 사방에 떠돌았지만 해리는 그 가운데 절반도 믿지 않았다. 예컨대, 덤블도어가 로즈메르타 씨에게서 데운 벌꿀술을 800통이나 샀다는 소문 같은 것 말이다. 하지만 덤블도어가 '운명의 세 여신'을 초청했다는 얘기는 사실인 것 같았다. 마법사 라디오를 들어 본 적이 없는 해리는 운명의 세 여신이 정확히 누구인지, 혹은 무엇인지 알지 못했다. 하지만 WWN(마법사 라디오 네트워크, Wizarding Wireless Network)을 들으며 자란 사람들이 엄청나게 흥분하는 것을 보면 아주 유명한 음악 밴드인 듯했다.

플리트윅 교수를 비롯한 몇몇 교수들은 대놓고 다른 데 정신을 팔고 있는 학생들에게 수업을 가르치는 일을 아예 포기했다. 플리트윅은 수요일 수업 시간에 학생들이 게임을 하면서 놀게 해 주고 그 시간 대부분을 해리에게 트라이위저드 대회 첫 과제에서 그가 쓴 소환 마법이 얼마나 완벽했는지 줄곧 이야기하는 데 썼다. 다른 교수들은 그렇게 너그럽지 않았다. 이를테면, 지겹게 이어지는 빈스 교수의 고블린 반란 관련 필기를 피할 방법은 전혀 없었다. 하긴 빈스 교수 자신의 죽음조차 그가 학생들을 계속 가르치는 것을 방해하지 못했으니, 다들 크리스마스 같은 하찮은 일로 수업을 향한 그의 의지를 막을 수는 없을 거라고 생각했다.

고블린 폭동 같은 유혈 낭자하고 잔인한 사건조차 퍼시의 솥단지 바닥 보고서처럼 지루한 이야기로 들리게 하는 빈스 교수의 솜씨는 참으로 놀라웠다. 맥고나걸 교수와 무디도 마지막 순간까지 수업을 계속했다. 물론 스네이프도 수업 시간에 학생들을 놀게 해 주느니 차라리 해리를 양자로 삼을 사람이었다. 그는 심술궂은 눈으로 학생 모두를 노려보면서, 학기 마지막 수업 시간에 해독제에 관한 시험을 보겠다고 알렸다.

"사악한 인간 같으니라고." 그날 밤 그리핀도르 휴게실에서 론이 앙심 가득한 목소리로 말했다. "학기 마지막 날에 갑자기 시험을 본다고 하다니. 시험공부를 엄청 시켜서 마지막 순간까지 괴롭히려는 거야."

"음…… 그렇다고 네가 그것 때문에 딱히 긴장하는 건 아니잖아?" 헤르미온느가 마법약 노트 너머로 그를 바라보며 말했다. 론은 폭발하는 카드를 가지고 성을 쌓느라 바빴다. 언제든 카드가 모조리 폭발할 수 있었기에 머글 카드보다 훨씬 재미있게 시간을 때울 수 있었다.

"크리스마스잖아, 헤르미온느." 해리가 태평하게 말했다. 그는 난롯가 안락의자에 앉아 《캐넌스와의 비행》을 열 번째로 읽고 있었다.

헤르미온느는 해리 역시 엄격한 눈초리로 바라보았다.
"나는 네가 좀 더 건설적인 일을 할 줄 알았어, 해리. 해독
제 공부는 하고 싶지 않더라도 말이야!"

"예를 들면?" 해리는 캐넌스의 조이 젠킨스가 밸리캐슬
배츠의 추격꾼에게 블러저를 날려 보내는 모습에서 눈을
떼지 않으며 물었다.

"그 알 말이야!" 헤르미온느가 식식거렸다.

"왜 이래, 헤르미온느. 2월 24일이 되려면 아직 멀었어."
해리가 말했다.

그는 황금 알을 위층 짐 가방에 넣어 두고 첫 과제 축하
파티 이후로 한 번도 열어 보지 않았다. 이러니저러니 해도
그 소름 끼치는 울부짖음이 뜻하는 바를 알아내기까지는
아직 두 달 반이나 남아 있었던 것이다.

"하지만 알아내는 데 몇 주씩 걸릴 수도 있잖아!" 헤르미
온느가 말했다. "다른 사람들은 다음번 과제가 뭔지 다 아
는데 너만 모른다면 진짜 멍청이처럼 보일 거야!"

"놔 둬, 헤르미온느. 해리는 좀 쉴 자격이 있어." 론이 말
하면서 마지막 카드 두 장을 성 꼭대기에 올려놓는 순간,
카드가 일제히 폭발하면서 그의 눈썹을 태워 버렸다.

"멋진데, 론…… 네 정장 로브랑 잘 어울리겠다."

프레드와 조지가 나타났다. 론이 눈썹이 얼마나 탔는지 더듬어 보는 사이 그들은 해리, 론, 헤르미온느가 있는 탁자에 앉았다. "론, 피그위전 좀 빌려주지 않을래?" 조지가 물었다.

"안 돼, 편지 배달하러 갔어." 론이 말했다. "왜?"

"왜냐하면 조지가 피그위전을 무도회에 데려가고 싶어 하거든." 프레드가 빈정거렸다.

"우리도 편지를 보내려고 그런다, 초특급 멍청아." 조지가 말했다.

"둘 다 누구한테 그렇게 편지를 써 대는 거야?" 론이 물었다.

"오지랖은 넣어 둬, 론. 안 그러면 그 오지랖까지 다 태워 줄 테니까." 프레드가 마법 지팡이를 위협적으로 흔들며 말했다. "그래서…… 아직 무도회 파트너 못 구했냐?"

"응." 론이 말했다.

"서두르는 게 좋을 거다, 짜식아. 안 그랬다간 다른 녀석들이 괜찮은 애들은 다 채 갈 테니까." 프레드가 말했다.

"그러는 형은 누구랑 가는데?" 론이 물었다.

"앤젤리나." 프레드가 수줍어하는 기색이라고는 전혀 없이 곧바로 대답했다.

"뭐?" 론이 놀라며 물었다. "벌써 물어본 거야?"

"좋은 지적이야." 프레드가 말했다. 그는 고개를 돌려 휴게실 저쪽에 대고 소리쳤다. "어이! 앤젤리나!"

벽난로 근처에서 얼리샤 스피넛과 수다를 떨던 앤젤리나가 그를 돌아보았다.

"왜?" 그녀가 마주 소리쳤다.

"나랑 무도회 같이 갈래?"

앤젤리나는 잠깐 동안 재 보는 듯한 눈길로 프레드를 바라보았다.

"그래, 좋아." 그녀가 말하더니 다시 얼리샤에게 고개를 돌리고 수다를 이어 갔다. 그런 그녀의 얼굴에는 희미한 미소가 떠올라 있었다.

"봤지?" 프레드가 해리와 론을 보고 말했다. "식은 죽 먹기다."

프레드는 하품을 하며 자리에서 일어났다. "그럼 학교 부엉이를 써야겠다, 조지. 가자……."

그들은 휴게실을 나갔다. 론은 눈썹 더듬던 것을 멈추고, 불타는 카드 성 잔해 너머로 해리를 바라보았다.

"야, 움직여야겠다……. 아무한테라도 물어보자. 프레드 말이 맞아. 우리 둘 다 트롤이랑 짝이 되면 어떡해?"

그 말에 헤르미온느는 화가 나서 씩씩거렸다. "둘 다……
뭐? 뭐라고 했어?"

"뭐, 알잖아." 론이 어깨를 으쓱하며 말했다. "만약……
예컨대 엘로이즈 미전이랑 같이 가야 한다면 차라리 혼자
가겠다는 거지."

"그 애는 최근에 여드름이 많이 나았어. 게다가 얼마나
착한데!"

"코가 얼굴 중앙에서 벗어나 있어." 론이 말했다.

"아, 그러셔." 헤르미온느가 발끈하며 말했다. "그러니까
기본적으로 너는 성격이 아주 못됐더라도 너랑 같이 가 주
겠다는 애들 중에서 제일 예쁜 애랑 가겠다는 거네?"

"어, 그래. 대충 맞는 말 같다." 론이 말했다.

"난 자러 갈게." 헤르미온느는 톡 쏘아붙이더니, 더 이상
한 마디도 하지 않고 여학생 기숙사 계단으로 휙 사라졌다.

호그와트 교직원들은 보바통과 덤스트랭에서 온 손님들
에게 깊은 인상을 남기겠다는 끊임없는 열망에 사로잡힌
나머지 이번 크리스마스에 호그와트 성의 가장 멋진 모습
을 보여 주기로 작정한 것 같았다. 장식을 마치자 해리는
그 장식들이 지금껏 학교 안에서 본 것 가운데 가장 아름답

다는 사실을 깨달았다. 영원히 녹지 않는 고드름이 대리석 계단 난간에 매달려 있고, 항상 대연회장에 설치되었던 열두 그루의 크리스마스트리는 반짝이는 호랑가시나무 열매에서부터 부엉부엉 울어 대는 살아 있는 황금색 부엉이에 이르기까지 온갖 장식으로 꾸며졌으며, 갑옷들은 누군가가 지나갈 때마다 캐럴을 부르는 마법에 걸렸다. 가사를 절반밖에 모르는 빈 투구들이 부르는 "참 반가운 성도여"를 듣는 건 꽤 멋진 일이었다. 건물 관리인인 필치는 몇 번이나 갑옷 안에서 피브스를 끌어내야 했다. 피브스가 갑옷에 숨어서, 노래가 끊길 때마다 직접 지은 아주 저속한 가사를 채워 넣곤 했던 것이다.

해리는 그때까지도 초 챙에게 무도회에 같이 가자는 말을 하지 못하고 있었다. 해리와 론은 이제 아주 초조해졌다. 물론 해리가 지적한 것처럼, 다른 대표 선수들과 함께 무도회를 시작해야 하는 해리에 비해 론은 파트너가 없어도 덜 멍청해 보이긴 할 것이다.

"최악의 경우에는 울보 머틀이 있잖아." 해리가 3층 여자 화장실에 사는 유령을 언급하며 우울하게 말했다.

"해리, 이젠 정면 돌파뿐이야." 금요일 아침에 론이 말했다. 난공불락의 요새를 습격할 계획이라도 세우는 듯한 말투였다. "오늘 밤 휴게실로 돌아왔을 때는 우리 둘 다 파트너가 있어야 해. 알았지?"

"어…… 그래." 해리가 말했다.

하지만 그날 초는 마주칠 때마다 친구들에게 둘러싸여 있었다. 쉬는 시간에도, 점심시간에도, 마법의 역사 수업을 들으러 가는 길에도 그랬다. 어디든 절대 혼자 다니진 않는 건가? 화장실에 갈 때를 노리고 숨어 있으면 어떨까? 아니다. 그녀는 심지어 화장실에 갈 때도 너덧 명의 소녀들에게 둘러싸여 있을 것 같았다. 하지만 빨리 물어보지 않으면 다른 사람이 먼저 그녀를 초대할 게 뻔했다.

해리는 스네이프가 낸 해독제 시험에 집중하기가 어려웠고, 결국 핵심 재료인 베조아르 넣는 것을 잊어버리고 말았다. 그것은 곧 최악의 점수를 받을 거라는 뜻이었다. 하지만 그래도 상관없었다. 그는 이제부터 하려는 일에 필요한 용기를 끌어모으느라 정신이 없었다. 종이 울리자 그는 가방을 들고 허겁지겁 지하 감옥 문으로 향했다.

"저녁에 보자." 그는 론과 헤르미온느에게 말하고 계단을 달려 올라갔다.

초에게 단둘이 이야기할 수 있냐고 물어보기만 하면 된다. 그게 전부였다……. 그는 그녀를 찾아 사람들로 가득한 복도를 서둘러 걷다가, (예상했던 것보다 조금 빠르게) 어둠의 마법 방어법 수업을 받고 나오는 그녀를 발견했다.

"저…… 초? 얘기 좀 할 수 있을까?"

키득거리는 것을 법으로 금지해야 한다고, 해리는 화가 나서 생각했다. 초 주위에 있던 여학생들이 모두 그러기 시작했던 것이다. 하지만 초는 웃지 않았다. 그녀는 "그래" 하고 말하더니 친구들이 엿들을 수 없는 곳으로 그를 따라갔다.

해리는 고개를 돌려 그녀를 바라보았다. 마치 계단을 내려가다가 발을 헛디딘 것처럼 가슴이 이상하게 철렁했다.

"어……." 그가 입을 열었다.

물어볼 수가 없었다. 그럴 수 없었다. 하지만 해야만 했다. 초는 어리둥절한 표정으로 그를 지켜보며 그 자리에 서 있었다.

해리가 혀를 제대로 움직이기도 전에 그의 입에서 불쑥 말이 튀어나왔다.

"나람도회가찰래?"

"응?" 초가 되물었다.

"나랑…… 나랑 무도회 같이 갈래?" 해리가 말했다. *왜 지금 얼굴이 빨개져야 한단 말인가? 어째서?*

"아!" 초가 입을 열더니 마찬가지로 얼굴을 붉혔다. "아, 해리. 정말 미안해." 그녀는 진짜로 미안해하는 표정이었다. "벌써 다른 사람하고 같이 가기로 했어."

"아." 해리는 자기도 모르게 내뱉었다.

이상했다. 조금 전만 해도 뱀 여러 마리가 몸부림치는 것 같았던 가슴속이 갑자기 아예 텅 빈 것처럼 느껴졌다.

"아, 그렇구나." 그가 말을 이었다. "괜찮아."

"정말 미안해." 그녀가 다시 말했다.

"괜찮대도." 해리가 말했다.

그들은 서로를 바라보며 그 자리에 서 있었다. 잠시 후 초가 입을 열었다. "그럼……."

"그래." 해리가 말했다.

"그럼, 잘 가." 초가 여전히 새빨개진 얼굴로 그렇게 말하더니 걸어갔다.

해리는 자기도 모르게 그녀의 등 뒤에 대고 큰 소리로 물었다.

"누구랑 가?"

"아, 세드릭." 그녀가 말했다. "세드릭 디고리."

"아, 그렇구나." 해리가 중얼거렸다.

가슴속이 다시 채워졌다. 비어 있던 공간에 납덩이가 채

워진 것 같았다.

그는 저녁 생각은 완전히 잊은 채 천천히 그리핀도르 탑으로 돌아갔다. 한 걸음 내디딜 때마다 초의 목소리가 귓속에 울렸다. '세드릭…… 세드릭 디고리.' 그는 세드릭이 꽤 좋아지기 시작하던 참이었다. 퀴디치 시합에서 한 번 진 것, 그가 잘생기고 인기 많고 학생 대부분이 가장 좋아하는 대표 선수라는 사실을 못 본 체할 준비가 되어 있었다. 하지만 이제는 새삼 세드릭이 사실은 삶은 달걀을 넣는 컵 하나를 채울 정도의 뇌도 없는, 얼굴만 반질반질한 녀석이라는 확신이 들었다.

"크리스마스 전구." 그는 뚱뚱한 귀부인에게 멍하니 말했다. 어제부터 바뀐 암호였다.

"그래, 메리 크리스마스다, 얘야!" 그녀가 장식용 반짝이가 붙어 있는 새 머리띠를 똑바로 하면서 명랑하게 말했다. 그리고 앞으로 홱 젖혀져 그를 들여보내 주었다.

해리는 휴게실에 들어서면서 주위를 둘러보다가, 놀랍게도 론이 잿빛이 된 얼굴로 저 먼 구석에 앉아 있는 모습을 보았다. 지니가 옆에 앉아 나직이 달래는 듯한 목소리로 그에게 뭔가 이야기하고 있었다.

"왜 그래, 론?" 해리가 그들에게 다가가 물었다.

론은 맹목적인 두려움 비슷한 것이 가득한 얼굴로 해리를 올려다보았다.

"내가 왜 그랬을까?" 그가 미친 사람처럼 중얼거렸다. "어쩌자고 그런 짓을 했는지 모르겠어!"

"뭔 짓을 했는데?" 해리가 물었다.

"론이 방금…… 어…… 플뢰르 들라쿠르한테 같이 무도회에 가자고 했어." 지니가 말했다. 그녀는 터져 나오려는 웃음을 억지로 참는 기색이 역력한 얼굴을 하고 있으면서도 끊임없이 동정하듯 론의 팔을 토닥거리고 있었다.

"뭘 *어쨌다고?*" 해리가 물었다.

"어쩌자고 그런 짓을 했는지 모르겠어!" 론이 다시 숨을 훅 내쉬었다. "내가 무슨 장난질을 한 거지? 온 사방에…… 사람들이 있었는데…… 내가 미쳤지, 다들 지켜보고 있었는데! 난 현관홀에서 플뢰르 옆을 지나가고 있었어. 플뢰르는 거기에 서서 디고리랑 이야기를 하고 있었는데…… 그때 뭔가에 씐 것 같아. 그리고 내가 그 애한테 무도회에 같이 가자고 말했어!"

론은 신음 소리를 내며 양손에 얼굴을 묻고 거의 알아들을 수 없는 말들을 계속 중얼거렸다. "내가 바다 민달팽이나 뭐 그런 거라도 되는 것처럼 쳐다보더라. 대답조차 안

하고. 그러다…… 모르겠어, 갑자기 제정신이 들어서 죽자 사자 도망쳤어."

"플뢰르는 빌라 피가 섞였어." 해리가 말했다. "네 말이 맞았어. 플뢰르의 할머니가 빌라였대. 네 잘못이 아니야. 아마 플뢰르가 디고리한테 마법을 걸고 있을 때 네가 지나가다가 맞은 걸 거야. 아무튼 플뢰르도 시간 낭비 했네. 세드릭은 초 챙이랑 간다는데."

론이 고개를 들었다.

"방금 내가 초 챙한테 같이 가자고 했거든." 해리가 멍하니 말했다. "그랬더니 그렇게 말하더라."

지니의 얼굴에서 돌연 미소가 사라졌다.

"돌겠네." 론이 말했다. "아직까지 파트너를 구하지 못한 사람은 우리밖에 없어. ……뭐, 네빌 빼고. 야, 네빌이 누구한테 같이 가자고 했는지 알아? *헤르미온느야!*"

"*뭐?*" 해리는 이 놀라운 소식에 완전히 정신을 빼앗겼다.

"그러니까, 내 말이!" 론이 말하면서 웃음을 터뜨리자 그의 얼굴빛이 조금 돌아왔다. "마법약 수업 끝나고 말하더라! 헤르미온느가 항상 공부니 뭐니 도와주면서 엄청 잘해줬다는 거야. 근데 헤르미온느가 네빌한테 벌써 같이 가기로 한 사람이 있다고 했대. 하! 퍽이나! 그냥 네빌하고 가기 싫었던 거겠지……. 그러니까 내 말은, 누가 같이 가고 싶겠냐?"

"그렇게 말하지 마!" 지니가 화를 내며 말했다. "놀리지 말라고……."

바로 그때 헤르미온느가 초상화 구멍으로 들어왔다.

"너희 둘 왜 저녁 먹으러 안 왔어?" 그녀가 다가오면서 물었다.

"그게…… 아, 둘 다 그만 좀 웃어. 둘 다 무도회에 같이 가자고 했던 여자애들한테 거절당했대!" 지니가 말했다.

그 말에 해리와 론은 입을 다물었다.

"진짜 고맙다, 지니." 론이 부루퉁하게 말했다.

"예쁜 애들은 다 파트너가 있다니, 론?" 헤르미온느가 도도하게 말했다. "이젠 엘로이즈 미전이 꽤 예뻐 보이지? 글쎄, 어디선가 너랑 함께 가 줄 사람을 찾을 수 있겠지."

하지만 론은 갑자기 헤르미온느가 완전히 새로운 시각으로 보인다는 것처럼 그녀를 뚫어지게 바라보고 있었다. "헤르미온느, 네빌 말이 맞네. 너 여자잖아……."

"아, 관찰력이 참 좋구나." 그녀가 매섭게 내뱉었다.

"뭐, 네가 우리 중 한 명하고 가면 되겠네!"

"아니, 안 돼." 헤르미온느가 쏘아붙였다.

"아, 왜 이래." 그가 조바심을 내며 말했다. "우린 파트너가 필요하단 말이야. 파트너가 없으면 진짜 멍청해 보일 거야. 다들 파트너가 있⋯⋯."

"너희하고 못 간다니까." 헤르미온느가 이제는 얼굴을 붉히며 말했다. "이미 같이 갈 사람이 있어."

"그럴 리가 있냐!" 론이 말했다. "그건 네빌을 떼어 놓으려고 한 말이잖아!"

"아, 그래?" 헤르미온느가 말했다. 그녀의 눈이 위험하게 번뜩였다. "론, 네가 알아채기까지 3년 걸렸다고 해서 다른 사람도 내가 여자라는 사실을 눈치채지 못했을 거라는 생각은 하지 마!"

론은 잠깐 그녀를 뚫어지게 바라보았다. 그러더니 다시 씩 웃었다.

"그래, 그래. 우리도 네가 여자인 건 알아." 그가 말했다. "이제 됐지? 같이 갈 거지?"

"말했잖아!" 헤르미온느가 버럭 화를 내며 말했다. "다른 사람이랑 가기로 했다니까!"

그러더니 그녀는 여학생 기숙사로 쿵쿵거리며 사라졌다.

"거짓말하는 거야." 론이 그녀의 뒷모습을 보며 심드렁하게 말했다.

"아냐." 지니가 조용히 말했다.

"그럼, 누구랑 가는데?" 론이 날카로운 목소리로 물었다.

"나는 말 안 해 줄 거야. 헤르미온느 일이잖아." 지니가 말했다.

"그래라." 론이 한없이 심술궂은 표정을 지으며 말했다. "나 참 어이가 없어서. 지니, *네가* 해리랑 가면 되겠다. 그리고 나는 그냥……."

"나도 안 돼." 지니가 말했다. 그녀의 얼굴도 빨개졌다. "내가…… 내가 네빌이랑 가기로 했거든. 헤르미온느가 안 된다고 하니까 네빌이 나한테 물어봤어. 그리고 나는…… 뭐, 그 방법이 아니면 무도회에 갈 수가 없을 것 같아서 가겠다고 했어. 나는 4학년이 아니잖아." 그녀는 아주 비참한 표정이었다. "가서 저녁이나 먹어야겠다." 그녀는 그렇게 말하더니 자리에서 일어나 고개를 숙인 채 초상화 구멍으로 나갔다.

론은 눈을 휘둥그렇게 뜨고 해리를 바라보았다.

"쟤들 왜 저래?" 그가 물었다.

하지만 해리는 마침 파르바티와 라벤더가 초상화 구멍으로 들어오는 모습을 보았다. 이제는 과감하게 행동해야 할 때였다.

"여기서 기다려." 그는 론에게 말하고 벌떡 일어나 곧장 파르바티에게 걸어갔다. "파르바티, 나랑 같이 무도회에 가지 않을래?"

파르바티가 발작적으로 키득거리기 시작했다. 해리는 로브 주머니 안에서 손가락을 십자로 포개 행운을 빌면서 그 웃음이 잦아들기를 기다렸다.

"그래, 그러자." 마침내 그녀가 격렬하게 얼굴을 붉히며 말했다.

"고마워." 해리가 안도한 듯 말했다. "라벤더, 넌 론이랑 가 줄래?"

"얘는 셰이머스랑 가." 파르바티가 말했다. 그러더니 둘 다 더욱 시끄럽게 키득키득 웃었다.

해리는 한숨을 쉬었다.

"론하고 같이 갈 만한 사람 없을까?" 그가 론이 듣지 못하도록 목소리를 낮추고 물었다.

"헤르미온느 그레인저는 어때?" 파르바티가 말했다.

"다른 사람이랑 간대."

파르바티는 깜짝 놀란 표정이었다.

"오오오오, 누구랑?" 그녀가 진심으로 궁금하다는 듯 날카롭게 물었다.

해리는 어깨를 으쓱했다. "그건 모르겠어." 그가 말했다. "그래서, 론은?"

"글쎄……." 파르바티가 천천히 말을 이었다. "아마 내 쌍둥이 동생이라면……. 있잖아, 래번클로의 파드마……. 괜찮다면 물어봐 줄게."

"그래, 그렇게 되면 정말 좋겠다." 해리가 말했다. "꼭 알려 줘. 알았지?"

그런 다음 그는 론에게로 돌아갔다. 문득 해리는 이까짓 무도회 때문에 이렇게 골치 아플 필요가 있을까 하는 생각이 들었다. 그리고 파드마 파틸의 코가 딱 얼굴 중앙에 붙어 있기를 간절히 바랐다.

23장
크리스마스 무도회

학기가 끝났을 때, 4학년들이 연휴 동안 해야 할 숙제가 엄청난 부담으로 다가오는데도 전혀 공부할 기분이 아니었던 해리는 크리스마스로 이어지는 한 주를 다른 사람들과 최대한 즐기면서 보냈다. 그리핀도르 탑은 학기 중과 별다를 바 없이 붐볐다. 연휴 동안 탑에 머무는 사람들이 평소보다 훨씬 떠들썩하게 굴었기에 오히려 조금 비좁은 느낌마저 들었다. 프레드와 조지의 카나리아 크림이 엄청난 성공을 거둔 덕분에, 방학이 시작되고 며칠 동안 여기저기서 사람들의 몸이 갑자기 깃털로 뒤덮이곤 했다. 그러나 머잖아 그리핀도르 학생들은 다른 사람이 준 음식에 혹시 카나리아 크림이 들어 있지는 않을까 극도로 주의를 기울이는 법을 배웠고, 그래서 조지는 해리에게 이제 프레드와 함께 다른 것을 개발하는 중이라고 털어놓았다. 해리는 앞으로 프레드와 조지가 내미는 음식은 감자칩 하나 받아먹지 않겠다고 다짐했다. 그는 아직 더들리의 1톤 혓바닥 토피 사건을 잊지 못하고 있었다.

이제는 성에도, 교정에도 굵은 눈송이가 내렸다. 해그리드의 오두막은 설탕을 얹은 과자 집 같았고 그 옆 보바통의 담청색 마차는 차갑게 서리 덮인 커다란 호박처럼 보였다. 덤스트랭의 배는 유리창에 얼음이 끼고 돛대는 서리로 덮여 새하얘졌다. 주방의 집요정들은 평소보다 더 솜씨를 발휘해 따뜻하고 진한 스튜와 입맛 돌게 하는 디저트를 연달아 내놓았고, 여기에 불평을 늘어놓을 수 있는 사람은 오직 플뢰르 들라쿠르뿐인 듯했다.

"오그와트 음식들응 전부 느끼해." 어느 날 저녁, 플뢰르 뒤에서 대연회장을 나서던 그들은 그녀가 언짢은 듯 말하는 소리를 들었다(론은 플뢰르의 눈에 띄지 않으려고 조심하면서 해리 뒤에 숨어 있었다). "이러다강 정장 로브가 앙 맞겠어!"

"아아아, 그것 참 비극적이네." 플뢰르가 현관홀로 나가자 헤르미온느가 신랄한 어조로 말했다. "쟨 정말 자기 자신을 엄청 생각하나 봐. 그치?"

"헤르미온느, 넌 대체 누구랑 무도회에 가는 거야?" 론이
물었다.

론은 끊임없이 헤르미온느에게 이 질문을 던지고 있었
다. 전혀 예상치 못한 순간에 질문을 던져 그녀가 엉겁결에
대답하게 만들려는 속셈이었다. 하지만 헤르미온느는 얼
굴을 찌푸리며 이렇게 말할 뿐이었다. "말 안 할 거야. 놀
릴 거잖아."

"농담이지, 위즐리?" 등 뒤에서 말포이가 말했다. "누가
저거한테 무도회에 같이 가자고 했단 말이야? 뻐드렁니 머
드블러드한테? 그럴 리가!"

해리와 론 모두 홱 돌아보았다. 하지만 헤르미온느는 말
포이의 어깨 너머로 누군가에게 손을 흔들면서 큰 소리로
말했다. "안녕하세요, 무디 교수님!"

말포이가 하얗게 질린 얼굴로 깜짝 놀라 뒤로 주춤하더
니 미친 듯이 주위를 두리번거리며 무디를 찾았다. 그러나
무디는 아직 교직원 식탁에서 스튜를 마저 먹는 중이었다.

"우리 조그만 말포이 족제비가 무서워서 벌벌 떠는구
나?" 헤르미온느가 가차 없이 말했다. 그녀와 해리, 론은
실컷 웃으면서 대리석 계단을 올라갔다.

"헤르미온느." 론이 그녀를 힐끔거리다 갑자기 눈썹을 찌푸리고는 말했다. "네 이 말이야……."

"내 치아가 왜?" 그녀가 물었다.

"음, 좀 달라진 것 같아서……. 방금 알았는데……."

"당연히 달라졌지. 말포이가 만들어 준 그 송곳니를 계속 달고 있을 줄 알았니?"

"아니, 내 말은, 그 자식이 너한테 공격 마법을 걸기 전하고 다르다는 거야……. 이가 전부…… 곧고, 어…… 그리고…… 보통 크기잖아."

헤르미온느는 갑자기 아주 장난스러운 미소를 지어 보였다. 해리도 눈치챘다. 헤르미온느의 미소는 해리가 기억하는 것과 많이 달랐다.

"뭐…… 앞니 크기를 줄이려고 폼프리 선생님한테 갔을 때 선생님이 거울을 보여 주면서 이가 원래 크기로 돌아가면 멈추라고 하셨어." 그녀가 말했다. "난 그냥…… 선생님이 좀 더 치료하게 놔뒀을 뿐이야." 그녀는 더욱 활짝 웃었다. "엄마 아빠는 별로 좋아하지 않으시겠지. 오래전부터 마법으로 이를 작게 만들 수 있게 해 달라고 부모님을 졸랐는데, 부모님은 내가 계속 교정기를 끼고 다니기를 바라셨거든. 그러니까, 두 분은 치과 의사잖아. 그분들 생각엔

안 될 말인 거야. 마법으로 치아를…… 앗! 피그위전이 돌아왔어!"

론의 조그만 부엉이가 다리에 양피지를 묶은 채 고드름 달린 난간 위에서 미친 듯이 울고 있었다. 지나가던 사람들이 손가락으로 가리키면서 웃음을 터뜨렸고, 어떤 3학년 여학생들은 멈춰 서서 이렇게 말했다. "와, 저 쪼그만 부엉이 좀 봐! *귀엽지* 않니?"

"이 멍청한 털 뭉치야!" 론이 씩씩대며 얼른 계단을 올라가 피그위전을 낚아챘다. "편지는 받는 사람한테 곧장 갖다주는 거야! 여기저기 자랑하고 돌아다니는 게 아니라고!"

피그위전은 론의 움켜쥔 주먹 안에서 머리를 삐죽 내민 채 기분 좋은 듯 부엉부엉 울었다. 3학년 여학생들 모두 크게 놀란 표정이었다.

"비켜!" 론이 여학생들에게 쏘아붙이며 피그위전을 쥔 주먹을 휘둘렀다. 피그위전은 높이 날아오르며 어느 때보다도 기쁘게 울었다. "자, 받아, 해리." 그 여학생들이 아연실색한 얼굴로 황급히 도망치자 론이 목소리를 낮추고 말했다. 그가 시리우스의 답장을 피그위전의 다리에서 떼어내자 해리는 그것을 주머니에 넣었다. 그들은 편지를 읽기 위해 서둘러 그리핀도르 탑으로 돌아갔다.

휴게실에서는 다들 크리스마스 연휴의 열기를 발산하느라 다른 사람이 뭘 하는지 지켜볼 정신이 없었다. 해리, 론, 헤르미온느는 다른 사람들과 떨어져서 점점 눈이 쌓여가는 어두운 창가에 앉았다. 해리가 소리 내서 편지를 읽었다.

해리에게.

혼테일을 무사히 통과한 것을 축하한다. 누군지는 몰라도 네 이름을 불의 잔에 집어넣은 사람은 지금 기분이 별로 안 좋겠구나! 나는 결막염 저주를 권할 생각이었다. 용의 가장 큰 약점은 눈이거든.

"크룸이 그렇게 했는데!" 헤르미온느가 속삭였다.

하지만 네 방법이 더 나았다. 감동적이었어.

그래도 마음을 놓아서는 안 된다, 해리. 넌 과제 하나를 통과했을 뿐이야. 너를 대회에 끌어들인 사람이 누구든, 널 해치려는 거라면 기회는 얼마든지 있다. 눈 똑바로 뜨고 있거라. 전에 얘기한 사람이 가까이 있을 때는 특히. 난처한 상황에 처하지 않도록 조심해야 한다.

또 연락하거라. 어떤 이상한 일이라도 계속 알려 다오.

시리우스

"무디랑 똑같은 얘길 하네." 해리가 시리우스의 편지를 로브 안에 쑤셔 넣으며 조용히 말했다. "'지속적 경계!' 누가 들으면 내가 눈을 감고 계속 벽에 부딪치면서 돌아다니는 줄 알겠어……."

"하지만 맞는 말이야, 해리." 헤르미온느가 말했다. "넌 아직 해결해야 할 과제가 두 개나 있잖아. 진짜 그 알을 한번 살펴봐야 한다니까. 그게 뭘 의미하는지 슬슬 생각해 봐야……."

"헤르미온느, 아직 한참 남았잖아!" 론이 쏘아붙였다. "체스 한판 할래, 해리?"

"어, 그래." 해리가 말했다. 잠시 후 헤르미온느의 표정을 본 그가 다시 말했다. "왜 이래, 이렇게 시끄러운데 어떻게 집중할 수 있겠어? 이런 난리 통에서는 알이 내는 소리도 안 들릴걸."

"아니, 그건 아닐 것 같은데." 헤르미온느는 한숨을 쉬고 앉아서 그들의 체스 시합을 지켜보았다. 체스는 론이 신나게 체크메이트를 부르며 끝났다. 무모할 정도로 용맹한 폰

두어 개와 매우 난폭한 비숍이 이끌어 낸 승리였다.

크리스마스 당일, 해리는 별안간 잠에서 깨어났다. 왜 이렇게 갑자기 정신이 들었는지 의아해하며 눈을 뜨자 큼직하고 동그란 녹색 눈이 달린 뭔가가 어둠 속에서 그를 바라보고 있었다. 얼마나 가까운 거리에 있었던지 코가 맞닿을 정도였다.

"도비!" 해리가 소리쳤다. 그는 집요정에게서 허둥지둥 물러나다가 하마터면 침대에서 떨어질 뻔했다. "이런 짓 좀 하지 마!"

"도비는 죄송해요!" 도비가 긴 손가락으로 입을 가리고 뒤로 펄쩍 물러나며 걱정스러운 듯 꽥꽥 소리 질렀다. "도비는 그냥 해리 포터에게 '메리 크리스마스'라고 인사하고 선물을 주고 싶었어요! 해리 포터가 도비한테 가끔 만나러 와도 된다고 했으니까요!"

"만나러 오는 건 괜찮아." 해리가 말했다. 심장박동은 정상으로 돌아왔지만 아직도 숨이 가빴다. "그냥…… 그냥 다음에는 날 쿡 찌르거나 해. 알았지? 그런 식으로 가까이서 들여다보지 말란 말이야……."

해리는 사주식 침대의 커튼을 열고 옆 탁자에서 안경을

집어 썼다. 그가 소리를 지르는 바람에 잠에서 깬 론, 셰이머스, 딘과 네빌이 머리카락은 죄다 헝클어진 채 졸음에 겨운 눈으로 각자의 침대 커튼 틈새로 내다보고 있었다.

"누가 공격이라도 했어, 해리?" 셰이머스가 졸린 목소리로 물었다.

"아니, 도비였어." 해리가 웅얼거렸다. "다시 자."

"그럴 순 없지…… 선물이잖아!" 셰이머스가 침대 발치에 있는 커다란 꾸러미를 보고 말했다. 론과 딘과 네빌은 어차피 깬 마당에 침대에서 나와 함께 선물 개봉식을 하는 편이 낫겠다고 생각했다. 해리는 도비를 돌아보았다. 도비는 지금 해리의 침대 옆에서 안절부절못하고 서 있었다. 해리의 기분을 망친 것이 아직도 걱정되는 표정이었다. 머리에 쓴 찻주전자 덮개 꼭대기에는 크리스마스 장식용 방울이 달려 있었다.

"도비가 해리 포터에게 선물을 드려도 될까요?" 그가 머뭇거리며 높은 소리로 말했다.

"당연하지." 해리가 말했다. "어…… 나도 너한테 줄 게 있어."

거짓말이었다. 그는 도비에게 줄 선물을 전혀 준비하지 않았다. 하지만 그는 재빨리 짐 가방을 열고 둘둘 말아 놓은 양말 한 켤레를 꺼냈다. 유난히 여기저기가 늘어나서 튀어나온 양말이었다. 그가 가진 양말 중 가장 낡고 더러운 이 겨자색 양말은 한때 버넌 이모부의 것이었는데, 유독 곳곳이 튀어나온 까닭은 지금까지 1년 넘게 이것으로 스니코스코프를 둘둘 싸 놨기 때문이었다. 그는 스니코스코프를 빼내고 도비에게 양말을 건네며 말했다. "미안, 포장하는 걸 깜빡했네……."

하지만 도비는 무척 기뻐했다.

"양말은 도비가 제일제일 좋아하는 옷이에요!" 그가 신고 있던 이상한 양말을 벗어 버리고 버넌 이모부의 양말을 신으며 말했다. "이제는 양말이 일곱 개나 있어요……. 그런데……." 도비의 눈이 휘둥그레졌다. 그는 양말 두 짝을 반바지 밑에 닿을 만큼 최대한 끌어 올려서 신고 있었다. "가게에서 실수를 했나 봐요, 해리 포터. 똑같은 양말을 두 짝 줬네요!"

"아, 이런, 해리. 어떻게 그걸 몰랐을 수가 있냐!" 론이 포장지가 잔뜩 흩어져 있는 본인의 침대에서 이쪽을 바라보고 씩 웃으며 말했다. "저기 말이야, 도비? 자, 여기…… 이 양말 두 짝을 줄게. 그러면 적당히 섞어 신을 수 있을 거야. 그리고 이건 네 스웨터."

그는 방금 포장을 뜯은 보라색 양말 한 켤레와 위즐리 부인이 손수 떠서 보낸 스웨터를 도비에게 던져 주었다.

도비는 기뻐서 어쩔 줄을 모르는 표정이었다. "아주 친절하시군요!" 도비가 꽥꽥거렸다. 론에게 깊숙이 허리를 구부리는 그의 눈에 다시 한 번 눈물이 차올랐다. "도비는 당신이 위대한 마법사라는 걸 알고 있었어요. 해리 포터의 가장 위대한 친구니까요. 하지만 이렇게 너그럽고 고귀하고 욕심 없는 분인 줄은 도비도 미처……."

"그냥 양말인데, 뭐." 론이 말했다. 귀가 살짝 빨개졌지만 어쨌든 기분은 좋은 듯했다. "와, 해리……." 그는 방금 해리가 준 선물을 연 터였다. 처들리 캐넌스 모자였다. "죽인다!" 그러면서 모자를 머리에 눌러썼는데 그의 머리카락 색깔과 끔찍할 만큼 어울리지 않았다.

도비가 해리에게 작은 꾸러미를 내밀었다. 그것은 바로…… 양말이었다.

"도비가 직접 만든 거예요!" 집요정이 기쁜 듯 소리쳤다. "봉급을 받아서 털실을 샀어요!"

왼쪽 양말은 밝은 빨간색에 빗자루 무늬가 들어가 있고, 오른쪽 양말은 초록색에 스니치 무늬가 들어가 있었다.

"이거…… 이것 참…… 음, 고마워, 도비." 해리가 말하고는 양말을 신자 도비의 눈에서 또다시 기쁨의 눈물이 흘러내렸다.

"도비는 이제 가 봐야 해요. 주방에서 벌써 크리스마스 만찬을 만들고 있거든요!" 도비가 말했다. 그러더니 론과 다른 사람들에게도 손을 흔들며 빠르게 침실을 나갔다.

해리가 받은 다른 선물들은 도비가 준 이상한 양말보다 훨씬 만족스러웠다. 물론 휴지 한 장을 보낸 더즐리 가족의 선물을 제외한다면 말이지만. 그것은 역대 최악의 선물이었다. 해리는 자신과 마찬가지로 그들 역시 1톤 혓바닥 토피를 아직 잊지 않은 모양이라고 생각했다. 헤르미온느는 해리에게 《영국과 아일랜드의 퀴디치 팀들》이라는 책을 주었다. 론의 선물은 두둑한 똥폭탄이었다. 시리우스는 어떤 자물쇠라도 딸 수 있고 어떤 매듭이라도 풀 수 있는 장치가 달린 주머니칼을 보냈다. 그리고 해그리드는 해리가 가장 좋아하는 온갖 간식이 잔뜩 들어 있는 커다란 상자를 보내 왔다. 버티 보트의 모든 맛이 나는 강낭콩 젤리, 개구리 초콜릿, 드루블의 엄청 잘 불어지는 풍선껌, 피징 위즈비 등이었다. 물론 위즐리 부인이 매년 보내 주는 새 스웨터(용이 그려진 녹색 스웨터였는데, 해리는 찰리가 그녀에게 혼테일에 대해 전부 얘기해 주었을 거라고 생각했다)와 직접 만든 고기 파이가 잔뜩 들어 있는 꾸러미도 있었다.

해리와 론은 휴게실에서 헤르미온느를 만나 함께 아침 식사를 하러 갔다. 그들은 오전 대부분을 그리핀도르 탑에서 보냈다. 모두 각자 받은 선물을 풀어 보며 즐기고 있었다. 그런 다음 세 사람은 다시 대연회장으로 가서, 적어도 100마리는 되는 칠면조와 크리스마스 푸딩, 산더미처럼 쌓인 '크리비지 마법사용 크리스마스 크래커'가 포함된 훌륭한 점심 식사를 했다.

오후에는 교정으로 나갔다. 덤스트랭과 보바통 학생들이 성으로 오면서 만들어 놓은 깊게 파인 길을 제외하면 눈은 아무도 손대지 않은 상태였다. 해리와 위즐리 형제들은 눈싸움을 했고, 헤르미온느는 거기에 동참하기보다 그냥 지켜보는 쪽을 택했다. 5시가 되자 그녀는 무도회 준비를 하러 기숙사로 올라가겠다고 말했다.

"뭐, 세 시간이나 필요하다고?" 론이 믿을 수 없다는 듯 그녀를 바라보다가, 조지가 던진 커다란 눈덩이에 머리를 강타당하며 한눈판 대가를 치렀다. "누구랑 가냐니까?" 그가 헤르미온느의 등 뒤에 대고 소리쳤다. 하지만 그녀는 그저 손만 휘휘 내젓고 돌계단을 올라 성안으로 사라질 뿐이었다.

무도회에 연회가 포함되어 있었기 때문에 오늘은 크리
스마스 차를 마시지 않았다. 그래서 저녁 7시가 되어 주위
가 어두워지고 눈덩이를 정확히 조준하기 힘들어지자 다
들 눈싸움을 멈추고 우르르 휴게실로 돌아갔다. 뚱뚱한 귀
부인이 아래층에서 올라온 친구 바이올렛과 함께 액자 속
에 앉아 있었다. 둘 다 무척 취해 있었고, 그림 바닥에는
빈 리큐어 초콜릿(고급 브랜디가 들어 있는 초콜릿―옮긴이)
상자들이 어질러져 있었다.

"크리스마스 정글, 맞아, 그거야!" 그들이 암호를 대자
그녀는 낄낄 웃더니 앞으로 홱 열리며 그들을 들여보내 주
었다.

해리와 론, 셰이머스, 딘, 네빌은 침실에서 정장 로브로
갈아입었다. 모두가 다른 사람의 시선을 무척 의식하는 기
색이었는데 론이 가장 심했다. 그는 경악한 표정으로 구석
에 있는 긴 거울에 자신의 모습을 비춰 보았다. 그의 로브
가 더도 덜도 아닌 여자들이 입는 드레스처럼 보인다는 사
실을 외면할 방법은 없었다. 그는 그 옷을 좀 더 남자답게
만들어 보려는 절박한 시도로 목깃과 소매에 절단 마법을
걸었다. 꽤 효과가 있었다. 적어도 이제 레이스는 달려 있
지 않았다. 다만 솜씨는 그다지 깔끔하지 못해서, 계단을

내려갈 때 보니 목깃과 소매 가장자리는 여전히 비참하게 너덜거렸다.

"난 너희가 어떻게 우리 학년에서 가장 예쁜 여자애들이랑 파트너가 됐는지 아직도 모르겠다." 딘이 작은 소리로 투덜거렸다.

"동물적인 매력이지." 론이 소맷동에서 삐져나온 실밥을 뜯으며 우울하게 말했다.

평소처럼 검은 옷을 입은 무리가 아닌 다채로운 색깔의 옷을 입은 사람들로 가득 차 있는 탓에 휴게실은 낯설어 보였다. 파르바티가 계단 밑에서 해리를 기다리고 있었다. 그녀는 사실 꽤 예뻤다. 강렬한 분홍색 로브에 길고 검은 머리카락은 황금색 장식용 술로 땋아 올렸고 손목에는 황금색 팔찌가 반짝거리고 있었다. 해리는 그녀가 이제 키득거리지 않는 것을 보자 마음이 놓였다.

"너…… 음…… 멋지다." 해리가 어색하게 말했다.

"고마워." 그녀가 말했다. "파드마는 현관홀에서 기다리고 있어." 그녀가 론에게 덧붙였다.

"알았어." 론이 주위를 둘러보며 말했다. "헤르미온느는 어디 있지?"

파르바티가 어깨를 으쓱했다. "그럼 가 볼까, 해리?"

"그래." 해리는 그냥 휴게실에 머물렀으면 좋겠다고 생각하며 그렇게 대답했다. 초상화 구멍으로 나가는 길에 프레드가 해리를 지나치면서 눈을 찡긋했다.

현관홀도 학생들로 발 디딜 틈이 없었다. 모두가 대연회장 문이 활짝 열릴 8시를 기다리며 서성거리고 있었다. 다른 기숙사에서 파트너를 구한 학생들은 인파를 헤치며 서로를 찾으려고 애썼다. 파르바티가 쌍둥이 자매인 파드마를 데리고 해리와 론에게 다가왔다.

"안녕." 파드마가 말했다. 밝은 터키옥색 로브를 입은 그녀는 파르바티만큼이나 예뻤다. 하지만 그녀는 론과 파트너가 된 것이 별로 기쁘지 않은 듯했다. 론을 위아래로 훑어보는 그녀의 까만 눈동자가 너덜너덜한 목깃과 소매에 길게 머물렀다.

"안녕." 론이 그녀가 아닌 주위에 있는 사람들을 둘러보며 말했다. "아, 이런……."

그는 무릎을 살짝 구부리고 해리 뒤에 숨었다. 은회색 새틴 로브를 입은 아찔할 정도로 아름다운 플뢰르 들라쿠르가 래번클로 퀴디치 팀 주장인 로저 데이비스와 함께 지나가고 있었던 것이다. 그들이 사라지자 론은 다시 허리를 펴고 사람들의 머리 너머를 바라보았다.

"헤르미온느는 *대체* 어디 있는 거야?" 그가 다시 말했다.

지하 감옥에 있는 휴게실에서 나온 한 무리의 슬리데린 학생들이 계단을 올라왔다. 말포이가 맨 앞에 있었다. 그는 높은 옷깃이 달린 검은색 벨벳 정장 로브 차림이었는데 해리 눈에는 꼭 성공회 사제처럼 보였다. 주름 장식이 잔뜩 들어간 연분홍색 로브를 입은 팬지 파킨슨이 말포이의 팔짱을 꼭 끼고 있었다. 크래브와 고일은 둘 다 녹색 옷을 입고 있어서인지 마치 이끼 낀 거대한 돌덩이 같았다. 둘 다 파트너를 구하지 못한 것을 보니 해리는 기분이 좋았다.

오크나무 정문이 열리며, 덤스트랭 학생들이 카르카로프 교장과 함께 성으로 들어왔다. 모두 고개를 돌려 그 모습을 바라보았다. 크룸이 푸른색 로브를 입은 예쁜 여학생과 함께 맨 앞에 서 있었다. 해리는 처음 보는 여학생이었다. 덤스트랭 학생들의 머리 너머로 보이는 성 앞 잔디밭은 수백 개의 꼬마전구로 밝힌 작은 동굴처럼 변해 있었다. 그 꼬마전구는 실제 살아 있는 요정들이었다. 요정들은 마법으로 만들어 낸 장미 덤불에 앉아, 산타클로스와 루돌프처럼 보이는 조각상 위에서 날개를 파닥거리고 있었다.

그때 맥고나걸 교수의 목소리가 들렸다. "대표 선수들은 이쪽으로 오세요!"

파르바티가 활짝 웃으며 팔찌를 다시 매만졌다. 그녀와
해리는 론과 파드마에게 "이따 보자"라고 말한 뒤 앞으로
걸어갔다. 재잘거리던 사람들이 길을 터 주었다. 빨간 격자
무늬 정장 로브를 입고 모자챙에 상당히 볼썽사나운 엉겅
퀴 화환을 두르고 있는 맥고나걸 교수가 대표 선수들에게
다른 학생들이 모두 안으로 들어갈 때까지 문 한쪽에서 기
다리라고 말했다. 그들은 다른 학생들이 자리에 앉은 뒤에
줄을 지어 대연회장에 들어갈 예정이었다. 플뢰르 들라쿠
르와 로저 데이비스가 문과 가장 가까운 곳에 서 있었다.
데이비스는 플뢰르와 파트너가 되는 행운을 차지했다는
사실에 좀처럼 정신을 못 차리겠는지 그녀에게서 눈을 떼
지 못했다. 세드릭과 초도 해리 근처에 있었다. 해리는 그
들과 대화를 나눌 일이 없도록 눈을 피했다. 대신 그의 시
선은 크룸 옆에 있는 여학생에게 향했다. 순간 해리의 입
이 떡 벌어졌다.

헤르미온느였다.

하지만 그녀는 조금도 헤르미온느처럼 보이지 않았다.
머리에 뭔가 했는지, 우아하게 땋아 올린 머리카락은 더 이
상 부스스하지 않을 뿐만 아니라 매끈하게 윤기가 흘렀다.
그녀는 아주 얇고 가벼운 재질의 연한 파란색 로브를 입고

있었는데 어쩐지 자세도 달라 보였다. 어쩌면 평소에 짊어지고 다니는 스무 권 넘는 책들이 없기 때문인지도 몰랐다. 헤르미온느는 또한 미소 짓고 있었는데(조금 초조해 보이긴 했다), 앞니 크기가 줄어든 것이 그 어느 때보다 눈에 띄었다. 해리는 자신이 왜 진작 그 사실을 눈치채지 못했는지 이해할 수 없었다.

"안녕, 해리!" 그녀가 말했다. "안녕, 파르바티!"

파르바티는 호의적이지 않은 불신 가득한 눈으로 헤르미온느를 빤히 바라보았다. 파르바티뿐만이 아니었다. 대연회장 문이 열리자 도서관을 들락거리던 크룸의 팬들이 헤르미온느에게 깊은 반감이 어린 눈길을 던지며 고개를 빳빳이 들고 지나갔다. 말포이와 함께 그 옆을 지나가던 팬지 파킨슨이 입을 떡 벌렸다. 심지어 말포이조차 헤르미온느에게 모욕적인 말을 던지지 못하는 것처럼 보였다. 그러나 론은 헤르미온느를 못 보고 그대로 지나쳤다.

모두가 대연회장에 자리를 잡자 맥고나걸 교수는 대표 선수와 파트너 들에게 한 쌍씩 줄을 서서 자기를 따라오라고 말했다. 그들은 그 말을 따랐다. 그들이 입장해서 심사위원들이 앉은 상석의 둥글고 커다란 탁자를 향해 걷기 시작하자 대연회장의 모두가 박수를 보냈다.

대연회장 벽은 온통 반짝이는 은빛 성에로 뒤덮여 있었다. 겨우살이와 담쟁이덩굴로 만든 화환 수백 개가 별이 총총한 새까만 천장 가득 매달려 있었다. 기숙사 식탁이 사라진 자리에는 등불로 밝혀진 작은 탁자가 100개 넘게 놓여 있었고 탁자마다 열두어 명씩 앉아 있었다.

해리는 혹시라도 발을 헛디뎌 넘어질까 봐 온 정신을 집중했다. 파르바티는 즐거운 듯 보였다. 그녀가 주위 모든 사람을 향해 활짝 웃으면서 힘주어 끌고 가는 바람에 그는 그녀를 따라 반려견 대회에 나온 개라도 된 것 같은 기분이었다. 상석에 거의 도착했을 때 론과 파드마의 모습이 그의 눈에 들어왔다. 론은 눈을 가늘게 뜨고 헤르미온느가 지나가는 모습을 지켜보고 있었다. 파드마는 부루퉁한 표정이었다.

대표 선수들이 상석에 다가오자 덤블도어는 기쁘게 미소 지은 반면 카르카로프는 가까이 온 크룸과 헤르미온느를 보고 놀랍도록 론과 비슷한 표정을 지었다. 오늘 밤에는 밝은 자주색 바탕에 큼직한 노란색 별이 들어간 로브를 입고 있는 루도 배그먼이 여느 학생들만큼이나 열정적으로 손뼉을 쳤다. 막심 교장은 평소 입는 검은 새틴 정장 대신 라벤더 색깔의 하늘하늘한 비단 가운을 입고 정중하게 갈채를 보내고 있었다. 그러나 해리는 그 자리에 크라우치 장관이 없다는 사실을 문득 눈치챘다. 그 대신 퍼시 위즐리가 상석의 다섯 번째 자리를 차지하고 앉아 있었다.

대표 선수들과 그 파트너들이 상석에 다다르자 퍼시는 의미심장한 눈으로 해리를 바라보며 옆의 빈 의자를 뒤로 뺐다. 해리는 무슨 뜻인지 알아차리고, 새 옷 티가 나는 짙은 남색 정장 로브를 입고 엄청난 자부심이 깃든 표정을 짓고 있는 퍼시 옆에 앉았다.

"나 승진했어." 해리가 묻지도 않았는데 퍼시가 말했다. 목소리만 들으면 우주 최고 통치자로 뽑혔다고 선언이라도 하는 듯했다. "이제는 크라우치 장관님의 개인 비서야. 그분 대신 여기 온 거고."

"왜 그 사람이 직접 안 오고?" 해리가 물었다. 저녁 식사 시간 내내 솥단지 바닥 두께에 관한 일장 연설을 듣고 싶지는 않았다.

"안타깝게도 건강이 많이 안 좋으셔. 월드컵 이후로 쭉 그랬어. 놀랄 것도 없지. 과로하신 거야. 그분도 전처럼 젊지 않으니까. 물론 여전히 총명하시고 여느 때처럼 훌륭한 정신을 갖고 계시지만 말이야. 하지만 퀴디치 월드컵은 정부 전체에 재앙을 안겨 주었어. 게다가 크라우치 장관님은 블링키인지 뭔지 하는 그 집요정 때문에 개인적으로도 큰 충격을 받으셨어. 당연히 곧바로 해고하시긴 했지만. 뭐, 내가 보기엔 이럭저럭 지내고 계시는데 돌봐 드릴 사람이 필요하신 것 같아. 그 집요정이 떠난 뒤로 집안 살림의 수준이 꽤 떨어졌다고 생각하시는 것 같더라. 거기다 트라이위저드 대회 준비도 하셔야 했고 월드컵 뒤처리도 하셔야 했지. 그 스키터라는 불쾌한 여자가 여기저기 들쑤시고 다니니까 말이야. 아, 가엾은 분. 지금은 조용한 크리스마스를 보내고 계셔. 충분히 그러실 자격이 있지. 난 그저 일을 믿고 맡길 수 있는 누군가가 있다는 걸 장관님이 알고 계신다는 사실이 기쁠 뿐이야."

해리는 크라우치 장관이 이제 퍼시를 '웨더비'라고 부르지 않는지 묻고 싶은 마음이 굴뚝같았지만 간신히 참았다.

번쩍거리는 황금 접시에는 아직 음식이 나오지 않았고 대신 각자의 앞에 작은 메뉴판이 놓여 있었다. 웨이터가 없었기에 해리는 머뭇거리며 메뉴판을 집어 들고 주위를 둘러보았다. 덤블도어가 메뉴를 신중하게 들여다보더니 접시에 대고 아주 또렷한 목소리로 말했다. "폭찹!"

그러자 폭찹이 나타났다. 어떻게 하는지 알게 된 다른 사람들도 접시에 대고 음식을 주문했다. 해리는 헤르미온느가 이 새롭고 좀 더 복잡해진 식사법을 어떻게 생각하는지 알고 싶은 마음에 그녀를 힐끔 바라보았다. 당연히 이 방법은 집요정들이 더 많은 일을 해야 한다는 뜻 아니겠는가? 하지만 헤르미온느도 이번만큼은 S.P.E.W. 생각을 하지 않는 것 같았다. 그녀는 빅토르 크룸과 이야기 나누는 데 푹 빠져서 자신이 뭘 먹고 있는지도 모르는 것 같았다.

해리는 문득 크룸이 말하는 소리를 실제로 들어 본 적이 없다는 사실을 떠올렸다. 그러나 지금 그는 분명히 말을 하고 있었다. 그것도 아주 열정적으로.

"음, 우리도 성이 있다. 이 성처럼 크지도 않고 편안하치도 않다고 나는 생각한다." 그가 헤르미온느에게 말했다. "우리 성은 4층이고, 불은 오칙 마법척 목척으로만 피운다. 교청은 여기보다 넓다. 하치만 겨울에는 햇빛이 거의 들치 않아서 즐기지는 못해. 대신 여름에는 매일매일 비행을 한다. 호슈 위로, 샨 위로……."

"자자, 빅토르!" 카르카로프가 웃으며 말했지만 그 웃음은 차가운 눈까지는 번지지 않았다. "그 이상은 얘기하지 말거라. 안 그랬다간 네 매력적인 친구가 우리의 정확한 위치를 알게 될 테니까!"

덤블도어가 눈을 반짝이며 미소 지었다. "이고르, 그렇게 감출 것 있습니까? 누가 들으면 덤스트랭에서는 손님을 거부하는 줄 알겠어요."

"글쎄요, 덤블도어." 카르카로프가 누런 치아를 있는 대로 드러내며 말했다. "우리 모두 각자의 사적인 영역은 지키고 있지 않습니까? 우리 손에 맡겨진 배움의 전당을 빈틈없이 지키려 하지 않느냐 말입니다. 우리 학교의 비밀은 우리만 알고 있다는 사실을 자랑스럽게 여기고 그 비밀을 지키는 게 옳은 일 아니겠습니까?"

"아, 나는 내가 호그와트의 비밀을 다 안다고는 꿈에도 생각해 본 적이 없습니다, 이고르." 덤블도어가 친근하게 말했다. "예를 들면 오늘 아침만 해도 나는 화장실에 가다가 방향을 잘못 트는 바람에 한 번도 본 적 없는, 비례가 아주 잘 맞는 방에 들어가게 됐어요. 정말이지 훌륭한 변기들이 모여 있습디다. 좀 더 자세히 살펴보려고 다시 가 봤는데 그 방이 사라지고 없지 뭡니까? 그래도 지켜봐야지요. 어쩌면 새벽 5시 반에만 들어갈 수 있는지도 모르죠. 아니면 반달이 떴을 때만 나타나든지요. 아니면 특별히 찾는 사람의 방광이 가득 차 있을 때만 나타나는 걸 수도 있고요."

해리는 굴라시 접시에 음식을 뿜을 뻔했다. 퍼시는 얼굴을 찡그렸지만, 덤블도어는 분명 그를 보며 눈을 살짝 찡긋

한 것 같았다.

한편 플뢰르 들라쿠르는 로그 데이비스에게 호그와트의 장식에 대해 불평을 늘어놓고 있었다.

"이건 아무것도 아니야." 그녀가 깔보는 투로 대연회장의 반짝거리는 벽을 둘러보며 말했다. "보바통 궁전에선 크리스마스에 연회장 전체에 얼음 조각을 만들어 놔. 물론 절대 녹지 않지……. 반짝거리며 주위를 밝히는 거대한 다이아몬드 조각상처럼. 음식이 훌륭하다는 건 말할 필요도 없고. 우리가 음식을 먹는 동안 세레나데를 불러 주는 나무의 정령 합창단도 있어. 우리 복도에는 저렇게 보기 싫은 갑옷 같은 건 하나도 없어. 폴터가이스트 같은 게 보바통에 들어왔다면 당장 쫓겨났을 거야." 그녀는 못 참겠다는 듯 손으로 탁자를 내려쳤다.

로저 데이비스는 그저 멍한 표정으로 그녀가 말하는 모습을 바라보느라 포크를 입에 넣는 데 자꾸 실패하고 있었다. 플뢰르를 쳐다보는 데만 정신이 팔려 그녀의 말을 한마디도 이해하지 못한 것 같았다.

"정말 맞는 말이야." 그가 플뢰르를 따라 손으로 탁자를 탁 치며 재빨리 말했다. "당장 쫓아내야지. 맞아."

해리는 대연회장을 둘러보았다. 또 다른 교직원 탁자에

해그리드가 앉아 있었다. 그는 이번에도 그 끔찍한 털 달린 갈색 정장을 입고 상석을 올려다보고 있었다. 그가 살짝 손을 흔드는 모습이 보였다. 돌아보니 막심 교장이 마주 손을 흔들어 주고 있었다. 그녀의 손에 잔뜩 끼워져 있는 오팔 장신구가 촛불 빛을 받아 반짝반짝 빛났다.

헤르미온느는 이제 크룸에게 자신의 이름을 제대로 발음하도록 가르쳐 주고 있었다. 그는 계속 그녀를 '헬미오운'이라고 불렀다.

"헤르미-온-느." 그녀가 천천히 명확한 발음으로 말해 주었다.

"헤르미-오우-니니."

"그 정도면 비슷하네." 그녀가 해리와 눈을 마주치고 씩 웃으며 말했다.

음식이 바닥나자 덤블도어는 자리에서 일어나 학생들에게도 일어날 것을 요청했다. 이윽고 그가 마법 지팡이를 한 번 휘젓자 탁자들이 벽 쪽으로 붕 날아가면서 공간이 넓어졌다. 이어서 그는 마법으로 오른쪽 벽을 따라 무대가 불쑥 솟아오르게 만들었다. 무대 위에는 드럼과 기타, 류트, 첼로, 백파이프 몇 개가 놓여 있었다.

운명의 세 여신이 몹시 열광적인 갈채를 받으며 무대로

우르르 올라왔다. 그들은 모두 엄청나게 머리숱이 많았으며 일부러 솜씨 좋게 찢어발긴 검은색 로브를 입고 있었다. 그들이 악기를 집어 들었다. 그 모습을 흥미롭게 지켜보느라 다음에 뭘 해야 할 차례인지 거의 잊고 있던 해리는 갑자기 다른 탁자의 등불이 모두 꺼졌다는 사실을 알아차렸다. 다른 대표 선수들과 그 파트너들이 자리에서 일어서고 있었다.

"뭐 해?" 파르바티가 작은 목소리로 재촉하듯 속삭였다. "춤춰야지!"

해리는 일어나다가 정장 로브에 발이 걸리고 말았다. 운명의 세 여신이 느리고 애절한 곡조를 연주했다. 해리는 누구와도 눈을 마주치지 않도록 조심하면서 환하게 밝혀진 댄스 플로어로 걸어 나갔다(셰이머스와 딘이 그에게 손을 흔들며 히죽히죽 웃는 모습이 보였다). 다음 순간, 파르바티가 그의 손을 낚아채더니 한 손을 자신의 허리에 얹고 다른 한 손은 꽉 잡았다.

해리는 생각했던 것만큼 나쁘지는 않다고 생각하며 제자리에서 천천히 빙글빙글 돌았다(춤은 파르바티가 주도하고 있었다). 해리는 춤을 지켜보는 사람들의 머리 위에 시선을 고정했다. 머잖아 너무나 많은 사람이 댄스 플로어에

올라왔기 때문에 대표 선수들은 더 이상 관심의 중심에 있
지 않았다. 근처에서는 네빌과 지니가 춤을 추고 있었다(네
빌이 발을 밟을 때마다 지니가 움찔하는 모습이 자주 보였
다). 덤블도어는 막심 교장과 왈츠를 추고 있었는데, 그녀
와 함께 있는 덤블도어는 너무 작아 보였다. 그의 뾰족 모
자 끝이 그녀의 턱에 닿을락 말락 했다. 하지만 막심 교장
은 그토록 키가 큰 사람치고는 아주 우아하게 움직이고 있
었다. 매드아이 무디는 불안불안하게 그의 나무다리를 피
하는 시니스트라 교수와 극도로 어색한 투스텝을 추고 있
었다.

"양말이 멋지구나, 포터." 지나가면서 해리의 로브 속을
꿰뚫어 본 매드아이 무디가 걸걸한 목소리로 말했다.

"아, 네. 도비라는 집요정이 떠 준 거예요." 해리가 씩 웃
으며 말했다.

"저 교수님 너무 소름 *끼쳐!*" 무디가 턱틱 소리를 내며
멀어져 가자 파르바티가 속삭였다. "저런 눈은 못 쓰게 해
야 돼!"

해리는 백파이프가 바르르 떨리며 마지막 음을 연주하는
소리를 듣고 마음을 놓았다. 운명의 세 여신이 연주를 멈추
자 다시 한 번 박수갈채가 연회장을 가득 채웠다. 해리는

곧바로 파르바티의 손을 놓았다. "가서 앉지 않을래?"

"어, 하지만…… 이번 곡이 진짜 좋은데!" 운명의 세 여신이 훨씬 빠른 새 음악을 연주하기 시작하자 파르바티가 말했다.

"아니, 난 별로 마음에 안 들어." 해리는 거짓말을 하고 그녀를 댄스 플로어에서 데리고 나갔다. 지나가면서 보니 프레드와 앤젤리나는 주위에 있던 사람들이 다칠까 두려워 뒤로 물러날 만큼 열광적으로 춤을 추고 있었다. 해리는 론과 파드마가 앉아 있는 탁자로 향했다.

"잘돼 가?" 해리가 자리에 앉아 버터맥주 병을 따면서 론에게 물었다.

론은 아무런 대답도 하지 않았다. 그는 근처에서 춤을 추는 헤르미온느와 크룸을 뚫어지게 바라보고 있었다. 파드마는 팔짱을 낀 채 다리를 꼬고 앉아 한 발을 음악에 맞춰 흔들며, 그녀를 완전히 무시하고 있는 론에게 이따금씩 언짢은 시선을 던졌다. 파르바티도 해리의 옆에 앉아 팔짱을 끼고 다리를 꼬았다. 얼마 지나지 않아 보바통 남학생 하나가 그녀에게 춤을 청했다.

"괜찮지, 해리?" 파르바티가 물었다.

"응?" 초와 세드릭을 보고 있던 해리가 말했다.

"아, 됐어." 파르바티가 쏘아붙이더니 보바통 남학생과 함께 가 버렸다. 음악이 끝나도 그녀는 돌아오지 않았다.

헤르미온느가 다가와 파르바티가 앉았던 의자에 앉았다. 춤을 추느라 얼굴이 발그레해져 있었다.

"안녕." 해리가 말했다. 론은 아무 말도 하지 않았다.

"덥다. 그치?" 헤르미온느가 손으로 부채질을 하며 말했다. "빅토르가 방금 마실 걸 가지러 갔어."

론이 화난 눈초리로 그녀를 쏘아보았다.

"빅토르?" 그가 말했다. "*비키*라고 부르라는 얘긴 아직 안 하디?"

헤르미온느가 놀라서 그를 쳐다보았다.

"너 왜 그래?" 그녀가 물었다.

"왜 이러는지 모른다면 굳이 말 안 할 거야." 론이 매몰차게 말했다.

헤르미온느가 그를 보더니 이어서 해리를 뚫어지게 바라보았다. 해리는 어깨를 으쓱했다. 그녀가 다시 말했다. "론, 무슨……?"

"걔는 덤스트랭이잖아!" 론이 내뱉었다. "해리의 경쟁자라고! 호그와트의 적! 넌…… 너는……." 론은 헤르미온느의 범죄를 설명할 만큼 강력한 단어를 찾고 있는 게 틀림없었다. "*넌 적과 내통하는 거야. 넌 그런 짓을 하고 있는 거라고!*"

헤르미온느의 입이 떡 벌어졌다.

"멍청한 소리 하지 마!" 잠시 후 그녀가 말했다. "적이라니? 나 참, 빅토르가 도착하는 걸 보고 그렇게 흥분하던 사람이 누군데? 사인 받고 싶어 하던 사람은 누구고? 기숙사 침실에 빅토르 모형을 세워 놓은 건 또 누구야?"

론은 이 말을 무시하기로 했다. "둘이 도서관에 있을 때 그 자식이 너한테 무도회에 같이 가자고 했냐?"

"응, 맞아." 헤르미온느가 말했다. 발그레한 얼굴이 더 빨갛게 달아올랐다. "그래서 뭐?"

"무슨 일이 있었던 거야? 크룸을 토사물에 끌어들이려고 했어?"

"아니, 안 그랬어! 정말로 알고 싶다면 말해 줄게. 빅토르는…… 빅토르는 나한테 말을 걸려고 매일 도서관에 왔다고 했어. 하지만 용기가 안 났대!"

헤르미온느는 속사포처럼 말을 쏟아 냈다. 얼굴이 너무 빨개져서 파르바티의 로브와 같은 색깔이 되었다.

"그래, 뭐, 그 자식은 그렇게 말하겠지." 론이 심술궂은 말투로 말했다.

"무슨 뜻이야?"

"뻔하잖아? 그 자식은 카르카로프의 제자야. 아냐? 네가 누구랑 어울려 다니는지 알 거라고. ……그냥 해리한테 접근하려고 한 거지. 해리에 대한 정보를 빼내거나, 저주를 걸 수 있을 만큼 가까워져서……."

헤르미온느는 론에게 뺨이라도 얻어맞은 듯한 얼굴이 되었다. 마침내 그녀가 떨리는 목소리로 입을 열었다. "뭘 잘못 안 것 같은데, 빅토르는 해리에 대해 한 마디도 묻지 않았어. 단 한 마디도……."

론은 재빠르게 전략을 바꿨다. "그럼 그 알의 의미를 알아낼 때 네가 도와줬으면 해서 그런 거겠지! 그 작고 아늑한 도서관에서 둘이 머리를 맞대고……."

"나는 빅토르가 그 알에 대해 알아내는 걸 절대 도와주지 않을 거야!" 헤르미온느가 머리끝까지 화가 난 얼굴로 소리쳤다. "절대로! 어떻게 그런 말을 할 수가 있어? 나는 해리가 대회에서 이기기를 바라. 그건 해리도 알아. 그렇지, 해리?"

"그 마음을 표현하는 방식이 아주 웃기구나." 론이 코웃음 쳤다.

"이 대회 전체가 다른 나라의 마법사들을 알고 그들과 친구가 되기 위한 거야!" 헤르미온느가 날카롭게 말했다.

"아니, 그렇지 않아!" 론이 마주 소리쳤다. "이기기 위한 거야!"

사람들이 그들을 뚫어지게 쳐다보기 시작했다.

"론." 해리가 조용히 말했다. "나는 헤르미온느가 크룸이랑 같이 와도 아무렇지 않······."

하지만 론은 해리의 말도 들으려고 하지 않았다.

"가서 비키나 찾아보지 그러냐? 네가 어디 있는지 궁금해할 텐데." 론이 말했다.

"비키라고 부르지 마!" 헤르미온느는 자리에서 벌떡 일어나 쏜살같이 댄스 플로어를 가로지르더니 사람들 사이로 사라져 버렸다.

론은 분노와 만족감이 뒤섞인 표정으로 그런 그녀의 뒷모습을 지켜보았다.

"너 나한테 춤추자고 하긴 할 거니?" 파드마가 그에게 물었다.

"아니." 여전히 헤르미온느의 뒷모습을 노려보면서 론이 말했다.

"알겠어." 파드마는 그렇게 쏘아붙이더니 자리에서 일어나 파르바티와 보바통 남학생 쪽으로 갔다. 보바통 남학생은 금방 함께할 친구를 불러냈다. 소환 마법으로 쌩 날아오게 했다고 말해도 될 정도였다.

"헤르미-오우-니니는 어디 있치?" 어떤 목소리가 말했다.

크룸이 버터맥주 두 병을 들고 막 그들의 자리에 도착했다.

"몰라." 론이 그를 올려다보며 고집쟁이처럼 말했다. "잃어버렸냐?"

크룸은 다시 뚱한 얼굴이 되었다.

"그래, 혹시 보게 되면 내가 마실 걸 가쳐왔다고 천해 줘." 그는 어깨를 구부정하게 늘어뜨리고 멀어져 갔다.

"빅토르 크룸이랑 친구가 됐나 보구나, 론?"

퍼시가 손을 맞비비면서 잔뜩 젠체하는 모습으로 부산을 떨며 다가왔다. "훌륭해! 바로 그게 중요한 거야. 국제적인 마법 협력 말이지!"

짜증 나게도, 파드마가 비운 자리를 퍼시가 잽싸게 차지하고 앉았다. 상석은 이제 비어 있었다. 덤블도어 교수는 스프라우트 교수와, 루도 배그먼은 맥고나걸 교수와 춤을 추고 있었다. 막심 교장과 해그리드는 학생들 무리를 가르고 왈츠를 추면서 댄스 플로어를 휘젓고 다녔다. 카르카로프는 어디에도 보이지 않았다. 다음 곡이 끝나자 모두가 다

시 한 번 박수갈채를 보냈다. 해리는 루도 배그먼이 맥고나
걸 교수의 손에 입을 맞춘 뒤 사람들을 헤치고 가는 모습을
보았다. 그때 프레드와 조지가 루도 배그먼에게 성큼성큼
다가가 말을 걸었다.

"저 녀석들 뭐 하는 걸까? 정부의 높은 분을 귀찮게 하다
니." 퍼시가 수상쩍다는 눈길로 프레드와 조지를 바라보며
식식거렸다. "존경심이라고는 전혀……."

하지만 루도 배그먼은 프레드와 조지를 아주 신속하게
떨쳐 내더니, 해리를 발견하고 손을 흔들며 그들의 자리로
다가왔다.

"동생들이 귀찮게 해 드린 게 아니었으면 좋겠습니다, 배
그먼 장관님." 퍼시가 즉시 입을 열었다.

"뭐? 아, 아냐, 전혀 아니야!" 배그먼이 말했다. "아니고
말고. 그냥 나한테 그 속임수 마법 지팡이 얘기를 좀 더 해
주고 있었을 뿐이야. 내게 마케팅 관련 조언을 들을 수 있
는지 궁금해하더군. 종코의 장난감 가게에서 내 지인 몇 명
과 연결시켜 주기로 약속했지……."

퍼시는 그 말이 전혀 달갑지 않은 것 같았다. 해리는 그
가 집에 도착하자마자 위즐리 부인에게 달려가 이 이야기
를 전할 거라는 확신이 들었다. 학교 밖에 있는 사람들한테

까지 물건을 팔고 싶어 하다니, 최근 들어 프레드와 조지가
더 야심찬 계획을 세운 모양이었다.

배그먼이 해리에게 뭔가 물으려고 입을 열었지만 퍼시
가 끼어들었다. "대회는 어떻게 되어 간다고 보십니까, 배
그먼 장관님? 저희 부서는 상당히 만족스러워하고 있습니
다. 불의 잔과 관련된 문제는……." 그가 해리를 힐끗 보았
다. "물론 조금 불행한 일이긴 합니다만, 이후에는 아주 순
조롭게 진행되고 있는 것 같습니다. 그렇게 생각하지 않으
십니까?"

"아, 그럼 물론이지." 배그먼이 활기찬 어조로 말했다.
"전부 엄청나게 재미있었네. 바티 영감님은 어떠신가? 오
지 못하신다니 아쉽군."

"아, 저는 크라우치 장관님께서 금방 털고 일어나실 거라
고 확신합니다." 퍼시가 거들먹거리며 말했다. "하지만 그
동안에는 제가 기꺼이 그분의 공백을 메우겠습니다. 물론,
무도회에 참석하는 것이 제 임무의 전부는 아니지만……."
그는 대수롭지 않다는 듯 웃었다. "네, 그분께서 자리를 비
우신 동안 발생한 온갖 일을 처리해야 했죠. 알리 바시르가
날아다니는 양탄자를 밀반입하려다 붙잡혔다는 소식은 들
으셨습니까? 그다음에는 국제 결투 금지법에 서명하라고

트란실바니아 사람들을 설득해야 했죠. 새해에 트란실바니아 마법 협력부 장관과 회의를 할 예정인데…….."

"나가서 좀 걷자." 론이 해리에게 중얼거렸다. "퍼시한테서 벗어나야지……."

해리와 론은 마실 것을 가지러 가는 척 탁자에서 일어나 댄스 플로어를 슬며시 돌아서 현관홀로 빠져나갔다. 성 정문이 열려 있었다. 정문 계단을 내려가니 장미 정원에서 파닥거리며 날아다니는 요정들이 깜빡깜빡 빛을 내고 있었다. 어느새 두 사람은 장미 덤불과 크리스마스 장식을 해놓은 구불구불한 통로와 커다란 석재 조각상에 둘러싸여 있었다. 분수가 있는지, 물방울이 튀는 소리도 들렸다. 여기저기 조각이 새겨진 벤치에 사람들이 앉아 있었다. 해리와 론은 장미 덤불 사이로 구불구불 나 있는 길 중 한 곳을 따라 걸었다. 하지만 얼마 못 가 귀에 익은 불쾌한 목소리가 들려왔다.

"……소란 떨 일인가 싶은데, 이고르."

"세베루스, 이미 벌어지고 있는 일을 모른 척할 수는 없어!" 카르카로프가 불안이 깃든 목소리로 숨죽여 말하는 소리가 들렸다. 혹 엿듣는 사람이 있을까 안절부절못하는 듯했다. "몇 달 동안 점점 더 분명해지고 있어. 나는 심각하게 걱정되기 시작했네. 부정할 수가 없……."

"그럼 도망치든가." 스네이프의 목소리가 간단하게 말했다. "도망쳐. 핑계는 내가 대 주지. 하지만 난 호그와트에 남을 거야."

스네이프와 카르카로프가 모퉁이를 돌았다. 스네이프가 마법 지팡이를 꺼내 들고 한없이 악독한 표정으로 장미 덤불 여기저기에 주문을 날렸다. 덤불 곳곳에서 꺅꺅 소리가 터지더니 어두운 형체들이 튀어나왔다.

"후플푸프는 10점 감점이다, 포셋!" 여학생 한 명이 그를 지나쳐 달아나자 스네이프가 으르렁거리듯 말했다. "래번클로도 10점 감점이다, 스테빈스!" 남학생 하나가 그 여학생의 뒤를 쫓아 달렸다. "너희 둘은 뭘 하는 거지?" 그가 앞에 있는 해리와 론을 보고 물었다. 그들이 거기에 서 있는 것을 본 카르카로프는 살짝 당황한 것 같았다. 그는 긴장한 듯 염소수염으로 손을 뻗어 또다시 손가락으로 수염을 배배 꼬기 시작했다.

"걷고 있는데요." 론이 스네이프를 향해 간단하게 말했다. "규칙 위반은 아니잖아요?"

"그럼 계속 걸어!" 스네이프가 버럭 소리치더니 긴 검은색 망토를 펄럭이며 그들을 스치고 지나갔다. 카르카로프도 스네이프를 따라 황급히 자리를 떴다. 해리와 론은 계속 길을 걸었다.

"카르카로프는 뭘 저렇게 걱정하는 거야?" 론이 중얼거렸다.

"스네이프랑은 언제부터 서로 이름을 부르는 사이가 된 거지?" 해리가 고개를 갸웃거리며 말했다.

그들은 이제 돌로 만든 커다란 순록 조각상 앞에 다다랐다. 조각상 너머로 분수에서 높이 뿜어져 나와 반짝이는 물줄기가 보였다. 돌로 만든 벤치에는 달빛을 받으며 분수를 바라보는 두 사람의 큼직한 그림자가 드리워져 있었다. 그때 해그리드의 말소리가 들렸다.

"처음 보는 순간 알았어요." 그의 목소리는 이상하게 쉬어 있었다.

해리와 론은 그 자리에서 얼어붙었다. 왠지 끼어들어서는 안 될 장면 같기도 했다……. 해리는 주위를 둘러보고 뒤로 물러섰다. 근처 장미 덤불에 반쯤 몸을 숨기고 서 있는 플뢰르 들라쿠르와 로저 데이비스가 보였다. 해리는 론의 어깨를 두드리고 그들 쪽으로 고개를 까닥였다. 그 쪽으로 눈에 띄지 않고 쉽게 몰래 빠져나갈 수 있다는 뜻이었다(플뢰르와 데이비스는 아주 바빠 보였다). 하지만 론은 플뢰르를 보고 겁에 질려 눈을 휘둥그렇게 뜬 채 고개를 힘차게 젓더니, 해리를 순록 조각상 뒤 더 깊은 어둠 속으로 끌어당겼다.

"뭘 알았다능 거죠, 애그리드?" 막심 교장이 굵은 목소리에 애교를 가득 담고 물었다.

해리는 결코 이런 얘기를 듣고 싶지 않았다. 이런 상황에서 누가 엿듣는다면 해그리드가 무척 싫어할 게 뻔했다(해리라면 확실히 그랬을 테니까). 가능하다면 손가락으로 귀를 막고 큰 소리로 흥얼거렸을 것이다. 하지만 그것은 불가능했다. 대신 그는 순록 조각상 등 위를 기어가는 딱정벌레에게 정신을 집중하려고 애썼다. 그러나 딱정벌레 같은 건 해그리드의 다음 말이 들리지 않을 만큼 흥미로운 존재는 아니었다.

"바로 알았어요……. 당신도 나랑 같다는 걸요……. 어머니 쪽이었나요? 아니면 아버지 쪽?"

"나, 난 무승 뜻잉지 모르겠네요, 애그리드……."

"나는 어머니 쪽이었어요." 해그리드가 조용히 말했다. "영국에 마지막으로 남은 존재 중 하나였죠. 물론 기억은 잘 안 나요. 떠나셨거든요. 내가 세 살쯤 됐을 때였어요. 모성애가 강한 분은 아니었죠. 뭐…… 본성이 그렇잖아요?

나중에는 어떻게 됐는지 모르겠네요. 내가 아는 한 돌아가셨을지도…….”

막심 교장은 아무 말도 하지 않았다. 해리는 자기도 모르게 딱정벌레에서 시선을 돌려 순록 뿔 너머를 바라보며 귀를 기울였다. 그는 해그리드가 자신의 어린 시절 이야기를 하는 것은 한 번도 들어 본 적이 없었다.

“엄마가 떠나자 아빠는 마음 아파하셨어요. 아주 작은 사람이었죠, 아빠는. 여섯 살이 되자 나는 아빠가 성가시게 굴면 아빠를 번쩍 들어서 옷장 위에 올려놓을 수 있었어요. 그럴 때마다 아빠는 웃곤 했죠…….” 해그리드의 묵직한 목소리가 갈라졌다. 막심 교장은 꼼짝 않고 귀를 기울였다. 보기에는 은빛 분수를 응시하고 있는 것 같았다. “아빠가 날 키웠는데…… 물론 돌아가셨죠, 내가 학교에 들어간 직후에요. 그다음부터는 내가 알아서 헤쳐 나가야 했어요. 덤블도어 교수님이 정말 많은 도움을 주셨어요. 아주 친절하게 대해 주셨죠…….”

해그리드는 커다란 물방울무늬 비단 손수건을 꺼내 세차게 코를 풀었다. “그래서…… 아무튼…… 내 얘기는 이게 다예요. 당신은요? 어느 쪽인가요?”

하지만 막심 교장은 갑자기 자리에서 일어났다.

"쌀쌀하네요." 그녀가 말했다. 하지만 날씨가 아무리 쌀쌀해도 그녀의 목소리만큼 차갑지는 않았다. "나능 이제 들어가야겠어요."

"네?" 해그리드가 멍하니 말했다. "아니, 가지 말아요! 나, 나는 나 같은 사람은 한 번도 못 만나 봤단 말이에요!"

"정확히 어떤 사람을 말하능 거죠?" 막심 교장이 얼음장 같은 목소리로 말했다.

해리는 해그리드에게 대답하지 말라고 얘기하고 싶었다. 어둠 속에 서서 이를 악문 채 별 희망 없이 해그리드가 대답하지 않기를 바랐지만…… 아무 소용 없었다.

"당연히 거인 혼혈을 말하는 거죠!" 해그리드가 말했다.

"어떻게 감히 그렁 말을!" 막심 교장이 날카롭게 소리쳤다. 그녀의 목소리가 뱃고동 소리처럼 평화로운 밤공기를 갈랐다. 해리의 등 뒤에서 플뢰르와 로저가 장미 덤불 밖으로 넘어지는 소리가 들렸다. "내 평생 이렇게 모욕당한 경 처음이에요! 거인 혼혈? 무아?(내가?—옮긴이) 나능, 나능 골격이 클 뿐이에요!"

막심 교장은 몸을 홱 돌려 멀어져 갔다. 그녀가 화가 나서 덤불을 헤치고 지나갈 때마다 각양각색의 요정 무리가 공중으로 날아올랐다. 해그리드는 여전히 벤치에 앉아 그녀의 뒷모습을 바라보고 있었다. 너무 어두워서 표정은 알아볼 수 없었다. 잠시 후 그는 자리에서 일어나 성으로 돌아가는 대신 오두막이 있는 어두운 교정으로 성큼성큼 멀어져 갔다.

"자." 해리가 아주 조용한 목소리로 론에게 말했다. "가자…….."

하지만 론은 움직이지 않았다.

"왜 그래?" 해리가 그를 보며 물었다.

론은 해리를 돌아보았다. 그는 아주 심각한 표정을 짓고 있었다.

"너 알고 있었어?" 그가 속삭였다. "해그리드가 거인 혼혈이라는 거?"

"아니." 해리가 어깨를 으쓱하며 말했다. "그게 뭐?"

그는 론의 표정을 보고 자신이 다시 한 번 마법사 세계에 대한 무지를 드러냈다는 사실을 알아차렸다. 마법사들에게는 당연한 일도 더즐리 부부 손에서 자란 해리에게는 놀랍게 느껴지는 경우가 많았다. 학교에 오고 나서 그렇게 놀라는 일도 점점 줄어들긴 했지만 지금은 마법사 대부분이 친구의 어머니가 거인이었다는 사실을 알고 "그래서 뭐?" 하고 말하진 않을 거라는 사실을 알 수 있었다.

"들어가서 설명해 줄게." 론이 목소리를 더욱 낮추고 말했다. "가자……."

덤불 더 깊숙한 곳으로 들어갔는지 플뢰르와 로저 데이비스의 모습은 보이지 않았다. 해리와 론은 대연회장으로 돌아갔다. 파르바티와 파드마는 이제 여러 명의 보바통 남학생들에게 둘러싸인 채 멀리 떨어진 자리에 앉아 있었고, 헤르미온느는 또 한 번 크룸과 춤을 추고 있었다. 해리와 론은 댄스 플로어에서 멀찍이 떨어진 자리에 앉았다.

"그래서?" 해리가 론을 재촉했다. "거인인 게 뭐가 문제인데?"

"그게, 거인은…… 거인은……." 론은 어렵게 말을 골랐다. "별로 착하지 않거든." 그가 변변찮게 말을 마쳤다.

"그게 무슨 상관이야?" 해리가 말했다. "해그리드는 아무 문제 없잖아!"

"그건 나도 알아. 아는데…… 제기랄, 해그리드가 그 사실을 비밀로 한 것도 이상한 일은 아니야." 론이 고개를 저으며 말했다. "난 줄곧 해그리드가 어렸을 때 우연히 지독한 부풀리기 마법에 걸렸다거나 뭐 그랬을 거라고 생각했어. 굳이 물어보고 싶지도 않았고……."

"근데 해그리드의 어머니가 거인이었다는 게 뭐가 문제

야?" 해리가 물었다.

"뭐…… 해그리드를 아는 사람들은 전혀 문제 삼지 않 겠지. 해그리드가 위험하지 않다는 걸 아니까." 론이 천 천히 말했다. "하지만…… 해리, 거인들은 말 그대로 사악 해. 해그리드도 말했잖아. 본성이 그래. 트롤과 마찬가지라 고……. 거인들은 그냥 죽이는 걸 좋아해. 모두가 아는 얘 기야. 이제 영국에는 거인이 한 명도 남아 있지 않지만."

"왜 없는데?"

"뭐, 어차피 멸종되고 있기도 했고, 그 밖에는 상당수가 오러들한테 목숨을 잃었어. 하지만 다른 나라에는 아직 거 인들이 살고 있대……. 대부분 산속에 숨어 있다고 하지 만……."

"막심은 왜 그런 뻔한 거짓말을 하지?" 한껏 굳은 표정으 로 심사위원 탁자에 혼자 앉아 있는 막심을 보고 해리가 말 했다. "해그리드가 거인 혼혈이면 저 사람도 틀림없이 거 인 혼혈일 거야. 골격이 클 뿐이라니…… 저 사람보다 골격 이 큰 건 공룡밖에 없을걸."

해리와 론은 무도회가 끝날 때까지 구석에 틀어박혀 거 인 이야기를 했다. 둘 다 춤을 추고 싶은 생각이 전혀 없었 다. 해리는 초와 세드릭 쪽을 보지 않으려고 애썼다. 그들을 보고 있으면 뭔가를 걷어차고 싶은 강한 욕구가 솟구쳤던 것이다.

자정이 되어 운명의 세 여신이 연주를 마치자 모두 마지막으로 요란한 박수갈채를 보낸 뒤 천천히 현관홀로 향했다. 무도회가 끝나서 아쉬워하는 사람도 많았지만 해리는 잠자리에 들게 되어 무척 기뻤다. 적어도 그는 그날 저녁이 조금도 즐겁지 않았다.

현관홀로 나온 해리와 론은 덤스트랭 배로 돌아가는 크룸에게 작별 인사를 하는 헤르미온느를 보았다. 그녀는 차디찬 눈길로 론을 쏘아보더니 말 한 마디 없이 그를 홱 지나쳐 대리석 계단을 올라갔다. 해리와 론도 그녀를 따라 올라갔다. 그런데 대리석 계단을 반쯤 올라갔을 때 누군가가 뒤에서 해리를 불렀다.

"어이, 해리!"

세드릭 디고리였다. 계단 밑 현관홀에서 세드릭을 기다리는 초의 모습이 보였다.

"왜?" 해리가 차갑게 대꾸했다. 세드릭이 그를 향해 계단을 달려 올라왔다.

무슨 일인지는 몰라도 세드릭은 론 앞에서는 말하고 싶지 않은 표정이었다. 론은 심통 맞은 표정으로 어깨를 으쓱하더니 그대로 계단을 올라갔다.

"잘 들어……." 론의 모습이 사라지자 세드릭은 목소리를 낮췄다. "네가 용 얘기를 해 줬으니 난 너한테 빚이 하나 있는 셈이야. 그 황금 알 있지? 네 것도 열면 소리를 질러?"

"응." 해리가 대답했다.

"음…… 목욕을 해 봐. 알았지?"

"뭐?"

"목욕을 해 보고…… 어…… 알을 가져가서…… 음…… 뜨거운 물속에서 이것저것 생각해 보라고. 생각하는 데 도움이 될 거야……. 내 말 믿어."

해리는 그를 뚫어지게 바라보았다.

"하나 말해 줄게." 세드릭이 말을 이었다. "반장 전용 욕실을 써. 6층에 있는 벙벙한 보리스 조각상에서 왼쪽으로 네 번째 문이야. 암호는 '싱그러운 솔잎'이고. 가야겠다……. 인사하고 싶었어."

그는 다시 해리에게 씩 웃더니 초가 기다리는 곳으로 서둘러 계단을 내려갔다.

해리는 혼자 그리핀도르 탑으로 돌아갔다. 아주 이상한 조언이었다. 왜 목욕을 하면 울부짖는 알의 의미를 알아내는 데 도움이 된다는 걸까? 세드릭이 그를 골탕 먹이려는

걸까? 해리를 멍청이처럼 보이게 해서, 초가 그보다 세드
릭 자신을 더 좋아하게 만들려는 걸까?

뚱뚱한 귀부인과 그녀의 친구인 바이올렛이 초상화 구멍
을 막고 있는 그림 안에서 졸고 있었다. 해리는 "크리스마
스 전구!"라고 소리를 질러서야 그들을 깨울 수 있었다. 그
가 소리 지르자 그들은 몹시 짜증을 냈다. 휴게실로 들어
간 해리는 론과 헤르미온느가 격렬한 말다툼을 벌이고 있
는 광경을 보았다. 그들은 해리에게서 3미터쯤 떨어진 곳
에 서서 새빨개진 얼굴로 서로에게 고함을 지르고 있었다.

"뭐, 그렇게 마음에 안 들면 해결책이 뭔지 알잖아. 안
그래?" 헤르미온느가 소리쳤다. 우아하게 틀어 올렸던 머
리는 이제 풀어져 흘러내려 와 있고 얼굴은 분노로 일그러
져 있었다.

"아, 그래?" 론이 마주 소리쳤다. "그게 뭔데?"

"다음번 무도회에서는 다른 사람이 물어보기 전에 네가
먼저 나한테 물어봐. 나를 보험처럼 생각하지 말고!"

헤르미온느가 휙 돌아서 여학생 기숙사로 향하는 계단을
올라가자 론은 물에서 건져 올린 금붕어처럼 입만 벙긋거
렸다. 그가 뒤돌아 해리를 바라보았다.

"그, 그래." 론은 엄청난 충격이라도 받은 양 말을 더듬었

다. "뭐, 결국 내 말이 맞다는 거네……. 요점을 완전히 빗
나간 얘길 하고 있어……."

해리는 아무 말도 하지 않았다. 그는 론과 다시 말을 하
게 된 것이 너무 기뻐서 지금 당장은 속마음을 말할 수 없
었지만, 왠지 헤르미온느가 론보다 훨씬 요점을 잘 짚었다
는 생각이 들었다.

24장
리타 스키터의 특종

복싱 데이(영국 등지에서 크리스마스 다음 날인 12월 26일을 가리키는 말—옮긴이)에는 모두가 늦게 일어났다. 그리핀도르 휴게실은 최근 어느 때보다도 조용했다. 학생들은 연신 하품을 하면서 나른하게 대화를 이어 갔다. 헤르미온느의 머리카락은 다시 북슬북슬해졌다. 그녀는 해리에게 무도회 때문에 상당한 양의 '매끈매끈 머리카락 마법약'을 발랐다고 고백했다. "하지만 매일 그러는 건 너무 귀찮아." 그녀는 가르랑대는 크룩섕스의 귀 뒤를 긁어 주면서 무미건조하게 말했다.

론과 헤르미온느는 말다툼한 일을 언급하지 않겠다는 무언의 합의에 도달한 듯했다. 이상할 만큼 예의를 차리기는

했지만 그들은 서로에게 꽤 상냥하게 굴었다. 론과 해리는
자신들이 엿들은 막심 교장과 해그리드의 대화를 지체 없
이 헤르미온느에게 전해 주었다. 하지만 헤르미온느는 해
그리드가 거인 혼혈이었다는 사실을 론만큼 충격적으로
받아들이지는 않는 것 같았다.

"뭐, 틀림없이 그럴 거라고 생각했어." 그녀가 어깨를 으
쓱하며 말했다. "순혈 거인일 리 없다는 건 알고 있었으니
까. 순혈 거인은 키가 6미터쯤 되거든. 하지만 솔직히, 거
인 공포증이 다 웬 말이야? 모든 거인이 끔찍할 리는 없잖
아⋯⋯. 사람들이 늑대인간에게 갖는 선입견이랑 비슷한
거야⋯⋯. 그냥 편견이라고. 안 그래?"

론은 뭐라 쏘아붙이고 싶은 것 같았지만, 헤르미온느가
안 볼 때 의심스럽게 고개를 젓는 것으로 만족한 걸 보면
또 한 번 말다툼을 하고 싶지는 않은 모양이었다.

이제는 연휴 첫 주 동안 무시해 왔던 숙제를 생각해야 할
시간이었다. 크리스마스가 끝난 지금은 모두 맥이 빠진 듯
했다. 해리를 제외한 모두가. 해리는 (다시 한 번) 슬슬 긴
장하기 시작했다.

문제는 크리스마스가 지나자 2월 24일이 훨씬 가깝게 느
껴졌다는 사실이었다. 여태껏 그는 황금 알이 품고 있는 단

서를 풀려는 그 어떤 노력도 기울이지 않았다. 그래서 해리
는 기숙사 침실에 올라갈 때마다 짐 가방에서 알을 꺼내 열
고, 의미를 알 수 있는 소리가 들리기를 기대하며 주의 깊
게 귀를 기울이기 시작했다. 그는 그 소리가 서른 개의 연
주용 톱 말고 어떤 소리를 연상시키는지 생각하려고 애썼
지만 그것은 생전 처음 들어 보는 소리였다. 그는 알을 닫
고 세게 흔들었다가 다시 열어 소리가 달라졌는지 들어 봤
지만 여전히 그대로였다. 알에 질문을 던져 보기도 하고 그
울부짖음보다 더 크게 고함을 지르기도 했지만 아무 일도
일어나지 않았다. 정말로 도움이 될 거라고 생각하지는 않
았지만, 심지어 알을 방 저쪽에다 던져 보기까지 했다.

  해리는 세드릭이 준 힌트를 잊지 않았지만, 세드릭을 향
한 좋지 않은 감정 때문에 웬만해서는 그의 도움을 받고 싶
지 않았다. 세드릭이 정말로 도움을 주고 싶었다면 훨씬 명
쾌하게 말했어야 한다는 생각도 들었다. 해리는 세드릭에
게 첫 번째 과제로 무엇을 맞닥뜨리게 될지 정확히 말해 주
었다. 그런데 세드릭은 고작 목욕을 해 보라고 말하는 것을
공정한 거래라 생각한 것이다. 그래, 그런 식의 쓰레기 같
은 도움은 필요 없었다. 어쨌든, 초와 손을 잡고 복도를 걸
어 다니는 사람의 도움은 받지 않을 것이다. 그 때문에 해

그러블리플랭크 교수는 해리의 말을 못 들은 것처럼 굴었다. 그녀는 학생들을 이끌고 보바통 말들이 추위에 옹송그리고 서 있는 방목지를 지나 금지된 숲 가장자리에 있는 나무로 향했다. 나무에는 크고 아름다운 유니콘 한 마리가 묶여 있었다.

수많은 여학생들이 유니콘을 보고 "와아아아!" 소리 질렀다.

"아, 너무 아름다워!" 라벤더 브라운이 작게 소리쳤다. "어떻게 데려온 거지? 잡기 무척 힘들 텐데!"

주위에 쌓인 눈이 회색으로 보일 만큼 새하얀 유니콘이었다. 유니콘은 황금빛 발굽으로 초조한 듯 땅을 긁으면서, 뿔이 달린 머리를 뒤로 홱 젖혔다.

"남학생들은 뒤로 물러나라!" 그러블리플랭크 교수가 한 팔을 뻗어 해리의 가슴을 세게 밀치며 소리쳤다. "유니콘들은 여자의 손길을 좋아한단다. 여학생들이 앞에 서도록. 조심스럽게 다가오렴. 자, 살살……."

그러블리플랭크 교수와 여학생들이 유니콘을 향해 천천히 다가갔다. 남학생들은 방목지 울타리 근처에 서서 그 모습을 지켜보고 있었다.

그러블리플랭크 교수가 멀어지자마자 해리는 론에게 고

개를 돌렸다. "해그리드한테 무슨 일이 생긴 걸까? 혹시 스크루트한테……?"

"아, 공격당하지 않았어, 포터. 네가 생각하는 게 그거라면." 말포이가 조용히 말했다. "그보다는 너무 부끄러워서 그 커다랗고 못생긴 얼굴을 보여 주지 못하는 게 아닐까."

"무슨 뜻이야?" 해리가 날카롭게 물었다.

말포이는 로브 주머니에 손을 넣어 반으로 접은 신문 기사를 꺼냈다.

"옜다." 그가 말했다. "이런 소식을 알리게 돼서 유감이다, 포터……."

해리는 히죽거리는 말포이의 손에서 기사를 낚아채 펼치고 읽어 보았다. 론, 셰이머스, 딘, 네빌도 그의 어깨 너머로 기사를 들여다보았다. 엄청 찔린 표정을 짓고 있는 해그리드의 사진이 기사 상단에 실려 있었다.

덤블도어의 커다란 실수

(리타 스키터 특파원) 호그와트 마법학교의 특이한 교장, 알버스 덤블도어는 논란의 여지가 있는 직원을 채용하는 데 한 번도 주저한 적이 없다. 올해 9월, 그는 저주라면 사족

을 못 쓰는 것으로 악명 높은 전직 오러 앨러스터 무디(속칭 '매드아이' 무디)를 어둠의 마법 방어법 교수로 임용했다. 누구든 갑작스러운 움직임을 보이면 바로 공격하는 무디의 습관은 잘 알려져 있으므로, 마법 정부의 많은 사람들이 이러한 결정에 눈을 흘겼다. 그러나 매드아이 무디의 경우는 덤블도어가 마법 생명체 돌보기 과목 교수로 혼혈 인간을 임용한 사실에 비하면 책임감 있고 사려 깊은 결정이었던 것으로 보인다.

3학년 때 호그와트에서 퇴학당했다는 사실을 인정한 루비우스 해그리드는 그 이후 줄곧 덤블도어가 마련해 준 숲지기의 직위를 누려 왔다. 작년 그는 교장에게 알 수 없는 영향력을 행사해, 더 훌륭한 자격을 갖춘 수많은 후보자를 제치고 마법 생명체 돌보기 교수 자리마저 얻어 냈다.

위협적인 거구에 사나운 용모를 갖춘 해그리드는 새로 얻은 권위를 이용, 연이어 끔찍한 생명체들을 동원해 그 자신이 돌봐야 할 학생들을 공포에 질리게 했다. 덤블도어의 묵인하에 그는 다수 학생이 "너무 무서웠다"고 시인한 수업 시간에 몇몇 학생들에게 상해를 입히기도 했다.

"저는 히포그리프한테 공격당했고요, 제 친구 빈센트 크래브는 플로버웜한테 심하게 물렸어요." 드레이코 말포이

(14세, 학생)는 말한다. "우리는 모두 해그리드를 싫어하지만 너무 무서워서 아무 말 못 하고 있어요."

그러나 해그리드는 위협적인 행동을 중단할 마음이 전혀 없다. 지난달 《예언자일보》 기자와의 인터뷰에서 그는 직접 '폭발 꼬리 스크루트'라고 명명한, 만티코어와 불게를 교배시킨 굉장히 위험한 생명체를 키우고 있다고 인정했다. 물론 새로운 품종의 마법 생명체를 만들어 내는 일은 보통 마법 생명체 통제 관리부에서 면밀히 감시하는 활동이다. 해그리드는 본인이 그처럼 작은 규제는 무시해도 되는 위치에 있다고 생각하는 듯하다.

"전 그냥 재미로 해 본 거예요." 그는 이렇게 말하고 얼른 화제를 돌렸다.

이뿐만 아니라, 《예언자일보》가 파헤친 증거에 따르면 해그리드는 늘 행세해 온 것과는 달리 순혈 마법사가 아니다. 사실, 그는 순혈 인간도 아니다. 본지의 단독 보도에 따르면 그의 어머니는 다름 아닌 거인 프리드울파로, 현재 그녀의 소재는 알려져 있지 않다.

잔인하고 포악한 거인들은 지난 한 세기 동안 자기들끼리 전쟁을 벌인 끝에 멸종 위기를 자초했다. 남아 있는 몇 안 되는 거인들은 이름을 말해서는 안 되는 그 사람 편에 서서,

그자가 다스리던 공포의 시기에 벌어진 가장 끔찍한 대규모 머글 학살 사건을 수차례 일으켰다.

이름을 말해서는 안 되는 그 사람을 섬겼던 거인 중 상당수는 어둠의 세력과 맞서 싸우는 오러들에게 살해당했지만 프리드울파는 그중에 없었으며, 해외의 산악 지대에 지금껏 존재하는 거인 거주지 중 한 곳으로 도망쳤을 가능성이 있다. 마법 생명체 돌보기 수업에서 보여 주는 괴상한 행동으로 비추어 볼 때 해그리드는 프리드울파의 잔인한 천성을 물려받은 것으로 보인다.

당황스러운 반전은 해그리드가, '그 사람'을 몰락시킴으로써 '그 사람'의 추종자들과 함께 그의 어머니까지 숨어 살도록 만든 소년과 친밀한 우정을 쌓았다고 알려져 있다는 사실이다. 어쩌면 해리 포터는 이 덩치 큰 친구에 관한 불쾌한 진실을 모르는지도 모른다. 그러나 알버스 덤블도어에게는 해리 포터나 다른 학생들에게 거인 혼혈들과 교제할 때의 위험성에 대해 경고할 책임이 있는 게 분명하다.

해리는 기사를 다 읽고 눈을 들어 론을 바라보았다. 론의 입은 쩍 벌어져 있었다.

"어떻게 알았지?" 론이 속삭였다.

하지만 해리의 신경을 거스른 건 그 문제가 아니었다.

"이게 무슨 뜻이야? '우리는 모두 해그리드를 싫어하지만'?" 해리가 말포이를 향해 내뱉었다. "저 *자식*은 또 무슨 헛소리야?" 그가 크래브를 가리켰다. "플로버웜한테 심하게 물렸다고? 그 벌레는 아예 이빨이 없잖아!"

크래브는 아주 좋아 죽겠다는 듯 히죽거리고 있었다.

"뭐, 이 정도면 그 얼간이의 교직 생활은 끝인 것 같은데." 말포이가 눈을 빛내며 말했다. "거인 혼혈이라니…… 나는 그것도 모르고 그 인간이 어렸을 때 뼈가쑥쑥 한 병을 통째로 삼킨 줄 알았다니까. 이 얘기를 마음에 들어 할 부모는 한 명도 없을걸? 다들 자기 자식이 잡아먹힐까 봐 걱정하겠지. 하하……."

"너……."

"너희, 집중하고 있냐?"

그러블리플랭크 교수의 목소리가 남학생들에게 날아들었다. 여학생들은 이제 모두 유니콘 주위에 모여 그 생물을 쓰다듬고 있었다. 해리는 눈뜬 장님처럼 멍하니 유니콘을 노려보았다. 너무 화가 나 손에 쥔 《예언자일보》가 부들부들 떨렸다. 이제 그러블리플랭크 교수는 남학생들에게도 들릴 만큼 큰 목소리로 유니콘의 마법적 속성을 열거하고 있었다.

"저 교수님이 계속 가르치셨으면 좋겠다!" 수업이 끝나고 모두 점심을 먹으러 성으로 돌아갈 때 파르바티 파틸이 말했다. "내가 생각한 마법 생명체 돌보기는 딱 이런 거였어. 괴물들이 아니라 유니콘 같은 제대로 된 생물들이 나오는 수업 말이야."

"해그리드는 어쩌고?" 계단을 오르면서 해리가 화난 목소리로 물었다.

"해그리드가 뭐?" 파르바티가 딱딱한 목소리로 되물었다. "계속 숲지기 일을 하면 되잖아?"

파르바티는 크리스마스 무도회 이후 해리에게 매우 쌀쌀맞게 굴었다. 그녀에게 좀 더 신경 썼어야 한다는 생각이 들긴 했지만, 한편으로는 그녀도 어쨌든 즐거운 시간을 보낸 것 같았다. 모두에게 다음번 주말 외출 때 호그스미드에서 보바통 남학생을 만나기로 했다고 떠들고 다녔던 것이다.

"정말 좋은 수업이었어." 대연회장에 들어가는데 헤르미온느가 말했다. "그러블리플랭크 교수님이 해 주신 유니콘 얘기 중에서 절반이 내가 몰랐던……."

"이것 좀 읽어 봐!" 해리가 《예언자일보》 기사를 헤르미온느의 코앞에 쑥 내밀며 고함을 질렀다.

기사를 읽는 헤르미온느의 입이 떡 벌어졌다. 론과 정확히 똑같은 반응이었다. "스키터 그 끔찍한 여자가 어떻게 알았을까? 해그리드가 말해 주지는 않았겠지?"

"아닐 거야." 해리는 화를 내며 그리핀도르 식탁까지 앞장서 걸어가 의자에 털썩 주저앉았다. "우리한테도 말 안 했잖아? 내 생각엔 해그리드가 나에 대해 안 좋은 얘기를 잔뜩 늘어놓아야 하는데 안 그러니까 화가 나서 보복할 거리를 찾아다닌 것 같아."

"어쩌면 무도회에서 해그리드가 막심 교장에게 한 말을 들었을지도 몰라." 헤르미온느가 조용히 말했다.

"그럼 정원에서 봤을 텐데!" 론이 말했다. "어쨌든 그 여자는 더 이상 학교에 들어올 수 없잖아. 해그리드 말로는 덤블도어가 출입을 금지했다고……."

"투명 망토를 갖고 있을지도 몰라." 해리가 말했다. 그는 화가 나서 치킨 캐서롤을 접시에 덜다가 사방에 튀기고 말았다. "스키터라면 그럴 만하잖아? 덤불에 숨어서 사람들 얘기를 엿듣는 것 말이야."

"너랑 론처럼 말이지." 헤르미온느가 말했다.

"우리는 엿들으려고 한 게 아니야!" 론이 펄펄 뛰며 말했다. "어쩔 수 없이 듣게 된 거라고! 바보같이, 아무나 들을 수 있는 데서 거인 어머니 얘기를 하다니!"

"우리가 가서 해그리드를 만나야 돼." 해리가 말했다. "오늘 점술 수업 끝나고 저녁에 가 보자. 가서 해그리드가 돌아왔으면 좋겠다고 말하는 거야. ……너 해그리드가 돌아오길 *바라긴* 하는 거지?" 그가 헤르미온느에게 쏘아붙이듯 말했다.

"난…… 그래, 굳이 숨기지 않을게. 난 한 번쯤 제대로 된 마법 생명체 돌보기 교수님한테 배우는 것도 괜찮은 변화라고 생각해. 하지만 나도 해그리드가 돌아오는 게 좋아! 당연하지!" 해리의 분노한 눈빛에 움찔한 헤르미온느가 얼른 덧붙였다.

그래서 세 사람은 저녁 식사를 마친 뒤 다시 한 번 성을 나와 해그리드의 오두막을 향해 얼어붙은 교정을 가로질러 갔다. 그들이 문을 두드리자 팽이 우렁차게 짖으며 대답했다.

"해그리드, 우리예요!" 해리가 문을 두드리며 소리쳤다. "문 열어 봐요!"

해그리드는 대답하지 않았다. 팽이 낑낑대며 문을 긁는 소리가 들렸지만 문은 열리지 않았다. 그들은 10분 동안이

나 문을 더 두드렸다. 심지어 론이 창문까지 두드려 봤지만 아무런 반응이 없었다.

"왜 우리를 피하는 거야?" 마침내 포기하고 성으로 돌아가면서 헤르미온느가 말했다. "설마 자기가 거인 혼혈이라는 걸 우리가 신경 쓸 거라고 생각하는 건 아니겠지?"

하지만 해그리드는 신경을 쓰는 모양이었다. 그는 1주일 내내 코빼기도 보이지 않았다. 식사 시간에 교직원 식탁에도 나타나지 않았고, 교정을 돌아다니며 숲지기 일을 하는 모습도 보이지 않았다. 마법 생명체 돌보기 수업은 계속 그러블리플랭크 교수가 맡았다. 말포이는 기회만 있으면 고소하다는 듯 피식거렸다.

"잡종 친구가 그립냐?" 말포이는 주위에 해리의 보복으로부터 자신을 지켜 줄 교수가 있을 때마다 속삭거렸다. "그 코끼리 인간이 그립냐고."

1월이 반쯤 지나고 호그스미드를 방문하는 날이 돌아왔다. 헤르미온느는 해리가 호그스미드에 가려는 것을 알고 깜짝 놀랐다.

"난 네가 휴게실이 조용해진 기회를 이용하고 싶어 할 줄 알았는데!" 그녀가 말했다. "이젠 진짜 그 알 문제를 풀어야 하잖아."

"아, 그게…… 이제 그 알이 뭘 의미하는지 알게 된 것 같 아." 해리는 거짓말을 했다.

"정말?" 헤르미온느가 감명받은 표정으로 말했다. "잘했 어!"

죄책감으로 가슴이 철렁 내려앉았지만 그는 그 느낌을 모른 척했다. 어쨌든 알의 단서를 풀기까지는 아직 5주가 남아 있었다. 그 정도면 아주 긴 시간이었다……. 그리고 호그스미드에 가면 해그리드와 마주칠지도 몰랐다. 해그 리드가 돌아오도록 설득할 수 있을 것이다.

토요일에 그와 론과 헤르미온느는 함께 성을 나와 싸늘 하고 축축한 교정을 가로질러 교문으로 향했다. 호수에 정 박한 덤스트랭 배를 지날 때 그들은 빅토르 크룸이 수영 팬 티만 입고 갑판에 올라서 있는 모습을 보았다. 그는 비쩍 말랐지만 보기보다 훨씬 강인한 게 틀림없었다. 뱃전에 올 라서더니 팔을 쭉 펴고 곧장 호수에 뛰어들었던 것이다.

"미쳤어!" 크룸의 검은 머리가 호수 한가운데를 향해 솟 았다가 가라앉았다가 하는 것을 뚫어지게 바라보며 해리 가 말했다. "얼어 죽을 거야. 지금 1월인데!"

"빅토르가 원래 사는 곳은 훨씬 춥대." 헤르미온느가 말 했다. "빅토르한테는 꽤 따뜻하게 느껴질 거야."

"그래, 하지만 그래도 대왕오징어가 있잖아." 론이 말했다. 걱정스럽다기보다는 오히려 기대감에 찬 듯한 목소리였다. 그런 말투를 눈치챈 헤르미온느가 얼굴을 찌푸렸다.

"저기, 빅토르는 정말 괜찮은 애야." 그녀가 말했다. "덤스트랭에서 왔지만 네가 생각하는 거랑 전혀 달라. 나한테 여기가 훨씬 마음에 든다고 말했어."

론은 아무런 대꾸도 하지 않았다. 그는 무도회 이후 단한 번도 빅토르 크룸 얘기를 꺼내지 않았다. 해리는 복싱데이에 론의 침대 밑에서, 꼭 불가리아 퀴디치 국가 대표팀로브를 입은 작은 피규어에서 떨어진 것처럼 보이는 인형팔 한 짝을 발견했다.

해리는 질퍽거리는 큰길을 걸어가는 내내 눈이 빠져라 해그리드의 모습을 찾았다. 어느 가게에도 해그리드가 없는 것을 확인하고 나서야 그는 스리 브룸스틱스에 들러 보자고 제안했다.

스리 브룸스틱스는 여느 때처럼 사람들로 북적거렸지만 빠르게 자리를 다 훑어봐도 해그리드는 보이지 않았다. 해리는 가슴이 철렁 가라앉는 것을 느끼며 론, 헤르미온느와 함께 곧장 로즈메르타 씨에게 가서 버터맥주를 주문했다. 해리는 차라리 성에 남아 알이 울부짖는 소리나 들을 걸 그랬다고 우울하게 생각했다.

"저 사람은 출근을 아예 안 하는 거야?" 헤르미온느가 갑자기 귓속말을 했다. "봐!"

그녀는 바 뒤쪽의 거울을 가리켰다. 거울에 비친 루도 배그먼의 모습이 보였다. 그는 한 무리의 고블린과 함께 어두운 구석 자리에 앉아, 하나같이 팔짱을 낀 채 상당히 심술궂은 표정을 짓고 있는 고블린들에게 나직한 목소리로 아주 빠르게 뭔가를 지껄이고 있었다.

트라이위저드 시합이 열리지 않아서 심사할 일도 없는 주말에 배그먼이 이곳 스리 브룸스틱스에 와 있다니 정말로 이상한 일이라는 생각이 들었다. 해리는 거울을 통해 배그먼을 유심히 지켜보았다. 배그먼은 또다시 그날 밤 어둠의 징표가 나타나기 직전 숲에서 봤을 때만큼이나 긴장한 표정을 짓고 있었다. 하지만 바로 그때 바 너머를 힐끗 쳐다본 배그먼이 해리를 발견하고 자리에서 일어섰다.

"잠깐만요, 잠깐만!" 그가 고블린들에게 퉁명스럽게 말하는 소리가 들렸다. 배그먼이 황급히 술집을 가로질러 해리에게 다가왔다. 그의 얼굴에는 소년 같은 미소가 돌아와 있었다.

"해리!" 그가 말했다. "잘 지냈니? 안 그래도 널 봤으면

했다! 다 잘돼 가지?"

"네, 고맙습니다." 해리가 말했다.

"잠깐만 둘이서 얘기 좀 나눌 수 있을까, 해리?" 배그먼이 나름 간절한 어조로 말했다. "둘 다 우리한테 잠깐 시간 좀 내주겠니? 안 될까?"

"어…… 그러세요." 론이 말했다. 그와 헤르미온느는 다른 자리를 찾아 걸어갔다.

배그먼은 해리를 로즈메르타 씨에게서 가장 멀리 떨어진 바 저편으로 데려갔다.

"음, 그냥 다시 한 번 축하해 주고 싶었다, 해리. 혼테일을 상대로 그렇게 멋진 실력을 보여 주다니." 배그먼이 말했다. "정말 훌륭했어."

"고맙습니다." 해리는 그렇게 말하면서도 배그먼이 하고 싶어 하는 말은 이게 전부가 아니라는 사실을 알았다. 축하야 론과 헤르미온느 앞에서도 얼마든지 할 수 있었을 테니까. 하지만 배그먼은 급하게 속내를 털어놓을 생각은 딱히 없는 듯했다. 해리는 그가 바 너머 거울로 고블린들을 힐끔거리는 모습을 보았다. 고블린들은 하나같이 새까만 눈으로 해리와 배그먼을 조용히 곁눈질하고 있었다.

"그야말로 악몽이야." 해리도 고블린들을 보고 있다는

사실을 눈치챈 배그먼이 목소리를 낮추고 말했다. "영어도 잘 못하고…… 꼭 퀴디치 월드컵에서 만났던 불가리아 사람들이랑 같이 있는 것 같다니까……. 하지만 그 사람들은 적어도 다른 사람이 이해할 수 있는 몸짓이라도 했지. 저 작자들은 계속 고블린어로 떠들어 대고 있어……. 그런데 내가 아는 고블린어 단어는 하나밖에 없거든. '블라드바크'. '곡괭이'라는 뜻이지. 그 단어는 쓰고 싶지 않아. 저 녀석들이 내가 자기들을 위협한다고 생각할 수도 있으니까." 그는 짧게 웃음을 터뜨렸다.

"왜 저러는 거예요?" 고블린들이 배그먼을 아주 유심히 지켜보고 있는 것을 눈치챈 해리가 물었다.

"어, 글쎄……." 배그먼은 갑자기 초조한 표정을 지었다. "저들은…… 어…… 저들은 바티 크라우치 장관을 찾고 있어."

"왜 여기서 그 사람을 찾아요?" 해리가 말했다. "그분은 런던에 있는 정부에 있잖아요."

"어…… 솔직히 말하면 나도 크라우치 장관이 어디 있는지 모르겠다." 배그먼이 말했다. "크라우치 장관이, 뭐랄까…… 출근을 안 하고 있거든. 벌써 2주째 결근이야. 퍼시라는 젊은 비서 말로는 아프다더구나. 부엉이를 통해 지시 사항만 전달하고 있는 것 같아. 하지만 이 얘기는 아무에게도 안 했으면 좋겠구나. 그래 주겠니, 해리? 리타 스키터가 아직도 여기저기 쑤시고 다니는 중이거든. 그 여자라면 분명 바티의 병을 뭔가 불길한 것으로 부풀려 쓸 거야. 어쩌면 크라우치도 버사 조킨스처럼 실종됐다고 쓸지도 모르지."

"버사 조킨스는 아무 소식도 없나요?" 해리가 물었다.

"그래." 배그먼이 또다시 긴장한 표정으로 말했다. "당연히 사람들을 보내서 찾아봤지……. (하지만 해리는 너무 늦은 게 아닌가 싶었다.) 그런데 정말 이상하더구나. 알바니아에 도착한 건 확실해. 거기서 육촌 친척을 만났으니까. 육촌의 집을 떠나면서 남쪽에 사는 고모를 만나겠다고 했다는데…… 가는 길에 아무 흔적도 없이 사라진 모양이야. 버사가 어디로 갔는지 내가 어떻게 알겠냐……. 버사는, 뭐랄까, 누구랑 눈이 맞아서 달아날 만한 사람도 아니야……. 하지만 그렇더라도…… 근데 우리 지금 뭐 하는 거냐? 고블린이랑 버사 조킨스 얘기나 하고 있다니. 정말로 너한테 물어보고 싶은 건 따로 있는데." 그가 목소리를 낮췄다. "황금 알은 어떻게 돼 가니?"

"어…… 그럭저럭 잘되고 있어요." 해리는 또다시 거짓말을 했다.

배그먼은 해리가 솔직하게 말하지 않았다는 사실을 알고 있는 듯했다.

"잘 들어라, 해리." 그가 여전히 한껏 낮춘 목소리로 말했다. "난 이 모든 상황을 아주 유감스럽게 생각한다……. 넌 이 대회에 내던져졌어. 네가 자원한 게 아니잖니. 그러니까 만약…… (이제는 너무 작아 가까이 몸을 기울여야 들리는 목소리였다.) 내가 조금이라도 도움이 될 수 있다면…… 맞는 방향으로 가도록 살짝 귀띔해 줄 수 있다면…… 나는 네가 마음에 들거든……. 그런 방법으로 용을 통과하다니! 아무튼 말만 하거라."

해리는 눈을 들어 배그먼의 동그랗고 불그레한 얼굴과 큼직한 옅은 푸른색 눈을 바라보았다.

"문제의 단서는 혼자 풀어야 하는 거 아니에요?" 해리는 마법 스포츠부 장관이라는 사람이 규칙을 어긴다고 비난하는 것처럼 들릴까 봐 신경 쓰면서 그렇게 물었다.

"뭐…… 그건 그렇지." 배그먼이 조바심을 내며 말했다. "하지만…… 너도 알잖냐, 해리. 우리 모두 호그와트의 승리를 바라고 있어. 안 그러니?"

"세드릭한테도 도와주겠다고 하셨어요?" 해리가 물었다.

배그먼의 매끄러운 얼굴이 살짝 찌푸려졌다.

"아니, 안 했다." 그가 말했다. "나는, 어…… 이미 말했듯이, 네가 마음에 들거든. 그냥 도움을 주면 좋을 것 같아서……."

"아, 고맙습니다." 해리가 말했다. "근데 알 문제는 거의 푼 것 같아요……. 며칠만 더 있으면 알의 비밀이 풀릴 거예요."

해리는 자신이 왜 배그먼의 도움을 거절하는지 알 수가 없었다. 배그먼은 그에게 모르는 사람이나 다름없고, 그의 도움을 받아들이는 것은 어쩐지 론이나 헤르미온느, 시리우스에게 조언을 구하는 것보다 훨씬 속임수처럼 느껴진다는 것만 알 뿐이었다.

배그먼은 거의 모욕당한 표정이었지만 그 순간 프레드와 조지가 나타났기에 더 이상 말을 잇지는 못했다.

"안녕하세요, 배그먼 장관님." 프레드가 밝은 목소리로 말했다. "저희가 한잔 사 드릴까요?"

"어…… 아니." 배그먼은 마지막으로 한 번 실망한 눈길로 해리를 보며 말했다. "아니, 괜찮다, 얘들아……."

프레드와 조지는 배그먼만큼이나 실망한 표정이었다. 배그먼은 해리가 자신을 심하게 낙담시키기라도 한 것처럼 그를 바라보고 있었다.

"그럼, 난 어서 가 봐야겠다." 그가 말했다. "모두 만나서 반가웠다. 행운을 비마, 해리."

그는 허둥지둥 술집을 나갔다. 고블린들도 일제히 의자에서 미끄러져 내려와 그를 따라 나갔다. 해리는 론과 헤르미온느가 앉아 있는 곳으로 갔다.

"뭐래?" 해리가 앉자마자 론이 물었다.

"나한테 황금 알과 관련해서 도움을 주겠다던데." 해리가 말했다.

"그러면 안 되잖아!" 헤르미온느가 크게 충격받은 얼굴로 말했다. "심사위원 중 한 명인데! 게다가 넌 벌써 문제를 풀었고…… 그치?"

"음…… 거의." 해리가 말했다.

"음, 배그먼이 부정행위를 하라고 널 설득했다는 걸 알면 덤블도어 교수님이 별로 좋아하지 않으실 거야!" 헤르미온느는 여전히 매우 못마땅한 표정을 짓고 있었다. "세드릭도 똑같이 도와주려고 한 거였으면 좋겠네!"

"아니래. 내가 물어봤어." 해리가 말했다.

"디고리가 도움을 받든 말든 무슨 상관이야?" 론이 말했다. 해리도 속으로 동의했다.

"그 고블린들 별로 착해 보이지 않던데." 헤르미온느가 버터맥주를 홀짝이며 말했다. "여기서 뭘 하고 있었을까?"

"배그먼 말로는 크라우치 장관을 찾는 중이래." 해리가 말했다. "크라우치 장관은 아직도 몸이 안 좋다더라. 출근을 안 하고 있대."

"어쩌면 퍼시가 독약을 먹이고 있는지도 몰라." 론이 말했다. "크라우치가 죽으면 자기가 국제 마법 협력부 장관이 될 거라 생각하고 말이지."

헤르미온느는 론에게 '그런 농담은 하지도 마'라고 말하는 듯한 눈길을 던지고 입을 열었다. "이상하네, 고블린들이 크라우치 장관을 찾고 있다니……. 고블린들은 보통 마법 생명체 통제 관리부에서 상대할 텐데."

"하지만 크라우치는 엄청 다양한 언어를 할 줄 알잖아." 해리가 말했다. "통역이 필요한 걸지도 모르지."

"이젠 우리 불쌍하고 깜찍한 고블린들이 걱정되는 거야?" 론이 헤르미온느에게 물었다. "S.P.U.G.라든가 뭐 그런 걸 시작하려고? 못생긴 고블린 보호 협회(Society for the Protection of Ugly Goblins) 말이야."

"하, 하, 하." 헤르미온느가 빈정거리듯 웃었다. "고블린들은 보호할 필요가 없어. 빈스 교수님이 고블린 반란에 대해 해 주신 얘기를 듣기는 한 거니?"

"아니." 해리와 론이 입을 모았다.

"뭐, 고블린들은 마법사들을 잘 다룰 줄 알아." 헤르미온느가 버터맥주를 좀 더 홀짝이며 말했다. "아주 영리하거든. 집요정 같지 않단 얘기야. 집요정들은 결코 자기 잇속을 챙기는 법이 없잖아."

"아, 이런." 론이 문 쪽을 뚫어지게 바라보며 말했다.

리타 스키터가 막 들어선 것이다. 그녀는 오늘 바나나 빛깔의 노란색 로브 차림이었고, 긴 손톱은 강렬한 분홍색이었으며, 배불뚝이 사진기자와 함께였다. 그녀가 마실 것을 사서 사진기자와 함께 인파를 헤치고 근처 탁자로 걸어왔다. 해리, 론, 헤르미온느는 가까이 다가오는 리타 스키터를 계속 노려봤다. 그녀는 뭔가 매우 만족스러운 표정으로 빠르게 말을 쏟아 내고 있었다.

"……우리랑 얘기하고 싶어 하지 않는 눈치였지, 보조? 자, 왜 그랬을 것 같아? 게다가 꽁무니에 고블린 무리는 왜 달고 있었을까? 관광시켜 주고 있다니 무슨 헛소리야……. 옛날부터 거짓말에 서툴렀어. 자기 생각에도 무슨 일이 있는 것 같지 않아? 좀 파헤쳐 봐야 할까? '마법 스포츠부 장관 루도 배그먼, 실각하다'……. 첫 문장으로 아주 산뜻하

잖아, 보조. 그냥 여기에 맞는 이야깃거리만 찾아내면 되
는데…….”

"또 누구의 인생을 망치려는 건가요?" 해리가 큰 소리로
물었다.

몇몇 사람이 그를 돌아보았다. 누가 말했는지를 본 리타
스키터의 눈이 보석 박힌 안경 뒤에서 휘둥그레졌다.

"해리!" 그녀가 활짝 웃으며 말했다. "이런 멋진 일이! 이
리 와서 같이…….”

"당신 근처엔 얼씬도 하기 싫어." 해리가 화를 내며 말했
다. "해그리드한테는 왜 그런 짓을 한 거예요? 네?"

리타 스키터가 진하게 그린 눈썹을 치켜올렸다.

"우리 독자들은 진실을 알 권리가 있어, 해리. 나는 그냥
내 일을…….”

"해그리드가 거인 혼혈인 게 뭐가 중요한데요?" 해리가
소리쳤다. "해그리드는 아무 잘못도 없어요!"

술집 전체가 물을 끼얹은 듯 조용해졌다. 로즈메르타 씨
는 큰 병에 채우던 벌꿀술이 넘치는 것도 모르고 바 너머를
멍하니 바라보고 있었다.

리타 스키터의 미소가 살짝 흔들렸다. 하지만 그녀는 곧
바로 다시 웃음을 띠었다. 그녀가 악어가죽 핸드백을 열고

속기 깃펜을 꺼내며 말했다. "네가 아는 해그리드에 대해 인터뷰해 주지 않겠니, 해리? 근육 뒤에 감춰진 해그리드의 인간적 면모에 대해서 말이야. 너와 해그리드가 맺은 뜻밖의 우정과 그 뒤에 숨은 이유라든가. 너 혹시 해그리드를 아버지 대신이라고 보니?"

헤르미온느가 벌떡 일어섰다. 그녀는 버터맥주 잔을 수류탄이라도 되는 양 꽉 움켜쥐고 있었다.

"이 끔찍한 여자야." 그녀가 이를 악물고 말했다. "당신은 기사를 위해서라면 무슨 짓을 하든 상관없지? 그게 누구라도 상관없잖아. 안 그래? 루도 배그먼까지…….."

"앉아, 이 멍청한 계집애 같으니. 모르면 가만있어." 리타 스키터가 매서운 눈길로 헤르미온느를 쏘아보며 차갑게 말했다. "나는 루도 배그먼에 대해 네 머리카락이 쭈뼛 설 정도의 사실을 알고 있어. ……뭐, 네 머리를 보면 굳이 그럴 필요도 없겠네." 그녀가 헤르미온느의 덥수룩한 머리카락을 힐끗 보며 덧붙였다.

"가자." 헤르미온느가 말했다. "어서, 해리, 론…….."

그들은 자리에서 일어났다. 많은 사람의 시선이 그들을 쭉 따라왔다. 해리는 문에 다다라 잠깐 뒤돌아보았다. 리타 스키터의 속기 깃펜이 어느새 가방에서 나와, 탁자에 펼쳐 놓은 양피지 위를 쌩쌩 왔다 갔다 하고 있었다.

"다음엔 널 노릴 거야, 헤르미온느." 왔던 길을 되짚어 가면서 론이 작은 소리로 걱정스럽게 말했다.

"어디 해보라 그래!" 헤르미온느가 날카롭게 말했다. 그녀는 분노로 부들부들 떨고 있었다. "내가 저 여자한테 보여 줄 거야! 멍청한 계집애라고? 내가? 아, 꼭 갚아 줄 거야. 처음에는 해리, 그다음에는 해그리드……."

"리타 스키터는 건드리지 않는 게 좋아." 론이 안절부절못하며 말했다. "진짜야, 헤르미온느. 네 뒤를 캐고 다닐 거라고……."

"우리 부모님은 《예언자일보》 안 보셔. 내가 저 사람한테 겁먹고 숨을 일은 없을걸!" 헤르미온느가 말했다. 그녀가 어찌나 빠른 속도로 성큼성큼 걷고 있는지 해리와 론은 그녀를 따라잡기도 벅찰 지경이었다. 헤르미온느가 이렇게 화내는 모습은 드레이코 말포이의 얼굴을 때렸을 때 이후로 처음 보았다. "해그리드도 더 이상 숨어선 안 돼! 저런 사람 같지도 않은 사람 때문에 기분 상해선 절대로 안 된다고! *가자!*"

그녀는 갑자기 달리기 시작했다. 호그스미드의 거리를 되짚어 가서 날개 달린 멧돼지가 양옆에 서 있는 교문을 지난 뒤 교정을 가로질러 해그리드의 오두막으로 다다를 때까지 줄곧 헤르미온느가 앞장섰다.

오두막 창문에는 여전히 커튼이 쳐 있었다. 그들이 다가가자 팽이 짖는 소리가 들렸다.

"해그리드!" 헤르미온느가 문을 두드리며 소리쳤다. "해그리드, 그 정도면 됐어요! 안에 있는 거 다 알아요! 아저씨의 어머니가 거인이었다고 해도 아무도 신경 안 써요, 해그리드! 그 더러운 스키터라는 여자가 이런 행패를 부리게 놔두면 안 되죠! 해그리드, 나오라고요. 아저씬 그냥……."

문이 열렸다. 헤르미온느는 뭐라고 말을 이으려다가 문득 멈췄다. 해그리드가 아닌 알버스 덤블도어가 그녀를 마주 보고 서 있었다.

"안녕." 그가 상냥하게 미소 지으며 말했다.

"저희는…… 어…… 해그리드를 만나러 왔어요." 헤르미온느가 조그만 목소리로 말했다.

"그래, 그럴 것 같았다." 덤블도어가 말했다. 그의 두 눈이 반짝이고 있었다. "들어오지 그러니?"

"아…… 음…… 네." 헤르미온느가 말했다.

그녀와 론과 해리는 오두막으로 들어갔다. 해리가 들어가자마자 팽이 펄쩍 뛰어올라 미친 듯이 짖으면서 그의 귀를 핥으려 했다. 해리는 팽이 얼굴을 들이대는 것을 막으면서 주위를 둘러보았다.

커다란 찻잔 두 개가 놓인 탁자 앞에 해그리드가 앉아 있었다. 몰골이 그야말로 엉망진창이었다. 얼굴은 눈물로 범벅됐고 눈은 퉁퉁 부어 있었으며, 머리카락은 단정하게 길들이려던 노력과는 정반대 방향으로 간 듯했다. 이제 그의 머리카락은 철사를 얼기설기 꼬아서 만든 가발처럼 보였다.

"안녕하세요, 해그리드." 해리가 말했다.

해그리드가 눈을 들었다.

"안녕." 그가 잔뜩 쉰 목소리로 말했다.

"차가 더 있어야겠구나." 해리, 론, 헤르미온느가 들어오자 덤블도어가 문을 닫고 마법 지팡이를 꺼내 빙빙 돌리며 말했다. 빙글빙글 돌고 있는 차 쟁반이 케이크 한 접시와 함께 허공에 나타났다. 덤블도어가 마법으로 그 쟁반을 탁자에 올려놓자 모두 자리에 앉았다. 잠깐 침묵이 흐른 뒤 덤블도어가 입을 열었다. "혹시 그레인저 양이 한 말을 들었나, 해그리드?"

헤르미온느가 얼굴을 살짝 붉혔지만 덤블도어는 그녀에게 미소 지으며 말을 이었다. "문을 부수려던 걸 보면 헤르

미온느와 해리, 론은 여전히 자네와 친하게 지내고 싶어 하
는 것 같은데."

"당연히 아저씨랑 계속 친하게 지내고 싶죠!" 해리가 해
그리드를 바라보며 말했다. "스키터 그 재수 없는 여자가
뭐라고 지껄이든⋯⋯ 죄송해요, 교수님." 그는 재빨리 덤
블도어를 보며 덧붙였다.

"내가 일시적으로 귀가 먹어서 네가 무슨 말을 했는지 전
혀 모르겠구나, 해리." 덤블도어가 엄지손가락을 뱅글뱅글
돌리며 천장을 보면서 말했다.

"어⋯⋯ 네." 해리가 멋쩍은 듯 얼버무리고는 말을 이었
다. "제 말은 그냥⋯⋯ 해그리드, 어떻게 우리가 그⋯⋯ 그
사람이 아저씨에 대해 쓴 기사 따위에 신경 쓸 거라 생각할
수 있어요?"

검은 딱정벌레 같은 해그리드의 눈에서 굵직한 눈물이
흘러나와 잔뜩 꼬인 턱수염으로 천천히 흘러내렸다.

"내가 지금껏 한 말의 살아 있는 증거로군, 해그리드." 덤
블도어가 여전히 조심스럽게 천장을 올려다보며 말했다.
"자네의 학창 시절을 기억하는 학부모들이 보낸 셀 수 없
이 많은 편지들을 보여 주지 않았나? 그들은 내게 자네를
해고하면 가만있지 않겠다고 아주 분명하게 말했네."

"모든 편지가 그런 건 아니었잖아요." 해그리드가 쉰 목소리로 말했다. "모든 사람이 제가 여기 머물기를 바라진 않았어요."

"정말이지, 해그리드. 전 세계 모든 사람에게 사랑받고 싶은 거라면, 유감스럽지만 자네는 이 오두막 안에 아주 오래 머물러야 할 거야." 덤블도어가 말했다. 이제 그는 반달 안경 너머로 엄격한 눈길을 던지고 있었다. "내가 이 학교 교장이 된 뒤로 단 한 주도 빠지지 않고 학교 운영 방침에 불평을 늘어놓는 부엉이가 날아왔네. 하지만 내가 어떻게 해야 됐겠나? 서재에 숨어서 아무와도 이야기하지 말아야 할까?"

"교수님은…… 교수님은 거인 혼혈이 아니시잖아요!" 해그리드가 꺽꺽댔다.

"해그리드, 제 친척들은 어떤데요!" 해리가 화를 내며 말했다. "더즐리 가족을 보라고요!"

"훌륭한 지적이로군." 덤블도어 교수가 말했다. "내 동생 애버포스도 염소에게 부적절한 마법을 건 죄로 기소당한 적이 있네. 신문이 온통 그 얘기로 도배됐지. 한데 그렇다고 애버포스가 숨었을까? 아니, 숨지 않았네! 고개를 빳빳이 들고 평소처럼 일을 보러 다녔지! 물론 애버포스가 글을 읽을 줄 아는지 어쩐지는 잘 몰라서 그것이 꼭 용기 때문이었다고는 못 하겠네만…….”

"돌아와서 우릴 가르쳐 주세요, 해그리드." 헤르미온느가 조용히 말했다. "부탁이니까 돌아와요. 아저씨가 정말 보고 싶어요."

해그리드가 침을 꿀꺽 삼켰다. 더 많은 눈물이 그의 뺨을 따라 엉킨 턱수염으로 흘러내렸다. 덤블도어가 일어섰다.

"사직서는 반려하겠네, 해그리드. 월요일에는 수업에 복귀하기를 바라네." 그가 말했다. "8시 30분에는 대연회장에서 나와 함께 아침을 먹게 될 거야. 핑계는 사절이네. 그럼, 다들 이만."

덤블도어는 잠깐 멈춰 서서 팽의 귀를 긁어 주고 오두막을 나갔다. 문이 닫히자 해그리드는 쓰레기통 뚜껑만 한 손에 얼굴을 묻고 흐느끼기 시작했다. 헤르미온느는 계속 그의 팔을 토닥거려 주었다. 마침내 해그리드가 고개를 들고 말했다. 그의 눈이 새빨개져 있었다. "훌륭한 분이야, 덤블도어 교수님은……. 훌륭한 분이셔……."

"네, 그럼요." 론이 말했다. "케이크 하나 먹어도 돼요, 해그리드?"

"먹어." 해그리드가 손등으로 눈을 훔치며 말했다. "그

래, 당연히 덤블도어 교수님 말씀이 맞아……. 너희 말이
다 맞아……. 내가 멍청했어……. 내가 이렇게 군 걸 알면
아빠가 부끄러워하실 거야…….” 눈물이 더 나왔지만 그는
좀 더 세게 눈을 훔치고 말했다. “우리 아빠 사진 보여 준
적 없지? 자, 여기…….”

해그리드는 일어나 옷장으로 가더니 서랍을 열어 조그만
마법사 사진을 꺼냈다. 해그리드처럼 눈가에 잔주름이 많
고 까만 눈을 가진 그는 해그리드의 어깨 위에 앉아 활짝
웃고 있었다. 옆에 있는 사과나무 크기로 미루어 볼 때 해
그리드의 키는 2미터에서 2.5미터쯤은 족히 될 듯싶었다.
하지만 턱수염 없는 얼굴은 앳되고 동그랗고 털 한 가닥 없
이 매끄러웠다. 열한 살은 넘지 않을 것 같았다.

“호그와트에 입학하자마자 찍은 거야.” 해그리드가 꺽
꺽거리며 말했다. “아빠는 숨 넘어갈 정도로 기뻐하셨
지……. 내가 마법사가 못 될지도 모른다고 생각하셨거
든. 그게, 엄마가 그러니까……. 뭐, 어쨌든. 물론 나는 마
법 실력이 딱히 좋진 않았어……. 하지만 아빠는 적어도 내
가 퇴학당하는 꼴은 못 보셨지. 내가 2학년 때 돌아가셨거
든……. 아빠가 돌아가시고 날 돌봐 준 분이 덤블도어 교수
님이야. 나한테 숲지기 일자리도 주셨고……. 덤블도어 교

수님은 사람을 믿어 주시거든. 기회를 한 번 더 주시기도 하고……. 그게 다른 교장 선생님들하고 다른 점이야. 재능만 있다면 누구나 호그와트에 받아 주시니까. 어떤 사람의 혈통이…… 뭐…… 괜찮지 않더라도 그 사람은 괜찮을 수 있다는 걸 알고 계시는 거지. 하지만 그걸 이해 못 하는 사람들도 있어. 그런 사람들은 항상 그 문제로 트집을 잡아. 심지어 '나는 있는 그대로의 나이고, 전혀 부끄럽지 않다'고 당당하게 말하기보다 그냥 골격이 큰 척하는 사람도 있어. 우리 아빠는 이렇게 말씀하셨어. '절대 부끄러워하지 마라. 그걸 갖고 트집 잡는 사람들은 늘 있겠지만 그런 사람들은 신경 쓸 가치도 없단다.' 아빠 말이 맞았어. 내가 바보였어. 더는 그 여자한테 신경 쓰지 않을 거야. 정말이야. 골격이 크다는데…… 그냥 골격 큰 사람으로 봐 줘야지."

해리, 론, 헤르미온느는 안절부절못하고 서로를 바라보았다. 해리는 그가 막심 교장에게 하는 말을 몰래 들었다고 고백하느니 차라리 폭발 꼬리 스크루트 50마리를 산책시키는 쪽을 선택할 것이었다. 그러나 해그리드는 자기가 이상한 말을 내뱉었다는 사실을 전혀 의식하지 못한 듯 계속 말을 이어 나갔다.

"그거 아냐, 해리?" 그가 아버지의 사진에서 눈을 들고 말했다. 그의 눈이 초롱초롱했다. "널 처음 봤을 때 꼭 나를 보는 것 같았어. 엄마도 아빠도 없고, 너 자신이 호그와트에 어울리지 않을 거라 생각하던 모습이. 기억나니? 호그와트에 갈 준비가 되었는지 잘 모르겠다고 했잖아. ……그런데 지금 네 모습을 봐라, 해리! 학교 대표 선수라니!"

그는 해리를 잠깐 바라보더니 아주 진지하게 말을 이었다. "내가 정말 바라는 게 뭔지 아냐, 해리? 난 네가 이겼으면 좋겠어. 정말로. 그럼 모두에게 보여 줄 수 있을 거야……. 꼭 순수 혈통의 마법사만이 뭔가 해낼 수 있는 건 아니라는 사실을. 자기 자신을 부끄러워할 필요는 없어. 네가 우승하면 마법을 쓸 수 있는 사람이라면 누구든 받아 주는 덤블도어 교수님의 생각이 맞았다는 걸 증명할 수 있을 거야. 알은 어떻게 돼 가고 있냐, 해리?"

"잘돼 가요." 해리가 말했다. "정말로요."

해그리드의 비참한 얼굴이 활짝 개며 물기 어린 미소가 떠올랐다. "그래야지……. 네가 보여 주는 거야, 해리. 모두에게 보여 줘. 다 이겨 버려."

해그리드에게 거짓말을 하는 것은 다른 사람에게 거짓말을 하는 것과는 차원이 달랐다. 그날 오후 늦게 론, 헤르미온느와 함께 성으로 돌아가던 해리는 대회에서 우승한 그의 모습을 상상하면서 행복한 표정을 짓던 해그리드의 덥수룩한 얼굴을 머릿속에서 지울 수 없었다. 수수께끼의 알은 그날 저녁 어느 때보다도 해리의 양심을 무겁게 짓눌렀다. 잠자리에 들 때쯤 해리는 결심했다. 이제 자존심은 잠시 내려놓고 세드릭이 준 힌트가 뭔지 알아볼 때가 된 것이다.

25장

알과 눈

얼마나 오랫동안 목욕을 해야 황금 알의 비밀을 풀 수 있는지 전혀 알 수 없었기에, 해리는 원하는 만큼 오래 시간을 쓸 수 있는 밤에 그 일을 하기로 결심했다. 세드릭의 호의를 더 받아들이긴 싫었지만 반장 전용 욕실도 사용하기로 했다. 들어갈 수 있는 사람이 적은 만큼 그곳에서는 방해를 받을 가능성이 훨씬 낮았다.

해리는 신중하게 모험 계획을 세웠다. 예전에도 한밤중에 침대를 빠져나가 돌아다녀선 안 될 곳을 돌아다니다 건물 관리인 필치에게 붙잡힌 적이 있었던 그는 결코 그 경험을 되풀이하고 싶지 않았다. 투명 망토는 필수였다. 추가적인 대비책으로 도둑 지도도 챙겨 가기로 했다. 도둑 지도는 해리가 가진 물건 중 투명 망토를 제외하면 교칙을 어길 때 가장 쓸모 있는 물건이었다. 그 지도는 수많은 지름길과 비밀 통로를 포함해 호그와트 전체를 보여 주었다. 가장 중요한 것은 이 지도에 복도를 돌아다니는 성안 사람들의 위치가 그 사람의 이름이 붙은 아주 작은 점으로 표시된다는 사실이었다. 그러므로 누가 욕실에 다가오면 미리 주의를 기울일 수 있었다.

목요일 밤, 해리는 자러 가는 척 몰래 기숙사 침실로 올라가 투명 망토를 걸치고 계단을 살금살금 내려갔다. 해그리드가 용을 보여 준 날 밤에 그랬듯 그는 초상화 구멍이 열리기를 기다렸다. 이번에는 론이 밖에서 기다리다가 뚱뚱한 귀부인에게 암호("바나나 튀김")를 댔다. "행운을 빈다." 해리가 슬며시 옆을 지나갈 때, 론이 휴게실로 들어가며 중얼거렸다.

한쪽 팔 아래 무거운 알을 끼고 다른 쪽 손에 지도를 들고 돌아다니려니 오늘 밤에는 망토를 걸치고 움직이기가 영 불편했다. 하지만 달빛이 비치는 복도는 텅 비어 있었고 고요했다. 전략적으로 간격을 두고 지도를 확인했기에 해리가 피하고 싶은 사람과 마주칠 일은 전혀 없었다. 장갑을 반대로 낀 얼빠진 표정의 마법사, 벙벙한 보리스 조각상 앞에 도착한 그는 세드릭이 알려 준 문을 찾아 거기에 대고 "싱그러운 솔잎"이라고 암호를 중얼거렸다.

문이 삐걱거리며 열렸다. 해리는 안으로 슬쩍 들어가 문을 잠그고 투명 망토를 벗은 뒤 주위를 둘러보았다.

곧바로 든 생각은, 이 욕실을 쓸 수 있다는 것만으로도 반장이 될 가치가 있다는 것이었다. 욕실은 촛불 가득한 훌륭한 샹들리에로 은은히 밝혀져 있었고, 바닥 한가운데 움푹 파인 텅 빈 직사각형 수영장 같은 것을 포함한 모든 것이 하얀 대리석으로 만들어져 있었다. 그 수영장 가장자리를 빙 둘러 100개쯤 되는 황금 수도꼭지가 설치되어 있었는데, 수도꼭지 손잡이에는 각각 다른 색깔의 보석이 박혀 있었다. 다이빙대도 있었다. 창문에는 길고 하얀 리넨 커튼이 걸려 있고, 폭신폭신하고 새하얀 수건들이 구석에 잔뜩 쌓여 있었다. 벽에는 황금 액자에 끼운 그림이 딱 한 점 걸려 있었다. 바위 위에서 깊이 잠들어 있는 금발의 인어 그림이었는데, 그녀가 코를 골 때마다 얼굴로 흘러내려 온 긴 머리카락이 흔들렸다.

해리는 망토와 알, 지도를 내려놓고 주위를 둘러보며 앞으로 나아갔다. 발소리가 욕실 벽에 울려 퍼졌다. 욕실은 무척 화려했고 수도꼭지 몇 개를 틀어 보고 싶은 마음이 간

절했지만, 이곳에 온 지금 해리는 세드릭이 자기를 놀린 것일지도 모른다는 생각을 억누르기 힘들었다. 대체 이런 것들이 알의 비밀을 푸는 데 무슨 도움이 된단 말인가? 하지만 그는 수영장만 한 욕조 한쪽에 폭신한 수건과 투명 망토, 지도, 알을 내려놓은 다음 무릎을 꿇고 수도꼭지 몇 개를 틀어 보았다.

그는 수도꼭지 하나하나에서 서로 다른 종류의 거품 입욕제가 물 위로 쏟아져 나온다는 사실을 단번에 알아챘다. 하지만 해리가 여태껏 경험해 본 거품 입욕제와는 전혀 달랐다. 어떤 수도꼭지에서는 축구공만 한 분홍색과 파란색 거품이 쏟아져 나왔고, 또 어떤 수도꼭지에서는 몸을 던지면 그 무게를 받쳐 줄 만큼 진하고 얼음처럼 하얀 거품이 쏟아졌다. 또 다른 수도꼭지에서는 짙은 향기를 머금은 자주색 구름이 쏟아져 나와 수면 위를 맴돌았다. 해리는 수도꼭지를 틀었다가 잠갔다가 하면서 한동안 즐겼다. 특히 물줄기가 커다란 호를 그리며 수면에 부딪쳐 튕겨 나오는 수도꼭지가 재미있었다. 깊은 욕조는 곧 뜨거운 물과 비누 거품, 물거품으로 가득 찼다(욕조 크기를 생각하면 아주 짧은 시간밖에 걸리지 않았다). 해리는 수도꼭지를 모두 잠그고 잠옷과 슬리퍼, 가운을 벗은 뒤 물속으로 들어갔다.

너무 깊어서 발이 바닥에 닿지 않을 정도였다. 그는 실제로 욕조 이 끝에서 저 끝까지 두어 번 헤엄친 다음에야 욕조 가장자리로 돌아가 물장구를 치면서 알을 바라보았다. 다채로운 색깔의 증기 구름이 사방으로 퍼져 나가는 가운데 거품 가득한 뜨거운 물속을 헤엄치는 일은 제법 즐거웠지만 머릿속에서는 그 어떤 재기 넘치는 생각도, 갑작스러운 깨달음도 떠오르지 않았다.

해리는 팔을 뻗어 젖은 손으로 알을 들어 올린 다음 조심스레 열어 보았다. 날카로운 울부짖음이 욕실을 가득 채우고 대리석 벽에 부딪쳐 울려 퍼졌다. 그러나 이해할 수 없는 건 여전히 마찬가지였다. 아니, 오히려 메아리 때문에 더 알아듣기가 어려웠다. 해리는 다시 알을 닫았다. 알이 울부짖는 소리가 필치의 주의를 끌까 봐 걱정됐던 것이다. 문득 혹시 그것이 세드릭의 계획 아니었을까 하는 생각이 들었다. 그리고 다음 순간, 해리는 화들짝 놀라서 알을 떨어뜨렸다. 누군가가 말을 했기 때문이었다. 알은 욕실 바닥을 데구루루 굴러갔다.

"나 같으면 물에 한번 넣어 보겠다."

깜짝 놀라 거품을 잔뜩 삼킨 해리가 캑캑대며 일어섰다. 아주 우울한 표정의 소녀 유령이 수도꼭지 위에 책상다리를 하고 앉아 있었다. 평소 세 층 아래에 있는 화장실 변기의 S자형 파이프 안에서 흐느끼는 소리를 내는 울보 머틀이었다.

"머틀!" 해리는 화가 나서 소리쳤다. "나, 난 아무것도 안 입고 있단 말이야!"

물론 거품이 짙어서 들여다보일 리는 없었지만, 해리는 그가 도착하고부터 머틀이 줄곧 수도꼭지에 숨어서 엿보고 있었을 것 같은 끔찍한 기분이 들었다.

"네가 들어올 때는 눈 감고 있었어." 그녀가 두꺼운 안경 너머로 눈을 깜빡이며 말했다. "넌 *아주* 오랫동안 날 보러 오지 않았지."

"그래…… 뭐……." 해리는 머틀이 그의 머리 말고는 아무것도 보지 못하게 하려고 무릎을 살짝 굽혔다. "난 네 화장실에 들어가면 안 되잖아? 여자 화장실이니까."

"전에는 신경 안 써 놓고." 머틀이 애처롭게 말했다. "예전에는 늘 들어와 있었잖아."

그 말은 사실이었다. 하지만 그것은 단지 해리, 론, 헤르미온느가 머틀의 고장 난 화장실이 폴리주스 마법약을 몰래 끓이기 좋은 장소라는 사실을 알아냈기 때문이었다. 폴리주스 마법약은 해리와 론을 한 시간 동안 고일과 크래브의 살아 있는 복제품으로 만들어 준 금지된 마법약이었다. 그 약 덕분에 그들은 슬리데린 휴게실에 몰래 들어갈 수 있었다.

"네 화장실에 들어간다고 야단맞았어." 해리가 말했다. 머틀의 화장실에서 나오다가 퍼시에게 한 번 들킨 적이 있었으니 반쯤은 진실이었다. "그다음부터는 다시 가지 않는 게 좋겠다고 생각했지."

"아……. 그래……." 머틀이 조금 뚱한 얼굴로 턱에 있는 점을 뜯어낼 듯 긁으며 말했다. "뭐…… 아무튼…… 나라면 물속에서 알을 열어 볼 거야. 세드릭 디고리는 그렇게 했거든."

"세드릭도 엿본 거야?" 해리가 버럭 화를 내며 말했다. "무슨 짓이야? 저녁마다 여기 몰래 들어와서 반장들이 목욕하는 걸 훔쳐보기라도 해?"

"가끔." 머틀이 음흉하게 말했다. "하지만 밖에 나와서 말을 걸어 본 건 이번이 처음이야."

"영광이네." 해리가 험악하게 말했다. "눈 감아!"

그는 머틀이 안경을 잘 가리고 있는지 확인한 다음에야 욕조 밖으로 나와 몸에 수건을 단단히 두르고 알을 가지러 갔다.

그가 다시 물속에 들어가자마자 머틀이 손가락 사이로 내다보며 말했다. "자, 열어……. 물속에서 열어 봐!"

해리는 거품이 잔뜩 떠 있는 수면 아래로 알을 집어넣고 열어 보았다. ……이번에는 울부짖는 소리가 들리지 않았다. 알에서 꾸르륵대는 노랫소리가 흘러나왔지만 물 밖에서는 가사를 알아들을 수 없었다.

"머리도 집어넣어야지." 머틀이 말했다. 해리에게 이래라저래라 하는 게 꽤 즐거운 모양이었다. "어서!"

해리는 숨을 깊이 들이마시고 물속으로 들어갔다. 거품으로 가득한 욕조 대리석 바닥에 앉아 있으려니 으스스한 목소리들의 합창이 들렸다. 해리가 들고 있는 열린 알에서 흘러나오는 소리였다.

> 목소리가 들리는 곳으로 우리를 찾아오렴.
>
> 우리는 물 밖에서는 노래할 수 없단다.
>
> 그리고 찾는 동안 이 사실을 염두에 두렴.
>
> 네가 가슴 아프게 그리워할 존재를 우리가 데려갔음을.
>
> 우리가 데려간 것을 되찾기까지
>
> 너에게 주어진 시간은 한 시간.
>
> 하지만 한 시간이 지나면, 미래는 어두울 뿐.

너무 늦으면 그 존재는 네 곁을 떠나 다시는 돌아오지 않을 거야.

해리는 거품 가득한 물 위로 몸이 다시 떠오르도록 한 다음 머리를 흔들어 눈에서 머리카락을 치웠다.

"들었니?" 머틀이 물었다.

"응…… '목소리가 들리는 곳으로 우리를 찾아오렴'……. 무슨 말인지 아직 모르겠…… 잠깐만, 한 번 더 들어 봐야겠어……." 그는 다시 물속으로 들어갔다.

물속에서 공연되는 노래를 세 번이나 더 듣고 나서야 해리는 알이 부르는 노래를 다 외웠다. 그는 잠깐 물장구를 치며 열심히 머리를 굴렸다. 그동안 머틀은 수도꼭지에 앉아서 그런 그를 지켜보았다.

"물 밖에서는 목소리를 낼 수 없는 사람들을 찾아야겠는데……." 그가 천천히 입을 열었다. "어…… 그런 사람이 누굴까?"

"너, 정말 둔하구나?"

해리는 헤르미온느가 폴리주스 마법약을 마시고 얼굴 전체에 털이 나면서 고양이 꼬리가 생겼을 때를 제외하고, 울보 머틀이 저렇게까지 즐거워하는 모습을 한 번도 본 적이 없었다.

그는 생각에 잠긴 채 욕실을 둘러보았다……. 물속에서
만 노래를 부를 수 있다면 물속에 사는 생물이어야 이치에
맞았다. 해리는 그를 보며 히죽 웃는 머틀에게 이런 생각을
말해 보았다.

"뭐, 디고리도 그렇게 생각했어." 그녀가 말했다. "아주
오랫동안 거기 누워서 혼잣말을 하더라. 아주 한참 동안 말
이야……. 거품이 거의 다 사라질 때까지……."

"물속이라……." 해리가 천천히 입을 열었다. "머틀, 대
왕오징어 말고 호수에는 또 뭐가 살아?"

"아, 온갖 생명체가 살지." 그녀가 말했다. "나는 가끔 거
기로 내려가거든……. 내가 예상 못 하고 있을 때 누가 변
기 물을 내려 버리면 어쩔 수 없이 가끔……."

해리는 울보 머틀이 변기 내용물과 함께 파이프를 따라
호수로 쓸려 내려가는 모습을 떠올리지 않으려고 애쓰며
다시 입을 열었다. "음, 거기 사는 것 중에 사람 목소리를
내는 건? 잠깐……."

해리의 눈길이 벽에 걸린, 졸고 있는 인어 그림으로 향했
다. "머틀, 호수에는 인어들이 살지 않아? 그렇지?"

"우아아, 꽤 훌륭한걸." 그녀가 두꺼운 안경을 반짝거리

며 말했다. "디고리는 그것보다 훨씬 오래 걸렸어! 그때는 저 여자도 깨어 있었는데……." 머틀은 우울한 얼굴에 혐오스럽다는 빛을 잔뜩 담아 인어 쪽으로 고개를 까딱했다. "낄낄거리면서 잘난 척 지느러미를 내보이더라……."

"그거구나? 맞지?" 해리가 신이 나서 말했다. "두 번째 과제는 호수에 사는 인어들을 찾아서…… 찾아서……."

하지만 그는 자기가 무슨 말을 하고 있는지 문득 깨달았다. 누군가가 몸속의 플러그를 잡아 뽑은 것처럼 흥분감이 쭉 빠져나가는 것이 느껴졌다. 그는 수영을 잘하지 못했다. 수영을 해 본 적도 별로 없었다. 더들리는 어렸을 때 수영 교습을 받았지만, 피튜니아 이모와 버넌 이모부는 해리가 언젠가 익사하기를 바랐는지 그에게 수영을 가르쳐 주지 않았다. 이만 한 욕조를 두어 차례 왔다 갔다 하는 정도는 괜찮았지만 호수는 아주 넓고 깊었다. 게다가 인어들은 분명 호수 가장 밑바닥에 살고 있을 것이다.

"머틀." 해리가 천천히 말했다. "숨을 어떻게 쉬어야 할까?"

이 말에 머틀의 눈에 또 한차례 갑작스럽게 눈물이 차올랐다.

"넌 눈치도 없니?" 그녀가 손수건을 찾느라 로브 속을 뒤지며 중얼거렸다.

"뭐가?" 해리가 당황해서 물었다.

"내 앞에서 숨 쉬는 얘기를 했잖아!" 머틀이 날카롭게 소리치자 그녀의 목소리가 욕실에 시끄럽게 울렸다. "나는 숨 같은 거 못 쉬는데…… 오랫동안…… 쉬어 본 적 없는데……." 그녀는 손수건에 얼굴을 묻고 요란하게 코를 풀었다.

해리는 머틀이 그녀 자신의 죽음에 항상 민감하게 반응했다는 사실을 떠올렸다. 하지만 해리가 아는 어떤 유령도 이런 일을 가지고 그토록 유난을 떨지는 않았다. "미안." 그가 조바심을 내면서 말했다. "일부러 그런 건 아니야. 그냥 깜빡……."

"아, 그래. 머틀이 죽었다는 사실을 깜빡하는 건 아주 쉬운 일이지." 머틀이 훌쩍훌쩍 울음을 삼키고 퉁퉁 부은 눈으로 그를 노려보며 말했다. "나를 보고 싶어 하는 사람은 아무도 없어. 내가 살아 있을 때도 그랬고. 내 시체가 발견되기까지 몇 시간이나 걸렸어. 난 알아. 거기에 앉아서 사람들을 기다렸으니까. 올리브 혼비가 화장실에 들어왔어……. '너 또 삐쳐서 여기 온 거니, 머틀?' 하고 묻더라. '디핏 교수님이 나더러 너를 찾아보라고 하셔서…….' 그러고 나서 그 애는 내 시체를 봤어……. 우우, 그 애는 죽는 날까지 그 광경을 잊지 못했어! 내가 그렇게 만들었으니까……. 그 애를 쫓아다니면서 계속 생각나게 만들었어. 걔 오빠의 결혼식 날……."

하지만 해리는 그 말을 듣고 있지 않았다. 그는 다시 인어들의 노래를 생각하고 있었다. '네가 가슴 아프게 그리워할 존재를 우리가 데려갔음을.' 그들은 해리가 가지고 있는 무언가를 훔쳐 갈 모양이었다. 그가 되찾아야만 하는 무언가를. 뭘 가져가려는 걸까?

"……그다음에는 뻔하지. 그 애는 마법 정부를 찾아가서, 내가 스토킹을 하지 못하게 막아 달라고 탄원서를 냈어. 그래서 나는 여기로 돌아와 지금까지 내 화장실에서 살고 있는 거야."

"잘됐네." 해리가 멍하니 말했다. "음, 처음보다는 훨씬 진전이 있는 것 같다. 눈 좀 다시 감아 줄래? 나 나갈 거야."

그는 욕조 바닥에서 알을 챙겨 들고 나와 몸을 닦고 잠옷과 가운을 다시 입었다.

"언제 다시 내 화장실로 찾아와 줄래?" 해리가 투명 망토를 집어 들자 울보 머틀이 애절하게 물었다.

"어…… 노력해 볼게." 해리는 속으로 성안에 있는 다른 화장실이 모두 막히기 전에는 머틀의 화장실을 다시 찾을 일이 없을 거라고 생각하면서 그렇게 말했다. "나중에 보자, 머틀. 도와줘서 고마워."

"안녕." 그녀가 우울하게 대꾸했다. 투명 망토를 뒤집어쓴 해리는 그녀가 다시 수도꼭지로 빠르게 돌아가는 모습을 보았다.

해리는 어두운 복도로 나와 여전히 밖에 아무도 없는지 도둑 지도를 확인해 보았다. 지도는 깨끗했다. 필치와 노리스 부인을 표시하는 점은 그들의 사무실에 안전하게 들어 있었다. 위층 트로피 전시실에서 날뛰고 있는 피브스를 제외하면 아무것도 움직이지 않는 듯했다. 해리가 그리핀도르 탑으로 돌아가려고 한 발을 내디뎠을 때, 지도에서 또 다른 뭔가가 그의 눈길을 사로잡았다……. 정말 이상한 일이었다.

움직이는 건 피브스만이 *아니었다*. 점 하나가 지도 왼쪽 맨 아래 구석에 있는 방 근처를 돌아다니고 있었다. 그 방은 스네이프의 연구실이었다. 하지만 점에는 '세베루스 스네이프'라는 이름이 붙어 있지 않았다……. 점의 이름은 바티미어스 크라우치였다.

해리는 그 점을 뚫어지게 바라보았다. 크라우치 장관은

몸이 너무 안 좋아서 출근도 못 하고 크리스마스 무도회에 오지도 못한다고 했다. 그런 사람이 새벽 1시에 호그와트에 몰래 들어와서 뭘 하는 걸까? 해리는 그 점이 방 주위를 맴돌면서 여기저기에서 잠깐씩 멈춰 서는 모습을 자세히 살펴보았다.

잠시 망설이고 고민했지만…… 결국 그는 호기심을 이기지 못했다. 해리는 반대 방향으로 발걸음을 돌려 가장 가까운 계단으로 향했다. 크라우치가 뭘 하는지 살펴볼 작정이었다.

바닥이 삐거덕거리는 소리와 그의 잠옷이 바스락거리는 소리에 몇몇 초상화 속 얼굴들이 궁금한 듯 고개를 돌리기는 했지만, 해리는 되도록 조용히 계단을 내려갔다. 그는 아래층 복도를 따라 살금살금 나아가다가 통로 중간쯤에 있는 태피스트리를 밀치고 더 좁은 계단을 따라 나아갔다. 그 계단은 두 층 아래로 이어지는 지름길이었다. 그는 계속 의아해하면서 지도를 힐끔거렸다. 그토록 철두철미하고 준법정신 투철한 크라우치 장관이 이렇게 늦은 밤중에 다른 사람의 연구실 근처를 몰래 돌아다니다니, 왠지 어울리지 않는 행동이었다.

순간, 해리는 자기가 뭘 하는지도 모른 채 크라우치 장관의 이상한 행동 말고는 어떤 것에도 주의를 기울이지 않고 계단을 내려가다가 네빌이 항상 건너뛰는 것을 잊어 먹는 함정 계단에 갑자기 다리를 빠뜨리고 말았다. 그는 꼴사납게 비틀거렸다. 물에 젖어 아직 축축한 황금 알이 팔 밑에서 쑥 빠져나갔다. 해리는 몸을 앞으로 날려 알을 잡으려 했지만 너무 늦었다. 알은 한 단 한 단 베이스 드럼을 두드리는 것 같은 요란한 소리를 내며 긴 계단을 굴러 내려갔다. 투명 망토가 몸에서 미끄러졌다. 해리는 망토를 낚아챘지만 이번에는 도둑 지도가 팔락거리며 손에서 빠져나와 여섯 계단 밑으로 떨어졌다. 계단에 무릎까지 빠진 상태에서는 손이 닿지 않는 곳이었다.

계단 아래로 떨어진 황금 알이 데굴데굴 굴러가 태피스트리를 지났다. 알이 벌컥 열리더니 아래층 복도에서 시끄럽게 울부짖기 시작했다. 해리는 마법 지팡이를 꺼내 도둑 지도를 건드려서 그 내용을 지우려고 기를 썼지만 너무 멀어서 닿지 않았다.

다시 투명 망토를 뒤집어쓴 해리는 몸을 쭉 펴고 귀를 기울였다. 두려움에 눈을 질끈 감았다……. 그리고 다음 순간……

"피브스!"

그것은 분명 사냥에 나선 건물 관리인 필치의 고함 소리였다. 빠르게 발을 질질 끄는 소리와 분노로 높아진 쌕쌕거리는 목소리가 점점 가까이 들려왔다.

"이게 웬 난리야? 성 전체를 깨울 작정이냐? 내가 잡고 만다, 피브스. 잡고 말 거야. 넌 이제…… 이게 뭐지?"

필치의 발걸음이 멈췄다. 금속끼리 찰캉 부딪치는 소리가 들리더니 울부짖음도 멈췄다. 필치가 알을 집어 들고 닫은 것이다. 해리는 여전히 마법 계단에 한쪽 다리가 꽉 낀채 가만히 귀를 기울였다. 필치가 피브스를 찾겠다는 생각에 지금 당장에라도 태피스트리를 걷을지 몰랐다. 하지만 그곳에는 피브스가 없을 것이다. 만약 계단을 올라온다면 도둑 지도를 발견할 테지. 그리고 투명 망토를 쓰고 있든 아니든 지도는 '해리 포터'가 있는 곳을 정확히 보여 줄 것이다.

"웬 알이지?" 필치가 계단 밑에서 조용히 중얼거렸다. "우리 귀염둥이!" 노리스 부인이 필치와 함께 있는 게 틀림없었다. "이건 트라이위저드 시합의 단서인데! 학교 대표 선수의 물건이야!"

해리는 속이 메슥거렸다. 심장이 거세게 뛰었다…….

"**피브스!**" 필치가 꼴 좋다는 듯 신이 나서 고함을 질렀다. "도둑질을 하고 있었구나!"

그는 다시 아래층 태피스트리를 젖혔다. 그의 끔찍하게
축 처진 얼굴이 보였다. 깜깜하고 (필치가 보기에는) 텅 빈
계단을 올려다보는, 툭 튀어나온 옅은 색 눈도 보였다.

"숨은 거냐?" 그가 조용히 말했다. "내가 가서 잡는다, 피
브스⋯⋯. 네놈이 트라이위저드 시합의 단서를 훔쳤어. 이
번에야말로 덤블도어가 널 쫓아낼 거다, 이 더러운 좀도둑
폴터가이스트야⋯⋯."

필치가 계단을 오르기 시작했다. 그의 비쩍 마른 먼지 색
깔 고양이가 그를 바짝 뒤따랐다. 주인과 너무도 닮은 노리
스 부인의 등잔불 같은 눈이 해리에게 곧장 붙박여 있었다.
예전에도 투명 망토가 고양이들에게 통하는지 궁금해한
적이 있었는데⋯⋯. 해리는 불안감에 금방이라도 토할 것
같은 기분으로, 필치가 낡은 플란넬 가운을 입고 점점 가까
이 다가오는 모습을 지켜보았다. 함정에 낀 다리를 빼내려
고 필사적으로 버둥거렸지만 아래로 더 깊이 빠지기만 했
다. 당장에라도 필치가 지도를 발견하거나 그에게 부딪칠
것이었다.

"필치? 무슨 일이지?"

필치는 해리에게서 몇 계단 아래 멈춰 서서 뒤를 돌아보

았다. 계단 밑에 해리가 처한 상황을 더 악화시킬 수 있는 유일한 사람이 서 있었다. 스네이프였다. 그는 긴 회색 잠옷을 입고 서슬 퍼런 표정을 짓고 있었다.

"피브스입니다, 교수님." 필치가 악의가 깃든 말투로 소곤거렸다. "이 알을 계단 아래로 던져 버렸어요."

스네이프가 재빨리 계단을 올라와 필치 옆에 섰다. 해리는 이를 악물었다. 시끄럽게 쿵쾅거리는 심장 소리가 당장에라도 그의 위치를 드러낼 것만 같았…….

"피브스?" 스네이프가 필치의 손에 들린 알을 뚫어지게 바라보며 조용히 물었다. "하지만 피브스가 내 연구실에 들어올 수는 없을 텐데……."

"이 알이 교수님 연구실에 있었습니까?"

"그럴 리가." 스네이프가 쏘아붙였다. "나는 뭔가 쿵쾅거리더니 울부짖는 소리가 나는 걸 듣고……."

"네, 교수님. 알에서 나는 소리였어요……."

"무슨 일인지 살펴보러 나와서……."

"피브스가 던졌다니까요, 교수님."

"내 연구실 앞을 지나는데, 횃불이 켜져 있고 저장고 문이 열려 있는 게 보였소! 누가 내 연구실을 뒤지고 있었다고!"

"하지만 피브스는 그럴 수가⋯⋯."

"그건 나도 알아, 필치!" 스네이프가 쏘아붙였다. "나는 오직 마법사만이 깨뜨릴 수 있는 주문으로 연구실을 봉인해 두니까!" 스네이프가 계단을 올려다보았다. 그의 시선이 해리를 곧장 꿰뚫더니 이어서 아래층 복도로 향했다. "나랑 함께 침입자를 수색해 줬으면 하는데, 필치."

"저는⋯⋯ 네, 교수님⋯⋯ 그런데⋯⋯."

필치는 안타까운 듯 해리가 있는 계단을 곧장 올려다보았다. 피브스를 궁지에 몰아넣을 기회를 놓치는 것이 못내 아쉬운 듯했다. '빨리 가.' 해리는 속으로 빌었다. '스네이프랑 같이 가⋯⋯. 가 버리라고⋯⋯.' 노리스 부인이 필치의 다리 근처에서 주위를 유심히 살피고 있었다. 해리는 확실히 노리스 부인이 그의 냄새를 맡을 수도 있다고 생각했다. ⋯⋯뭐 하자고 욕조를 온갖 향기 나는 거품으로 가득 채웠을까?

"그게 말이죠, 교수님." 필치가 애처롭게 입을 열었다. "이번만큼은 교장 선생님도 제 얘기에 귀 기울여 주실 거예요. 피브스가 학생들의 물건을 훔치고 있으니, 이번에야말로 녀석을 아예 성에서 쫓아낼 기회일지도⋯⋯."

"필치, 나는 그 망할 놈의 폴터가이스트에 대해서는 눈곱

만큼도 관심이 없소. 내 연구실이······."

틱. 틱. 틱.

스네이프는 갑작스럽게 말을 멈췄다. 그와 필치 모두 계단 아래를 바라보았다. 해리는 두 사람의 머리 사이 좁은 틈으로 매드아이 무디가 절뚝거리며 다가오는 모습을 보았다. 무디는 잠옷 위에 낡은 여행용 망토를 걸치고 언제나처럼 지팡이를 짚고 있었다.

"파자마 파티라도 하나?" 그가 계단 위를 향해 걸걸한 목소리로 물었다.

"스네이프 교수님과 제가 무슨 소리를 들었습니다, 교수님." 필치가 곧바로 답했다. "폴터가이스트 피브스가 늘 하던 것처럼 물건을 던지고 있어서요. 그러고 있는데 스네이프 교수님이 누가 연구실에 침입한 걸 발견하고······."

"입 닥치지 못해!" 스네이프가 식식대며 필치에게 소리쳤다.

무디가 계단 밑으로 한 발짝 가까이 다가왔다. 해리는 무디의 마법 눈이 스네이프를 지나 자신에게 향하는 것을 확실히 보았다.

해리는 심장이 오그라드는 것을 느꼈다. '무디 교수는 투명 망토를 꿰뚫어 볼 수 있어······.' 오직 무디만이 이 이상

알과 눈

한 장면을 전부 볼 수 있었다. 잠옷 바람의 스네이프, 알을
들고 있는 필치, 그리고 그들 뒤 계단에 다리가 낀 해리를.
무디의 비틀린 입이 놀란 듯 벌어졌다. 잠깐 동안 그와 해
리의 눈이 똑바로 마주쳤다. 이어 무디는 입을 다물고 그
파란 눈을 다시 스네이프에게 돌렸다.

"내가 제대로 들은 게 맞나, 스네이프?" 그가 천천히 물
었다. "누가 연구실에 침입했다고?"

"중요한 일은 아닙니다." 스네이프가 싸늘하게 말했다.

"그 반대지." 무디가 으르렁거리듯 말했다. "아주 중요한
일이야. 누가 자네 연구실에 침입하고 싶어 하겠나?"

"아마 학생일 겁니다." 스네이프가 말했다. 심기가 불편
한지 스네이프의 기름진 관자놀이에서 핏줄이 불끈거리는
것이 보였다. "전에도 이런 일이 있었습니다. 개인 저장고
에서 마법약 재료들이 사라진 적이 있었죠……. 틀림없이
불법 혼합물을 만들려는 학생들일 겁니다."

"학생들이 마법약 재료를 구하려 했다고?" 무디가 말했
다. "자네 연구실에 뭔가 숨겨 놓은 건 아니고?"

해리는 스네이프의 누르께한 얼굴이 칙칙한 벽돌색으로
변하면서 관자놀이의 혈관이 더욱 빠르게 맥박 치는 것을
보았다.

"내가 아무것도 숨기고 있지 않다는 건 당신도 아실 텐데
요, 무디." 그가 조용하면서도 날 선 목소리로 말했다. "직
접 내 연구실을 아주 철저히 수색했으니까."

무디의 일그러진 얼굴에 미소가 떠올랐다. "오러의 특권
이지, 스네이프. 덤블도어가 나한테 자넬 주시하라고……."

"덤블도어 교수님은 날 믿습니다만." 스네이프가 이를
악물고 말했다. "덤블도어 교수님이 당신에게 내 연구실을
수색하라고 지시했다는 말은 믿을 수가 없습니다!"

"물론 덤블도어는 자네를 믿지." 무디가 거친 목소리로
말을 이었다. "남을 잘 믿는 사람이니까. 안 그런가? 다시
한 번 기회를 주는 게 옳다고 생각하는 사람이기도 하고.
하지만 나는…… 나는 지워지지 않는 얼룩이 있다고 믿네,
스네이프. 절대로 지워지지 않는 얼룩. 내 말 무슨 뜻인지
아나?"

스네이프는 갑자기 아주 이상한 행동을 했다. 오른손으
로 왼쪽 팔꿈치 아래를 움켜쥐었던 것이다. 마치 아프기라
도 한 것처럼.

무디가 웃었다. "이만 자러 가게, 스네이프."

"당신이 나한테 이래라저래라 할 권한은 없을 텐데요!"
스네이프는 스스로에게 화가 난다는 듯 팔을 놓고 씩씩거

렸다. "당신과 마찬가지로 나한테도 해가 진 뒤 학교를 돌아다닐 권리가 있단 말입니다!"

"그럼 돌아다니든가." 무디가 말했지만 그 목소리는 매우 위협적으로 들렸다. "언젠가 어두운 복도에서 자네를 만날 일을 기대하고 있겠네……. 그나저나, 뭘 떨어뜨린 것 같은데……."

해리는 찌르는 듯한 공포를 느끼며, 무디가 여전히 여섯 계단 아래 놓여 있는 도둑 지도를 가리키는 모습을 바라보았다. 스네이프와 필치가 모두 고개를 돌려 그 지도를 본 순간, 해리는 더 이상 조심하고 말고 할 게 없다는 생각이 들었다. 그는 무디의 주의를 끌기 위해 투명 망토 아래서 미친 듯이 팔을 흔들며 "제 거예요! *제 거라고요!*" 하고 입을 벙긋거렸다.

스네이프가 지도로 손을 뻗었다. 점차 상황을 파악한 그의 얼굴에 서서히 경악한 표정이 떠올랐다…….

"*아씨오 양피지!*"

그러나 공중으로 날아오른 지도는 스네이프의 손가락 사이로 빠져나가 계단 밑 무디의 손으로 들어갔다.

"깜빡했군." 무디가 담담하게 말했다. "내 물건일세. 일전에 떨어뜨린 것 같군."

하지만 스네이프의 검은 눈은 필치의 팔에 안겨 있는 알에서 무디의 손에 들린 지도로 빠르게 움직이고 있었다. 오직 스네이프만이 그 두 물건을 조합해서 결론을 내릴 수 있었다…….

"포터." 그가 조용히 입을 열었다.

"뭐?" 무디가 태연하게 지도를 접어 주머니에 넣으며 말했다.

"포터!" 스네이프가 고함을 지르더니 고개를 홱 돌려, 갑자기 그를 볼 수 있게 되기라도 한 것처럼 실제로 해리가 있는 곳을 똑바로 노려보았다. "그건 포터의 알입니다. 그 양피지도 포터의 물건이고요. 전에 본 적이 있어서 압니다! 포터가 여기 있어요! 포터가, 투명 망토를 뒤집어쓰고!"

스네이프는 눈먼 사람처럼 양손을 뻗고 계단을 오르기 시작했다. 안 그래도 큰 스네이프의 콧구멍이 해리를 찾아 킁킁거리며 더 커지는 것 같았다. 해리는 계단에 다리가 끼인 채로 몸을 뒤로 젖히며 스네이프의 손가락 끝을 피하려고 애썼다. 하지만 이제 언제라도……

"거기엔 아무것도 없네, 스네이프!" 무디가 고함을 질렀다. "하지만 교장에게 자네가 얼마나 성급하게 해리 포터를 의심했는지는 기꺼이 말해 주지!"

"그게 무슨 뜻입니까?" 스네이프가 다시 고개를 돌려 무디를 바라보며 으르렁거리듯 말했다. 여전히 쭉 뻗은 두 손은 해리의 가슴에 닿기 직전이었다.

"덤블도어는 누가 악의를 갖고 그 애를 지켜보고 있는지에 관심이 아주 많다는 뜻이야!" 무디가 절뚝절뚝 계단 쪽으로 다가오며 말했다. "나도 마찬가지일세, 스네이프. 아주 관심이 많지……." 그의 일그러진 얼굴 위로 횃불 빛이 일렁이면서, 살점이 떨어져 나간 코와 흉터가 어느 때보다도 깊고 어둡게 보였다.

스네이프가 무디를 내려다보았다. 해리가 있는 위치에서는 그의 표정이 보이지 않았다. 잠깐 동안 누구도 움직이거나 말을 하지 않았다. 잠시 후 스네이프가 천천히 손을 내렸다.

"나는 그저……." 스네이프가 애써 차분한 목소리로 입을 열었다. "포터가 또다시 이 늦은 시간에 학교 안을 돌아다니면…… 그게 그 애의 나쁜 버릇이니까…… 누군가가 그 애를 막아야 한다고 생각한 겁니다. 그러니까, 그 아이의 안전을 위해서요."

"그렇군." 무디가 부드럽게 말했다. "포터의 안전을 최우선으로 여기고 있다 이건가?"

잠깐 침묵이 이어졌다. 스네이프와 무디는 여전히 서로를 노려보고 있었다. 아직도 필치의 다리 근처에서 해리가 풍기는 거품 입욕제 냄새의 근원지를 찾아 주위를 두리번거리던 노리스 부인이 큰 소리로 야옹거렸다.

"이만 잠자리로 돌아가야겠군요." 스네이프가 간결하게 말했다.

"오늘 밤 자네가 떠올린 것 중 가장 좋은 생각이군." 무디가 말했다. "자, 필치. 그 알을 내게 넘기면⋯⋯."

"안 됩니다!" 필치가 처음 얻은 자식이라도 되듯 그 알을 꼭 끌어안으며 말했다. "무디 교수님, 이건 피브스가 도둑질을 했다는 명백한 증거라고요!"

"그건 피브스가 훔친 대표 선수의 물건이네." 무디가 말했다. "넘기게, 당장."

스네이프는 미끄러지듯 계단을 내려가 아무런 말 없이 무디를 지나쳤다. 필치가 노리스 부인에게 쯧쯧 소리를 내자 노리스 부인은 몇 초 더 해리 쪽을 멍하니 응시하더니 몸을 돌려 주인을 따라갔다. 해리는 여전히 가쁜 숨을 쉬면서, 스네이프가 복도를 걸어가는 소리를 들었다. 필치도 무디에게 알을 건넨 뒤 노리스 부인에게 "걱정 마라, 얘야⋯⋯ 아침에 덤블도어를 찾아갈 테니⋯⋯ 피브스가 무슨 짓을 하고 다니는지 말할 거란다……" 하고 중얼거리며 시야에서 사라졌다.

문이 쾅 닫히는 소리가 들렸다. 해리는 무디를 내려다 보며 가만히 있었다. 무디는 짚고 서 있던 지팡이를 계단 맨 아래 내려놓고 힘겹게 해리를 향해 계단을 오르기 시 작했다. 한 발 한 발 디딜 때마다 둔탁한 '턱' 소리가 울려 퍼졌다.

"아슬아슬했다, 포터." 그가 중얼거렸다.

"네…… 저는…… 어…… 고맙습니다." 해리가 기운이 빠진 듯 말했다.

"이건 뭐냐?" 무디가 주머니에서 도둑 지도를 꺼내 펼치 며 물었다.

"호그와트 지도예요." 해리는 무디가 어서 자신을 계단 에서 꺼내 주기를 바라며 대답했다. 다리가 정말 아팠던 것 이다.

"멀린의 턱수염 같으니." 무디가 지도를 유심히 바라보 며 중얼거렸다. 그의 마법 눈이 미친 듯이 움직였다. "이 거…… 이거 대단한 지도로구나, 포터!"

"네, 뭐…… 꽤 쓸모가 있어요." 해리가 말했다. 다리가 아파서 급기야 눈물이 고이기 시작했다. "저…… 무디 교수님, 좀 도와주실 수 있을까요……?"

"뭐? 아! 그래…… 그렇지, 당연히 도와줘야지……."

무디가 해리의 팔을 잡고 당겼다. 다리가 함정 계단에서 빠져나오자 해리는 한 계단 위에 올라섰다.

무디는 아직도 지도를 들여다보고 있었다. "포터……." 그가 천천히 입을 열었다. "혹시 누가 스네이프의 연구실에 침입했는지 봤느냐? 이 지도에서 말이다."

"어…… 네, 봤어요……." 해리는 솔직히 털어놓았다. "크라우치 장관이었어요."

무디의 마법 눈이 지도 전체를 쓱 훑었다. 그는 갑자기 깜짝 놀란 표정을 지었다.

"크라우치?" 그가 다시 물었다. "확실하냐, 포터?"

"네." 해리가 대답했다.

"뭐, 이젠 없구나." 무디가 말했다. 그의 눈은 아직도 지도 전체를 휙휙 훑고 있었다. "크라우치라…… 그거 정말, 정말 흥미롭군……."

그는 1분 가까이 아무 말도 하지 않고 계속 지도를 들여다보았다. 해리는 이 소식이 무디에게 무언가를 의미한다는 것을 알 수 있었고 그것이 뭔지 무척 궁금했지만 감히 물어봐도 될지 알 수 없었다. 무디는 조금 무섭긴 해도……

방금 엄청난 곤경에 빠질 뻔한 그를 도와주었다…….

"저…… 무디 교수님……. 왜 크라우치 장관이 스네이프 교수의 연구실을 둘러보고 싶어 했을까요?"

지도를 떠난 무디의 마법 눈이 살짝 떨리면서 해리에게 머물렀다. 꿰뚫어 보는 듯한 눈초리였다. 해리는 무디가 대답을 할지 말지, 또는 얼마나 말해 주어야 할지 고민하면서 자신을 재 보고 있는 것 같다는 느낌을 받았다.

"이렇게 생각해 봐라, 포터." 마침내 무디가 중얼거리듯 말했다. "다들 늙은 매드아이가 어둠의 마법사들을 잡는 데 혈안이 되어 있다고 말하지. ……하지만 매드아이는 바티 크라우치에 비하면 아무것도 아니다. 정말 *아무것도* 아니야."

그는 계속 지도를 바라보았다. 해리는 더 알고 싶은 마음이 굴뚝같았다.

"무디 교수님?" 그가 다시 말했다. "혹시…… 이 일이 그것과 무슨 관련이 있지 않을까요……? 어쩌면 크라우치 장관님은 무슨 일이 벌어지고 있다고 생각해서……."

"예를 들면?" 무디가 날카롭게 물었다.

해리는 어디까지 말해도 될지 알 수 없어서 고민했다. 호그와트 밖에서 해리에게 정보를 알려 주는 사람이 있다는 사실을 무디가 추측하도록 만들고 싶지는 않았다. 그랬다 간 시리우스에 관한 곤란한 질문들이 이어질 수 있었다.

"모르겠어요." 해리가 중얼거렸다. "최근에 이상한 일 들이 벌어지고 있잖아요? 《예언자일보》에 실리기도 했 고……. 월드컵에 나타난 어둠의 징표라든가 죽음을 먹는 자들이라든가 뭐 그런 거요……."

무디의 짝이 안 맞는 눈 두 개가 모두 휘둥그레졌다.

"예리하구나, 포터." 그가 말했다. 마법의 눈이 두리번두 리번하며 도둑 지도로 돌아갔다. "크라우치도 그런 생각을 하고 있었을지 모른다." 그가 천천히 말했다. "충분히 그럴 수 있지……. 최근 들어 이상한 소문이 퍼지고 있다. 물론, 리타 스키터가 한몫하기도 했지만. 그것 때문에 아주 많은 사람들이 초조해하는 것 같더구나." 음울한 미소가 그의 비뚜름한 입을 비틀었다. "아, 내가 싫어하는 게 하나 있다 면……." 그는 해리에게 하는 말이라기보다는 혼잣말처럼 중얼거렸다. 그의 마법 눈은 지도 왼쪽 아래의 구석에 고정 되어 있었다. "그건 자유롭게 풀려난 죽음을 먹는 자들이 다……."

해리는 그를 바라보았다. 무디의 말은 해리가 생각하는 바로 그 의미일까?

"이제는 내가 너한테 물어보고 싶다, 포터." 무디가 좀 더 사무적인 어조로 말했다.

해리는 가슴이 철렁했다. 올 것이 오고야 말았다. 무디는 이 지도가 어디에서 났는지 물을 것이다. 아주 수상한 마법의 물건이었기 때문이다. 하지만 이 지도가 그의 손에 들어오게 된 사연을 이야기하면 해리 자신뿐만 아니라 그의 아버지, 프레드와 조지 위즐리, 지난 학년 어둠의 마법 방어법 선생인 루핀 교수한테까지 혐의가 가게 될 터였다. 무디는 각오를 다지는 해리의 눈앞에 지도를 흔들었다.

"이걸 좀 빌려도 되겠느냐?"

"아!" 해리가 외마디 소리를 내뱉었다. 그는 그 지도가 정말 마음에 들었지만, 한편으로는 무디가 그것을 어디에서 얻었는지 묻지 않아 무척 마음이 놓였다. 무디에게 신세를 진 것도 분명한 사실이었다. "네, 그럼요."

"착하구나." 무디가 걸걸한 목소리로 말했다. "이건 내가 잘 쓰도록 하마……. *이거야말로 내가 찾던 물건일지도 몰라*……. 좋아, 가서 자라, 포터. 자, 어서……."

그들은 함께 계단을 올라갔다. 무디는 그때까지도 난생처음 보는 보물을 보듯 지도를 살펴보고 있었다. 그들은 말없이 무디의 연구실 문 앞까지 갔다. 그가 멈춰 서더니 해리를 바라보았다. "오러라는 직업에 대해 생각해 본 적 있느냐, 포터?"

"아뇨, 없는데요." 해리가 깜짝 놀라 대꾸했다.

"한번 생각해 보거라." 무디가 고개를 끄덕이며 말하더니 생각에 잠긴 채 해리를 바라보았다. "그래, 정말로……. 그건 그렇고…… 오늘 밤 산책이나 하려고 그 알을 가지고 나온 건 아닐 텐데?"

"아, 네." 해리가 씩 웃으며 말했다. "단서를 풀고 있었어요."

무디는 눈을 찡긋했다. 그의 마법 눈이 또다시 미친 듯이 돌아가기 시작했다. "아이디어를 얻는 데 밤 산책만 한 게 없지, 포터. 아침에 보자……." 그는 다시 도둑 지도로 눈을 돌리고 연구실로 들어가 문을 닫았다.

해리는 스네이프와 크라우치, 그 모든 것이 뭘 의미하는지 생각하면서 천천히 그리핀도르 탑으로 걸어갔다……. 크라우치는 원한다면 언제든지 호그와트에 올 수 있는데 왜 아픈 척하는 걸까? 그는 스네이프가 연구실에 뭔가를 감추고 있다고 생각하는 걸까?

게다가 무디는 해리가 오러가 되면 좋을 것 같다고 생각했다! 흥미로운 생각이긴 하지만……. 10분 후 알과 투명

망토를 짐 가방에 다시 안전하게 넣고 사주식 침대에 조용
히 기어들면서, 해리는 왠지 오러라는 직업을 선택하기 전
에 다른 오러들의 흉터는 얼마나 심한지 확인해 봐야겠다
는 생각이 들었다.

26장
두 번째 과제

"알 단서는 벌써 풀었다고 했잖아!" 헤르미온느가 화를 내며 말했다.

"목소리 좀 낮춰!" 해리가 부루퉁하게 말했다. "난 그냥…… 좀 미세한 조정을 해야 했을 뿐이야. 알겠어?"

그와 론, 헤르미온느는 일반 마법 교실 맨 뒤에 책상 하나를 차지하고 앉아 있었다. 오늘은 소환 마법과 정반대의 마법인 쫓아 버리기 마법을 연습하는 날이었다. 플리트윅 교수는 물건들이 끊임없이 교실을 날아다니면서 일어날 수 있는 위험한 사고들에 대비해 학생 모두에게 쿠션을 잔뜩 나누어 주고 그걸 가지고 연습하도록 했다. 쿠션이라면 빗나가서 누가 맞더라도 다치지 않으리라는 생각에서였다. 이론은 그럴듯했지만 별 소용은 없었다. 네빌의 조준 실력은 너무 형편없어서 훨씬 무거운 것, 예컨대 플리트윅 교수를 계속 교실 저쪽으로 날려 보냈다.

"알 얘기는 잠깐 잊어버리라니까?" 해리가 식식댔다. 플 리트윅 교수가 체념한 얼굴로 그들 옆을 붕 날아가 커다란 캐비닛 위에 떨어졌다. "스네이프랑 무디 얘기를 하려던 거란 말이야……."

모두 너무 즐거워하며 그들에게는 관심을 기울이지 않았 던 만큼 비밀스러운 대화를 나누기에는 이상적인 수업이 었다. 해리는 지금까지 30분에 걸쳐 귓속말로 지난밤의 모 험을 조금씩 끊어서 이야기하고 있었다.

"무디가 자기 연구실을 뒤졌다고 말했단 말이야? 스네이 프가?" 론이 속삭였다. 마법 지팡이를 휘둘러 쿠션을 날려 보내는 그의 눈이 호기심으로 반짝거렸다. 쿠션은 공중으 로 날아가 파르바티의 모자를 떨어뜨렸다. "이런……. 그럼 넌 무디가 카르카로프는 물론 스네이프까지 감시하러 왔다 고 생각하는 거야?"

"음, 덤블도어 교수님이 무디 교수님한테 그렇게 부탁했 는지는 모르겠어. 하지만 무디 교수님이 그렇게 하고 있 는 건 확실해." 해리가 그다지 집중하지 않고 마법 지팡이를 휘두르며 말했다. 그 바람에 쿠션은 철퍼덕하고 책상에 떨어지고 말았다. "무디 교수님 말로는 덤블도어 교수님이 스네이프한테 다시 한 번 기회를 주려고 여기 머물게 하는 거라나 뭐라나……."

"뭐?" 론이 눈을 휘둥그렇게 떴다. 그가 다음으로 날려 보낸 쿠션이 빙글빙글 돌며 공중으로 높이 솟아오르더니 샹들리에에 부딪쳐 플리트윅의 교탁 위에 묵직하게 쿵 떨어졌다. "해리…… 어쩌면 무디는 스네이프가 네 이름을 불의 잔에 넣었다고 생각하는 건지도 몰라!"

"야, 론." 헤르미온느가 의심스러운 듯 고개를 설레설레 저으며 말했다. "우리는 전에도 스네이프가 해리를 죽이려 한다고 생각했잖아. 근데 알고 보니 스네이프는 해리의 목숨을 구해 준 거였어. 기억나?"

그녀가 쿠션을 날려 보내자, 쿠션은 교실을 날아가 모두의 목표 지점인 상자에 안착했다. 해리는 생각에 잠긴 채 헤르미온느를 바라보았다……. 스네이프가 그의 목숨을 한 번 구해 준 것은 사실이었다. 하지만 이상한 일은, 스네이프가 학생 시절에 해리의 아버지를 미워했던 것처럼 해리를 명백히 미워한다는 사실이었다. 스네이프는 해리의 점수를 깎는 일을 즐겼고, 그에게 벌을 주거나 심지어 그를

정학시켜야 한다고 주장할 기회를 놓친 적이 단연코 한 번
도 없었다.

"난 무디 교수님 말은 신경 안 써." 헤르미온느가 말을 이
었다. "덤블도어 교수님은 바보가 아니야. 해그리드와 루
핀 교수님에게 일자리를 줄 사람은 거의 없겠지만 덤블도
어 교수님은 그 두 사람을 믿었고 그건 옳은 판단이었잖아.
근데 왜 스네이프에 대해서만 틀렸겠어? 물론 스네이프가
조금……."

"……사악하긴 하지." 론이 재빨리 말했다. "왜 이래, 헤
르미온느. 그럼 왜 이 어둠의 마법사 사냥꾼들이 죄다 스네
이프의 연구실을 뒤지고 다니겠어?"

"크라우치 장관은 왜 아픈 척하는 걸까?" 헤르미온느가
론의 말을 들은 척도 하지 않고 말했다. "좀 이상하잖아.
안 그래? 크리스마스 무도회에는 못 오지만, 자기가 오고
싶은 한밤중에는 올 수 있다?"

"너는 그냥 그 집요정 윙키 때문에 크라우치를 싫어하는
거야." 론이 쿠션을 날려 보내며 말했다. 쿠션은 창문에 부
딪쳤다.

"너는 그냥 스네이프한테 무슨 꿍꿍이가 있다고 생각하
고 싶은 거고." 헤르미온느가 쿠션을 상자 안으로 깔끔하

게 날려 보내며 말했다.

"나는 그저 첫 번째 기회가 주어졌을 때 스네이프가 무슨 짓을 했는지 알고 싶어. 지금이 두 번째 기회라면 말이야." 해리가 단호하게 말했다. 매우 놀랍게도 그의 쿠션은 교실을 곧장 날아가더니 헤르미온느의 쿠션 위에 정확하게 내려앉았다.

호그와트에서 일어나는 어떤 이상한 일이라도 알고 싶다던 시리우스의 바람에 따라 해리는 그날 밤 솔부엉이 편에 시리우스에게 편지를 보내 크라우치 장관이 스네이프의 연구실에 침입한 일이며 무디와 스네이프의 대화에 대해 모두 설명했다. 그런 다음 해리는 눈앞에 닥친 가장 시급한 문제, 즉 2월 24일에 한 시간 동안 물속에서 살아남을 방법에 관심을 돌렸다.

론은 소환 마법을 다시 사용하는 아이디어를 꽤 마음에 들어 했다. 해리가 잠수용 호흡기에 대해 설명하자, 그는 가장 가까운 머글 마을에서 그것을 하나 소환하는 것도 안 될 이유는 없다고 생각했다. 헤르미온느는 해리가 한 시간이라는 정해진 시간 안에 잠수용 호흡기 사용법을 익힐 가능성이 낮은 것은 물론, 그럴 경우 국제 마법사 비밀 유지

법령을 어겼다는 이유로 실격될 게 뻔하다는 점을 지적하며 이 계획을 일축해 버렸다. 잠수용 호흡기가 시골 들판을 가로질러 호그와트로 날아가는 모습이 어떤 머글의 눈에도 띄지 않으리라고 기대하는 건 너무 지나치다는 이야기였다.

"물론, 이상적인 해결책은 네가 잠수함 같은 걸로 변신하는 거야." 그녀가 말했다. "우리가 인간을 대상으로 하는 변환 마법을 배우기만 했어도! 하지만 그건 6학년이 돼야 배우는 것 같아. 잘 모르고 썼다가 심각한 문제가 생길 수도 있고……."

"그래, 머리 위에 잠망경이 솟은 채 돌아다닌다니 별로 마음에 안 든다." 해리가 말했다. "무디 교수 앞에서 누군가를 공격하면 어떨까? 대신 변환 마법을 걸어 줄지도 모르는데……."

"하지만 뭘로 변하고 싶은지 고르게 해 주지는 않을걸." 헤르미온느가 진지하게 말했다. "아니야, 내 생각에 가장 가능성 높은 방법은 일반 마법 중 하나일 것 같아."

그래서 해리는 조금만 있으면 그가 평생 도서관에서 보낼 시간을 다 쓰게 될 거라고 생각하며, 다시 한 번 먼지가 잔뜩 쌓인 책에 파묻혀 사람을 산소 없이도 생존하게 해 줄 마법 주문을 조사했다. 그러나 그와 론, 헤르미온느가 점심 식사 시간, 저녁 시간, 주말을 통틀어 조사했는데도, 나아가 해리가 맥고나걸 교수에게 제한구역의 책을 볼 수 있는 허가서를 요청한 뒤 짜증을 잘 내는 독수리 같은 사서 핀스 선생에게까지 도움을 청했는데도, 물속에서 한 시간을 보내고도 살아남게 해 줄 마법은 발견되지 않았다.

이제 공포로 인한 익숙한 떨림이 해리를 방해하기 시작했다. 또다시 수업에 집중하기 어려워졌다. 교실 창가에 다가갈 때마다, 지금껏 교정의 또 다른 특색 중 하나로 당연하게 받아들여 왔던 호수가 새삼 그의 눈길을 끌었다. 쇠붙이 같은 잿빛을 띤 광대하고 싸늘한 호수, 그것의 어둡고 얼음장 같은 심연이 달처럼 멀게만 느껴지기 시작했다.

혼테일과의 대면을 앞두었을 때처럼, 누군가가 시계에 마법이라도 걸어 놓은 듯 시간은 쏜살같이 흘러갔다. 2월 24일까지는 1주일이 남아 있었다(아직 괜찮아)……. 5일(곧 뭔가 알아내야 할 텐데)……. 3일(제발 뭔가 알아내게 해 주세요…… *제발*)…….

이틀이 남았을 때 해리는 다시 음식을 거부하기 시작했다. 월요일 아침 식사 시간에 유일하게 좋았던 일은 시리우스에게 보냈던 솔부엉이가 돌아온 것뿐이었다. 그는 새의 다리에서 양피지를 풀어 펼쳐 보았다. 시리우스가 여태껏 보낸 것 중에서 가장 짧은 편지였다.

다음번 호그스미드 방문 날짜를 적어서 부엉이 편에 답장을 보내 다오.

해리는 다른 내용이 더 있을 거라 기대하고 양피지를 뒤집어 봤지만 뒷장은 비어 있었다.

"다다음주 주말이야." 해리의 어깨 너머로 쪽지를 본 헤르미온느가 작은 소리로 말했다. "여기, 내 깃펜 써. 이 부엉이를 바로 다시 보내."

해리는 시리우스의 편지 뒷장에 날짜를 휘갈겨 쓰고 솔부엉이 다리에 묶은 다음, 부엉이가 다시 날아오르는 모습을 지켜보았다. 뭘 기대한 걸까? 물속에서 숨 쉬는 방법에 대한 조언? 그는 시리우스에게 스네이프와 무디 얘기를 쓰는 데 너무 열중한 나머지 알의 단서를 언급하는 것을 완전히 잊고 말았다.

"다음번 호그스미드 방문 날짜는 왜 알려는 거지?" 론이 물었다.

"모르겠어." 해리가 멍하니 말했다. 솔부엉이를 보자 마음속에서 순간적으로 솟구쳤던 기쁨이 순식간에 꺼져 버렸다. "가자……. 마법 생명체 돌보기 시간이야."

폭발 꼬리 스크루트 일을 만회하려는 건지, 아니면 스크루트가 두 마리밖에 남지 않아서인지, 그것도 아니면 그러블리플랭크 교수가 할 수 있는 일이라면 자신도 뭐든 할 수 있다는 사실을 보여 주려는 건지, 해그리드는 수업에 복귀한 뒤로 그러블리플랭크 교수가 하던 유니콘 수업을 이어 가고 있었다. 알고 보니 그는 괴물들을 아는 것만큼이나 유니콘에 대해서도 상당히 많은 지식을 갖고 있었다. 물론 유니콘에게 독니가 없다는 사실을 아쉬워하는 것도 분명한 사실이었지만.

오늘 그는 새끼 유니콘 두 마리를 데려왔다. 다 자란 유니콘과 달리 새끼들은 순수한 황금빛을 띠고 있었다. 파르바티와 라벤더는 새끼 유니콘들을 보고 황홀해했으며, 심지어 팬지 파킨슨조차 그 유니콘들이 마음에 드는 기색을 감추느라 애를 써야 했다.

"성체보다는 찾아내기 쉽지." 해그리드가 학생들에게 설명했다. "이 녀석들은 두 살쯤 되면 은색으로 변하고, 네 살 때쯤 뿔이 생겨. 완전히 자라야 순백색으로 변한단다. 대략 일곱 살쯤이지. 어릴 때는 사람을 좀 더 잘 믿어서 남자라도 별로 개의치 않아. ……자, 좀 더 다가와라. 원한다면 만져 봐도 돼. 이 설탕 덩어리를 조금 줘 봐. ……괜찮냐, 해리?" 해그리드가 옆으로 슬쩍 다가와 작은 소리로 물었다. 다른 학생들은 대부분 새끼 유니콘 주위에 몰려들어 있었다.

"네." 해리가 대답했다.

"그냥 긴장하는 거지?" 해그리드가 물었다.

"조금요." 해리가 말했다.

"해리." 해그리드가 커다란 손으로 해리의 어깨를 탁 치자 그 묵직함에 해리의 무릎이 풀썩 꺾였다. "나도 네가 그 혼테일을 처리하는 걸 보기 전에는 걱정했지만, 지금은 네가 마음만 먹으면 뭐든 할 수 있다는 걸 알아. 전혀 걱정 안 한다. 넌 괜찮을 거야. 단서는 풀었지?"

해리는 고개를 끄덕이면서도, 호수 밑바닥에서 한 시간 동안 어떻게 살아남아야 할지 전혀 모르겠다고 고백하고 싶은 거센 충동에 사로잡혔다. 그는 해그리드를 올려다보았다. 어쩌면 해그리드는 그 안에 사는 생명체들을 돌보려고 가끔 호수에 들어가는지도 모른다. 어쨌거나 그는 교정에 있는 모든 것들을 돌보는 사람이니까.

"네가 이길 거야." 해그리드가 해리의 어깨를 다시 툭툭 두드리며 그르렁대는 목소리로 말했다. 해리는 실제로 몸이 진흙 바닥으로 몇 센티미터 가라앉는 것을 느꼈다. "난 알아. 느껴져. *네가 이길 거다, 해리.*"

해리는 차마 해그리드의 얼굴에 떠오른 그 행복하고 자신감 넘치는 미소를 지울 수 없었다. 그는 억지로 마주 미소 지어 보이고, 어린 유니콘들에게 관심 있는 척 앞으로 나아가 다른 아이들과 함께 유니콘들을 쓰다듬었다.

두 번째 과제 전날 저녁, 해리는 악몽 속에 갇힌 듯한 기분을 느꼈다. 뭔가 기적이 일어나서 적절한 마법 주문을 찾아낸다 해도 하룻밤 만에 그 주문을 완벽하게 익히는 건 분명 쉽지 않은 일이었다. 왜 일이 이 지경이 되도록 방치했을까? 왜 더 일찍 알의 단서를 풀지 않았을까? 왜 수업 시간에 딴 데 정신을 팔았을까. 한 번쯤은 어떤 교수님이 물속에서 숨 쉬는 법을 언급했을지 모르는데.

그와 론, 헤르미온느는 땅거미가 지는 동안 도서관에 앉아 마법 주문들이 적힌 페이지들을 미친 듯이 뒤졌다. 각자의 앞에 쌓인 엄청난 책 더미 때문에 서로가 보이지 않을 정도였다. 해리는 '물'이라는 단어를 볼 때마다 심장이 철렁했지만, 대개 "물 1리터에 잘게 썬 맨드레이크 잎사귀

0.5그램, 도롱뇽 한 마리를 넣고⋯⋯" 같은 구절에 나오는 단어뿐이었다.

"안 될 것 같다." 책상 맞은편에서 론의 목소리가 단호하게 말했다. "아무것도 없어. 아무것도. 그나마 비슷한 게 웅덩이와 연못을 말려 버리는 가뭄 마법인데, 호수 물을 말려 버릴 만큼 강력하진 않아."

"틀림없이 뭔가 있을 거야." 헤르미온느가 촛불을 가까이 끌어당기며 중얼거렸다. 그녀는 눈이 너무 침침해진 나머지 책에 얼굴을 바짝 들이대고 《옛 시절의 잊힌 주문과 마법》의 깨알 같은 글씨를 탐독하고 있었다. "불가능한 과제는 한 번도 나온 적이 없으니까."

"지금 나왔잖아." 론이 말했다. "해리, 그냥 내일 호수로 가서 물속에 머리를 처박고 인어들한테 무엇이든 훔쳐 간 걸 빨리 내놓으라고 소리 질러. 그런 다음 걔들이 그걸 돌려주는지 보는 거야. 그게 최선이다, 친구."

"방법이 있다니까!" 헤르미온느가 투덜거리며 말했다. "당연히 있어야 해!"

그녀는 도서관에 이 주제에 관한 쓸 만한 정보가 없다는 사실을 개인적인 모욕으로 받아들이는 것 같았다. 도서관은 지금까지 한 번도 그녀를 실망시킨 적이 없었다.

"내가 뭘 했어야 하는지 알겠어."《사기꾼 같은 사람들을 위한 심술궂은 속임수들》에 얼굴을 파묻고 있던 해리가 말했다. "시리우스처럼 애니마구스가 되는 법을 배웠어야 해."

"그래, 그랬으면 필요할 때마다 금붕어로 변할 수 있었을 텐데!" 론이 말했다.

"개구리라든지." 해리가 하품했다. 기운이 하나도 없었다.

"애니마구스가 되려면 몇 년은 걸려. 그런 다음 등록도 해야 되고 할 일이 많아." 헤르미온느가 눈을 가늘게 뜨고 이제는《묘한 마법의 딜레마와 그 해결법》의 차례를 훑어보다가 중얼거리듯 말했다. "맥고나걸 교수님이 말씀하셨잖아. 기억 안 나? 마법 부당 사용 관리과에 무슨 동물로 변하는지, 어떤 특징을 갖고 있는지 등록해야 한다고…….
그래야 그 마법을 남용하지 않…….."

"헤르미온느, 그냥 해 본 말이야." 해리가 지친 듯 말했다. "내일 아침까지 내가 개구리로 변신할 가능성이 없다는 건 나도 알아…….."

"아, 이 책은 아무 쓸모가 없어." 헤르미온느가《묘한 마법의 딜레마와 그 해결법》을 탁 덮으며 말했다. "대체 누가 곱슬곱슬한 코털을 기르고 싶어 한다는 거야?"

"난 괜찮을 것 같은데." 프레드 위즐리가 말했다. "화젯

거리가 될 거 아냐?"

해리, 론, 헤르미온느가 고개를 들었다. 프레드와 조지가 지금 막 책꽂이 뒤에서 나온 터였다.

"둘이 여기서 뭐 해?" 론이 물었다.

"널 찾고 있었지." 조지가 말했다. "맥고나걸이 오래, 론. 너도, 헤르미온느."

"왜?" 헤르미온느가 놀란 표정으로 물었다.

"몰라……. 근데 분위기가 좀 험악해 보이더라." 프레드가 말했다.

"우리가 너희를 맥고나걸 연구실까지 데려가야 해." 조지가 덧붙였다.

론과 헤르미온느는 해리를 뚫어지게 바라보았다. 해리는 가슴이 철렁 내려앉는 것을 느꼈다. 맥고나걸 교수가 론과 헤르미온느를 혼내려는 걸까? 해리 혼자 과제를 풀어야 하는 상황에서 두 사람이 많은 도움을 주고 있다는 사실을 알게 됐는지도 모른다.

"휴게실에서 다시 보자." 헤르미온느가 해리에게 말하며 론과 함께 일어났다. 둘 다 매우 불안한 표정이었다. "될 수 있는 대로 책을 많이 가져와. 알았지?"

"응." 해리가 걱정스러운 목소리로 대답했다.

8시쯤 되자 핀스 선생이 등불을 다 끄더니 도서관에서 나가라고 해리를 재촉했다. 해리는 책을 가져갈 수 있을 만큼 잔뜩 짊어지고 그 무게에 비틀거리며 그리핀도르 휴게실로 돌아가 탁자 하나를 구석으로 끌어다 놓고 조사를 계속했다. 《미친 마법사들을 위한 무분별한 마법》에는 아무것도 없었다……. 《중세 마법 안내서》에도…… 《18세기 마법 선집》이나 《심연에 서식하는 섬뜩한 생물들》, 《전에는 몰랐던 능력과 그 능력을 알게 된 지금 당신이 해야 할 일》에도 물속에서 움직이는 일에 대해서는 한 마디도 나와 있지 않았다.

크룩섕스가 해리의 무릎으로 기어올라 오더니 가르랑거리며 몸을 둥글게 말았다. 휴게실이 천천히 비어 갔다. 사람들은 해그리드처럼 쾌활하고 확신 가득한 목소리로 끊임없이 그가 다음 날 아침에 치를 과제에 행운을 빌어 주었다. 모두 해리가 첫 번째 과제를 해결했던 것처럼 또 한 번 놀라운 실력을 보여 줄 거라고 굳게 믿는 듯했다. 해리는 목구멍에 골프공이 걸린 것 같은 기분으로 아무런 대꾸 없이 그냥 고개만 끄덕였다. 자정이 되기 10분 전, 그는 크룩섕스와 단둘이 휴게실에 남겨졌다. 가져온 책을 모두 조사했는데도 론과 헤르미온느는 돌아오지 않았다.

끝났어, 하고 그는 혼잣말을 했다. 나는 할 수 없어. 그냥 아침에 호수로 가서 심사위원들에게 말하는 수밖에…….

그는 과제를 못하겠다고 말하는 자신의 모습을 상상했다. 놀라서 눈을 휘둥그렇게 뜬 배그먼의 표정과 만족스러운 듯 누런 치아를 드러내는 카르카로프의 미소도 그려 보았다. 플뢰르 들라쿠르의 말이 들려오는 듯했다. "그럴 줄 알았어……. *저 애는 너무 어려요, 그냥 꼬마라고요.*" 관중 앞에서 '포터는 구려' 배지를 번쩍거리는 말포이의 모습이 보였고, 믿어지지 않는다는 듯 의기소침한 해그리드의 얼굴도 눈에 선했다…….

해리는 크룩섕스가 무릎에 올라와 있는 것도 잊고 갑자기 일어섰다. 크룩섕스는 바닥에 내려서면서 화가 난 듯 식식거리고 해리에게 넌더리 난다는 눈길을 던지더니, 병 닦는 솔 같은 꼬리를 치켜든 채 성큼성큼 멀어져 갔다. 하지만 해리는 이미 기숙사 침실을 향해 나선형 계단을 다급히 올라가고 있었다……. 그는 투명 망토를 갖고 도서관으로 돌아가, 그래야 한다면 밤새도록 그곳에 있을 생각이었다…….

"루모스." 15분 뒤, 해리는 도서관 문을 조심스레 열면서 중얼거렸다.

그는 마법 지팡이 끝에 불을 켜고 책꽂이들을 따라 살금살금 나아가며 더 많은 책을 끄집어냈다. 공격 마법과 그밖의 마법에 관한 책, 인어와 수중 괴물에 관한 책, 유명한 마법사들에 관한 책, 마법 발명품에 관한 책, 혹은 물속에서 숨 쉬는 법이 살짝이라도 언급돼 있을 것 같은 책 등이었다. 그는 그 책들을 책상으로 가져가, 지팡이에서 나오는 가느다란 빛에 의지해 책을 뒤지기 시작했다. 가끔씩 손목시계를 확인하면서…….

새벽 1시…… 새벽 2시……. 조사를 이어 나갈 수 있는 유일한 방법은 끊임없이 스스로를 타이르는 것뿐이었다. '다음 책에는 있을 거야…… 다음 책에는…… 그다음 책에는…….'

반장 전용 욕실에 걸린 그림 속 인어가 웃음을 터뜨리며 해리의 머리 위로 그의 파이어볼트를 들고 있었다. 해리는 그녀가 앉아 있는 바위 옆 거품 가득한 물속에서 코르크마개처럼 위아래로 까딱거리고 있었다.

"와서 가져가 봐!" 그녀가 심술궂게 낄낄거렸다. "어서, 펄쩍 뛰어 봐!"

"난 못해." 해리가 파이어볼트를 낚아채려 하면서, 가라

앉지 않으려고 안간힘을 쓰면서 헐떡거렸다. "내놔!"

하지만 그녀는 해리를 비웃으며 빗자루 끝으로 그의 옆구리를 세게 찌르기만 했다.

"아파. 그만해. 아얏."

"해리 포터는 일어나야 해요!"

"찌르지 말라니까."

"도비는 해리 포터를 찔러야만 해요, 해리 포터는 일어나야 해요!"

해리는 눈을 떴다. 그는 여전히 도서관에 있었다. 잠이 드는 바람에 머리에서 투명 망토가 벗겨지고, 한쪽 뺨에는 《지팡이가 있는 곳에 길이 있다》라는 책의 페이지가 붙어 있었다. 그는 안경을 고쳐 쓰고, 밝은 햇빛에 눈을 깜빡이며 일어나 앉았다.

"해리 포터는 서둘러야 해요!" 도비가 새된 목소리로 소리쳤다. "10분 뒤에 두 번째 과제가 시작돼요. 그리고 해리 포터는…….'

"10분?" 해리가 잔뜩 쉰 목소리로 말했다. "*10분 남았다고?*"

그는 손목시계를 들여다보았다. 도비의 말이 맞았다. 지금은 9시 20분이었다. 가슴이 천근만근 내려앉았다.

"어서요, 해리 포터!" 도비가 해리의 소매를 잡아당기며 꽥꽥거렸다. "해리 포터는 다른 대표 선수들과 함께 호숫 가에 있어야 해요!"

"너무 늦었어, 도비." 해리가 절망적으로 말했다. "나는 과제를 치르지 않을 거야. 어떻게 해야 할지도 몰라."

"해리 포터는 과제를 해낼 거예요!" 집요정이 꽥 소리쳤 다. "도비는 해리가 알맞은 책을 찾지 못했다는 것을 알았 어요. 그래서 도비가 대신 찾았어요!"

"뭐?" 해리가 말했다. "하지만 너는 두 번째 과제가 뭔지 모르……"

"도비는 알아요! 해리 포터는 호수로 들어가서 위지를 찾 아야 해요."

"뭘 찾으라고?"

"인어들한테서 위지를 되찾아야 해요!"

"위지가 뭔데?"

"당신의 위지요. 해리 포터의 위지…… 도비에게 스웨터 를 준 위지 말이에요!"

도비는 반바지 위에 받쳐 입은 줄어든 고동색 스웨터를 잡아당겼다.

"뭐?" 해리가 헉하고 숨을 들이켰다. "인어들이 훔쳐 간

게…… 인어들이 데려간 게 론이야?"

"해리 포터가 가장 그리워할 존재잖아요!" 도비가 꽥꽥
거렸다. "그리고 한 시간이 지나면……."

"……'미래는 어두울 뿐.'" 해리가 공포에 질린 채 집요정
을 뚫어지게 바라보며 가사를 읊었다. "너무 늦으면 그 존
재는 네 곁을 떠나 다시는 돌아오지 않을 거야'……. 도비,
내가 뭘 어떻게 해야 되지?"

"이걸 먹어야 해요!" 집요정이 높은 목소리로 외치며 반
바지 주머니에서 끈적끈적한 회녹색 쥐 꼬리 같은 것을 뭉
쳐 놓은 뭔가를 꺼냈다. "호수에 들어가기 직전에 먹어야
해요. 아가미풀이에요!"

"이게 뭐 하는 건데?" 해리가 아가미풀을 빤히 바라보며
물었다.

"이건 해리 포터가 물속에서 숨을 쉬게 해 줘요!"

"도비." 해리가 한껏 흥분해서 말했다. "날 봐…… 확실
한 거야?"

해리는 지난번 도비가 그를 '도우려' 했을 때 오른팔의 뼈
가 모조리 없어졌던 일을 결코 잊을 수 없었다.

"도비는 확실해요!" 집요정이 진지하게 말했다. "도비는
이런저런 얘기를 들어요. 도비는 집요정이니까요. 도비는

온 성을 돌아다니면서 난로에 불을 지피고 바닥에 대걸레질을 해요. 도비는 맥고나걸 교수님과 무디 교수님이 교무실에서 다음번 과제에 대해 얘기하는 걸 들었어요. ……도비는 해리 포터가 위지를 잃게 놔둘 수 없어요!"

해리의 마음속에서 의구심이 사라졌다. 그는 자리에서 벌떡 일어나 투명 망토를 벗어서 가방에 쑤셔 넣고 아가미풀을 잡아채 주머니에 넣은 다음 쏜살같이 도서관을 나갔다. 도비가 그의 뒤를 따라 나왔다.

"도비는 주방에 있어야 해요!" 둘이서 복도로 달려 나왔을 때 도비가 높은 목소리로 외쳤다. "다들 도비를 찾을 거예요. 행운을 빌어요, 해리 포터. 행운을 빌어요!"

"나중에 보자, 도비!" 해리는 그렇게 소리치고 복도를 전력 질주한 뒤 한 번에 세 계단씩 뛰어내려 갔다.

현관홀에는 마지막 순간까지 꾸물거리는 사람들이 몇 남아 있었다. 모두 아침 식사를 마친 뒤 대연회장을 나서서 두 번째 과제를 지켜보려고 오크나무 양쪽 여닫이문으로 향하고 있었다. 그들은 해리가 밝고 싸늘한 교정을 향해 돌계단을 쏜살같이 내려가면서 콜린과 데니스 크리비 형제를 넘어뜨리는 모습을 빤히 바라보았다.

잔디밭을 쿵쿵거리며 달리던 해리는 11월에 용의 우리를 둘러싸고 있던 관중석이 이제는 호수 건너편 기슭을 따라 늘어서 있는 것을 보았다. 사람들이 터질 듯 들어찬 높다란 관중석이 그 밑에 있는 호수 표면에 비쳤다. 흥분한 관중이 와자지껄 떠드는 소리가 호수 건너편에서 이상하게 메아리치는 가운데 해리는 심사위원들을 향해 죽어라 뛰었다. 그들은 황금색 덮개를 씌운 또 다른 탁자 앞에 앉아 있었다. 세드릭, 플뢰르, 크룸이 심사위원석 옆에서 해리가 전속력으로 달려오는 모습을 지켜보았다.

"저…… 왔어요……." 해리가 진흙탕에 미끄러져 멈추며 헐떡거렸다. 그 바람에 플뢰르의 로브에 흙탕물이 튀었다.

"어디 있었어?" 못마땅한 기색이 담긴 거만한 목소리가 들렸다. "과제가 곧 시작될 텐데!"

해리는 뒤를 돌아보았다. 퍼시 위즐리가 심사위원석에 앉아 있었다. 크라우치 장관은 이번에도 참석하지 못한 모양이었다.

"자자, 퍼시!" 루도 배그먼이 말했다. 그는 해리를 보자 무척 안심한 듯했다. "숨이라도 고르게 해 줘야지!"

덤블도어는 해리에게 미소 지어 보였지만 카르카로프와 막심 교장은 그를 보게 되어 기뻐하는 기색이 전혀 없었다. 표정을 보니 해리가 나타나지 않을 거라고 생각한 것이 틀림없었다.

해리는 양손으로 무릎을 짚은 채 허리를 숙이고 숨을 골랐다. 갈비뼈를 칼로 쑤시는 듯 옆구리가 결렸지만 좀 나아지기를 기다릴 시간은 없었다. 루도 배그먼이 대표 선수들 사이를 돌아다니면서 호숫가를 따라 3미터씩 간격을 두고 서게 했다. 해리는 맨 끝, 크룸 옆에 섰다. 크룸은 수영복을 입고 마법 지팡이를 들고 있었다.

"괜찮니, 해리?" 배그먼이 해리를 크룸에게서 조금 떨어진 곳으로 데려가더니 작은 소리로 물었다. "뭘 해야 하는지 알아?"

"네." 해리는 옆구리를 주무르며 숨을 헐떡였다.

배그먼은 그의 어깨를 재빨리 한 번 쥐더니 심사위원석으로 돌아갔다. 그는 월드컵에서 그랬던 것처럼 마법 지팡이를 목에 대고 "소노루스!"라고 외쳤다. 그의 목소리가 어두운 호수 건너편 관중석을 향해 쩌렁쩌렁 울렸다.

"자, 대표 선수 전원이 두 번째 과제를 시작할 준비를 마쳤습니다. 제가 호루라기를 불면 시작합니다. 대표 선수들은 정확히 한 시간 안에 빼앗긴 것을 되찾아야 합니다. 그럼 셋을 세도록 하죠. 하나…… 둘…… 셋!"

호루라기 소리가 차갑고 고요한 공기 중에 날카롭게 울

려 퍼졌다. 관중석에서 환호와 갈채가 터져 나왔다. 해리는
다른 대표 선수들은 뭘 하는지 살펴볼 겨를도 없이 신발과
양말을 벗고 주머니에서 아가미풀을 한 움큼 꺼내 입에 넣
으며 물살을 헤치고 호수로 들어갔다.

호수는 아주 차가웠다. 얼음장 같은 물이 아니라 불 속에
들어온 듯 다리의 피부가 후끈거렸다. 깊이 들어갈수록 젖
은 로브의 무게가 그를 짓눌렀다. 이제 물은 무릎 위까지
올라왔고, 급격히 얼얼해져 가는 발은 진흙과 납작하고 미
끈미끈한 돌 위에서 자꾸 미끄러졌다. 그는 아가미풀을 될
수 있는 대로 빠르게 꼭꼭 씹었다. 아가미풀은 문어의 촉수
처럼 불쾌하게 끈적거리는 고무 같았다. 그는 뼛속까지 얼
어붙을 듯한 물속에 허리까지 잠긴 채 멈춰 서서 아가미풀
을 삼키고 무슨 일이 일어나기를 기다렸다.

관중의 웃음소리가 들렸다. 마법을 쓰지도 않은 것 같은
데 호수로 들어가다니, 멍청해 보일 게 틀림없었다. 아직
젖지 않은 몸에 소름이 돋았다. 해리는 얼음장 같은 물에
반쯤 잠긴 채, 매서운 바람이 머리카락을 휘날리는 가운데
온몸을 격렬하게 떨기 시작했다. 그는 관중석에서 눈을 돌
렸다. 웃음소리가 점점 요란해졌다. 슬리데린 학생들의 야
유와 조롱이 들려왔다…….

그때, 꽤 갑작스럽게, 해리는 눈에 보이지 않는 베개가 입과 코를 누르는 듯한 느낌을 받았다. 숨을 들이마시려 했지만 머리만 핑핑 돌았다. 폐가 텅 비는 것 같았다. 별안간 목 양쪽에서 찌르는 듯한 통증이 느껴졌다.

해리는 양손으로 목을 감싸 쥐었다. 귀 바로 밑에 각각 길고 가느다란 틈이 생기더니 차가운 공기 속에서 파닥거리는 것이 느껴졌다. ……아가미였다. 멈춰서 생각할 틈도 없이, 그는 그 상황에 맞는 유일한 행동을 했다. 물속으로 첨벙 뛰어든 것이다.

처음으로 들이마신 호수의 얼음장 같은 물이 생명의 숨결처럼 느껴졌다. 머리는 더 이상 핑핑 돌지 않았다. 그는 또 한 번 물을 꿀꺽 삼키고, 그 물이 부드럽게 아가미를 지나 뇌로 산소를 보내는 것을 느꼈다. 그는 손을 뻗어 앞을 살펴보았다. 수면 아래에서 손은 초록색 유령처럼 보였고 물갈퀴가 생겨나 있었다. 이번에는 몸을 비틀어 발을 바라보았다. 발이 길어지고, 발가락 사이에는 물갈퀴가 달려 있었다. 마치 발끝에서 오리발이 생겨난 것 같았다.

물도 더는 얼음장처럼 느껴지지 않았다. 오히려 기분 좋게 시원하고 아주 가벼운 기분이었다……. 한 번 더 발차기를 한 해리는 오리발처럼 변한 발이 그를 얼마나 멀리 그리고 빠르게 물을 뚫고 나아가게 해 주는지 알고 놀랐다. 그리고 시야가 아주 깨끗하다는 것도 알아챘다. 더 이상 눈을 깜빡거릴 필요가 없었다. 그는 곧 밑바닥이 보이지 않는 곳까지 헤엄쳐 갔다. 그리고 몸을 뒤집어 호수의 심연으로 들어갔다.

낯설고 어둡고 뿌연 풍경 속을 떠다니는 가운데 침묵이 귀를 짓눌렀다. 눈앞 3미터까지밖에 보이지 않아서, 빠르게 물살을 가르며 나아갈 때마다 어둠 속에서 새로운 광경들이 흐릿하게 불쑥불쑥 나타나는 것처럼 보였다. 살랑살랑 물결치는 뒤엉킨 검은 수초의 숲, 뭉툭하고 반짝이는 돌이 여기저기 흩어져 있는 진흙 평원. 호수 한가운데로 점점 더 깊이 헤엄쳐 들어간 해리는 기괴한 회색으로 빛나는 물속에서 눈을 크게 뜨고, 저 너머 물이 불투명해진 곳에 있는 그림자들을 응시했다.

작은 물고기들이 은빛 화살처럼 깜빡거리며 그를 지나쳐 갔다. 그는 한 번인가 두 번쯤 자기 몸보다 큰 뭔가가 앞에서 움직이는 것을 본 듯했지만, 더 가까이 다가가서 보면 다름 아닌 까맣게 썩은 커다란 통나무거나 빽빽하게 자란 수초였다. 다른 대표 선수들이나 인어, 론의 흔적은 전혀 없었다. 다행히 대왕오징어의 모습도 보이지 않았다.

눈앞에는 키가 60센티미터쯤 되는 연녹색 수초가 시선이 닿는 곳까지 뻗어 있었다. 마치 풀이 무성하게 자란 초원 같았다. 해리는 눈도 깜빡이지 않고 앞을 보면서 어둠 속 희미한 형체를 알아보려고 애썼다. ……그때 아무 예고도 없이, 뭔가가 그의 발목을 움켜잡았다.

해리는 몸을 비틀어 등 뒤를 봤다. 돌기가 잔뜩 난 작은 수중 괴물, 그린딜로가 뾰족한 송곳니를 드러낸 채 수초 밖으로 머리를 내밀고 긴 손가락으로 해리의 다리를 꽉 잡고 있었다. 해리는 물갈퀴 달린 손을 재빨리 로브 안으로 집어넣고 마법 지팡이를 찾아 더듬거렸다. 그가 지팡이를 쥐었을 때쯤에는 수초에서 그린딜로 두 마리가 더 튀어나와 해리의 로브를 움켜잡고 그를 밑으로 끌어내리려 하고 있었다.

"릴라시오!" 해리가 소리쳤다. 다만 소리는 전혀 나오지 않았다. 벌어진 입에서 커다란 거품이 뿜어져 나왔고, 마법 지팡이는 그린딜로들에게 불꽃을 날리는 대신 끓는 듯한 물줄기로 그들을 공격했다. 공격이 적중하자 놈들의 녹색 피부에 성난 붉은 자국들이 생겨났다. 해리는 그린딜로의 손아귀에서 발목을 빼내고 있는 힘을 다해 빠르게 헤엄치면서 가끔씩 어깨 너머로 뜨거운 물줄기를 마구 날려 보냈다. 이따금 그는 그린딜로가 다시 발을 잡아채는 것을 느끼고 세차게 발길질을 했다. 마침내 발이 돌기투성이 머리에 세게 부딪치는 것을 느끼고 돌아보니, 충격으로 멍해진 그린딜로가 눈동자가 가운데로 모인 채 둥둥 떠다니는 광경이 보였다. 다른 그린딜로들은 주먹을 휘두르며 해리를 위협하다가 다시 수초 속으로 들어가 버렸다.

해리는 속도를 조금 늦추고 마법 지팡이를 로브 속에 집어넣은 다음 다시 귀를 기울이며 주위를 둘러보았다. 그는 물속을 한 바퀴 돌았다. 정적이 어느 때보다도 무겁게 고막을 짓눌렀다. 이제 호수 더 깊은 곳으로 들어와 있다는 확신이 들었다. 그러나 잔잔하게 흔들리는 수초 말고 움직이는 것은 아무것도 없었다.

"잘돼 가니?"

해리는 너무 놀라 한순간 심장이 멎는 것 같았다. 그는 몸을 홱 돌려, 눈앞에서 흐릿하게 떠다니는 울보 머틀을 보았다. 그녀는 두껍고 뿌연 안경 너머로 그를 빤히 바라보고 있었다.

"머틀!" 해리는 소리를 지르려고 했지만, 이번에도 입에서는 아주 커다란 거품만 나올 뿐이었다. 울보 머틀은 실제로 낄낄 웃었다.

"저쪽을 찾아보는 게 좋을 거야!" 그녀가 손가락으로 가리키며 말했다. "난 같이 가지 않을 거지만……. 나는 쟤들을 별로 안 좋아하거든. 가까이 가면 항상 나를 쫓아온단 말이야."

해리는 그녀에게 엄지손가락을 들어 고마움을 표시한 뒤, 수초 속에 도사리고 있을지도 모르는 그린딜로들을 피하기 위해 좀 더 높은 곳에서 헤엄치려고 신경 쓰면서 다시 한 번 길을 떠났다.

적어도 20분은 더 헤엄친 것 같았다. 이제 그는 검은색의 드넓은 진흙 벌판을 지나고 있었다. 물을 휘저을 때마다 바닥에 깔린 진흙이 탁하게 소용돌이쳤다. 그때, 마침내 으스스하게 느껴지는 인어의 노래 한 구절이 들려왔다.

"우리가 데려간 것을 되찾기까지
너에게 주어진 시간은 한 시간……"

해리는 더욱 빠르게 헤엄쳤다. 머잖아 앞쪽 흙탕물 속에서 커다란 바위가 모습을 드러냈다. 바위에는 창을 들고 대왕오징어처럼 생긴 것을 뒤쫓는 인어들의 그림이 그려져 있었다. 해리는 그 바위를 지나서, 인어들의 노래를 쫓아 계속 헤엄쳤다.

"……시간이 반이나 흘러갔으니 지체하지 말기를.
네가 찾는 존재가 여기 남아 썩지 않도록……"

갑자기 사방의 어둠 속에서 해조류로 얼룩덜룩 뒤덮인 조잡한 돌집들이 어렴풋이 모습을 드러냈다. 어두운 창문들 여기저기에서 인어들의 얼굴이 보였다……. 반장 전용 욕실에 있는 인어 그림과는 전혀 닮지 않은 얼굴들이었다…….

인어들은 회색 피부에, 길고 거친 진녹색 머리카락을 가지고 있었다. 눈도, 부러진 이빨도 노란색이었고, 목에는 조약돌을 꿰어서 만든 굵직한 목걸이가 걸려 있었다. 그들은 헤엄쳐 지나가는 해리를 보며 음흉하게 웃었다. 해리를 더 잘 지켜보려고 인어 한둘이 동굴에서 나왔다. 그들은 손에 창을 꽉 움켜쥔 채 강력한 은빛 꼬리지느러미로 물장구를 치고 있었다.

해리는 속도를 높이며 주위를 둘러보았다. 곧 더 많은 집이 나타났다. 몇몇 집 주위에는 수초 정원이 있었고, 심지어는 집에서 기르는 듯한 그린딜로가 문 밖 말뚝에 묶여 있기도 했다. 어느새 사방에서 모습을 드러낸 인어들이 기대감 어린 눈으로 그를 지켜보고 있었다. 그들은 해리의 물갈퀴 달린 손과 목에 생긴 아가미를 가리키며 입을 가리고 쑥

덕거렸다. 해리는 빠르게 모퉁이를 돌았다. 그러자 아주 희한한 광경이 눈에 들어왔다.

인어들의 마을 광장처럼 보이는 곳을 따라 늘어선 집들 앞에 엄청난 수의 인어 무리가 있었다. 그 한복판에서 인어 합창단이 노래를 하면서 대표 선수들을 부르고 있었다. 그들 뒤로 조악한 조각상 비슷한 것이 서 있었는데, 그것은 커다란 바위를 깎아 만든 어마어마한 크기의 인어상이었다. 그 인어상의 꼬리에 네 사람이 꽉 묶여 있었다.

론은 헤르미온느와 초 챙 사이에 묶여 있었다. 기껏해야 여덟 살쯤 되어 보이는 소녀도 있었는데, 풍성한 은빛 머리카락을 보니 플뢰르 들라쿠르의 여동생이 틀림없었다. 네 사람 모두 아주 깊은 잠에 빠져 있는 것처럼 보였다. 고개는 어깨 위에 늘어져 있었고 입에서는 작은 공기 방울이 끊임없이 흘러나왔다.

해리는 인질들을 향해 빠르게 헤엄쳤다. 인어들이 창을 들고 달려들지도 모른다고 생각했지만 그들은 아무런 움직임도 보이지 않았다. 인질들을 묶은 수초 밧줄은 두껍고 끈적끈적했으며 매우 질겼다. 순간, 해리는 시리우스가 크리스마스 선물로 준 주머니칼을 떠올렸다. 하지만 그 칼은 400미터 떨어진 곳, 성에 있는 그의 짐 가방 안에 들어 있었다. 즉 아무런 쓸모가 없었다.

그는 주위를 둘러보았다. 수많은 인어가 창을 든 채 해리와 인질들을 둘러싸고 있었다. 해리는 긴 초록색 턱수염에 상어의 송곳니를 엮어 만든 목걸이를 하고 있는, 키가 2미터가 넘는 남자 인어에게 빠르게 헤엄쳐 갔다. 그리고 몸짓으로 창을 빌려 달라는 뜻을 전하려고 애썼다. 인어는 웃음을 터뜨리더니 고개를 저었다.

"우리는 돕지 않아." 그가 거칠게 쉰 목소리로 말했다.

"아, *진짜!*" 해리가 사납게 소리쳤다(하지만 입에서는 거품만 나올 뿐이었다). 그가 창을 빼앗으려고 하자 인어는 창을 휙 끌어당겼다. 인어는 여전히 고개를 저으며 웃고 있었다.

해리는 빠르게 몸을 돌려 주위를 살펴보았다. 날카로운 것...... 뭐든 날카로운 것.......

호수 바닥에는 돌이 널려 있었다. 그는 빠르게 곤두박질쳐서 유난히 삐죽삐죽한 돌을 집어 들고 조각상 쪽으로 돌아가 론을 묶은 밧줄을 자르기 시작했다. 몇 분 동안 힘들게 노력한 끝에 밧줄이 끊어졌다. 론은 의식을 잃은 채 호수 바닥에서 몇 센티미터 떠오르더니 물살에 따라 조금씩 흔들렸다.

해리는 주위를 둘러보았다. 다른 대표 선수들의 모습은 전혀 보이지 않았다. 뭐 하는 거야? 왜 서두르지 않는 거지? 그는 헤르미온느에게로 몸을 돌려, 삐죽삐죽한 돌을 치켜들고 그녀를 묶고 있는 밧줄도 자르기 시작했다.

당장 강력한 회색 손들이 그를 잡아챘다. 대여섯 명의 인어가 그를 헤르미온느에게서 떼어 놓더니 녹색 머리카락이 달린 머리를 흔들며 웃어 댔다.

"네 인질만 데려가는 거야." 그중 한 명이 말했다. "나머지는 놔둬⋯⋯."

"절대 안 돼!" 해리가 화를 내며 말했다. 하지만 입에서는 커다란 거품만 두 개 나올 뿐이었다.

"네 과제는 네 친구를 되찾는 거야⋯⋯. 다른 사람들은 놔둬⋯⋯."

"쟤도 내 친구란 말이야!" 해리가 헤르미온느를 가리키며 소리쳤다. 그의 입술 사이로 엄청난 크기의 은색 거품이 소리 없이 튀어나왔다. "저 사람들도 죽게 내버려 둘 순 없어!"

초의 머리가 헤르미온느의 어깨에 축 늘어져 있었다. 조그만 은발 소녀의 얼굴은 유령처럼 파랗게 질려 있었다. 해리는 인어를 떨쳐 내려고 발버둥쳤지만 그들은 더욱 크게 웃으며 그를 붙들었다. 해리는 미친 듯이 주위를 둘러보았다. 다른 대표 선수들은 어디 있는 거지? 론을 물 위로 데려간 다음 헤르미온느와 다른 사람들을 구하러 돌아올 시간이 있을까? 이 사람들을 다시 찾을 수는 있을까? 그는 시간이 얼마나 남았는지 보려고 손목시계를 내려다보았다. 시계는 고장 나 있었다.

하지만 그때, 주위에 있던 인어들이 흥분해서 그의 머리 위를 가리키기 시작했다. 해리는 고개를 들어 세드릭이 헤엄쳐 오는 모습을 보았다. 엄청난 크기의 공기 방울이 그의 머리 주위를 둘러싸고 있었는데, 그 때문에 그의 얼굴은 이상하게 넓적하고 길게 늘어져 보였다.

"길을 잃었어!" 그가 겁에 질린 표정으로 입을 벙긋거렸다. "플뢰르와 크룸도 지금 오고 있어!"

해리는 엄청난 안도감을 느끼며 세드릭이 주머니에서 칼을 꺼내 초를 풀어 주는 모습을 지켜보았다. 그는 초를 데리고 헤엄쳐 올라가 시야에서 사라졌다.

해리는 대표 선수들이 오기를 기다리며 주위를 둘러보았다. 플뢰르와 크룸은 어디 있지? 시간이 흐르고 있었다. 노래에 따르면 한 시간 뒤에는 인질들을 잃고 말 것이다…….

인어들이 흥분해서 소리를 지르기 시작했다. 해리를 붙

잡고 있던 인어들이 손아귀 힘을 풀고 뒤를 돌아보았다. 해리는 몸을 돌려, 뭔가 괴물 같은 것이 물살을 가르며 다가오는 광경을 보았다. 수영복을 입은 인간의 몸에 상어의 머리가 달려 있는 그 괴물은…… 크룸이었다. 변환 마법을 썼지만 제대로 성공하진 못한 듯했다.

상어 인간은 곧바로 헤르미온느에게로 헤엄쳐 가서는 그녀의 밧줄을 물어뜯기 시작했다. 문제는 크룸의 새 이빨이 돌고래보다 작은 것을 물어뜯기에는 너무 엉성하게 나 있다는 사실이었다. 자칫하다가는 헤르미온느를 반 토막 낼 지경이었다. 해리는 쏜살같이 앞으로 나아가 크룸의 어깨를 세게 두드리고 삐죽삐죽한 돌을 들어 올렸다. 크룸은 그 돌을 받아 들고 헤르미온느의 밧줄을 자르기 시작했다. 크룸은 몇 초 안에 과제를 끝냈다. 그는 헤르미온느의 허리를 안고 뒤도 돌아보지 않은 채 물 위로 빠르게 올라가기 시작했다.

이제 어쩌지? 해리는 필사적으로 생각했다. 플뢰르가 온다는 확신만 있으면……. 하지만 여전히 아무런 조짐도 보이지 않았다. 조짐 비슷한 것도 없었다…….

그는 크룸이 떨어뜨린 돌을 집어 들었지만, 또다시 론과 소녀 주위로 가까이 다가온 인어들이 그를 보며 고개를 젓고 있었다.

해리는 마법 지팡이를 꺼냈다. "비켜!"

입에서 거품만 나왔지만, 그는 인어들이 그의 말을 알아들었다는 뚜렷한 느낌을 받았다. 그들이 갑자기 웃음을 멈췄기 때문이다. 그들의 노르스레한 눈이 해리의 마법 지팡이에 고정되어 있었다. 겁을 먹은 표정들이었다. 숫자는 해리보다 훨씬 많을지 몰라도, 표정을 보니 인어들은 대왕오징어만큼도 마법을 모르는 게 분명했다.

"셋을 세겠어!" 해리가 소리쳤다. 그의 입에서 엄청난 거품이 쏟아져 나왔다. 하지만 그는 인어들이 확실히 알아들을 수 있도록 손가락 세 개를 들어 올렸다. "하나……." (그는 손가락 하나를 접었다.) "둘……." (두 번째 손가락을 접었다.)

인어들이 흩어졌다. 해리는 앞으로 튀어나가 작은 소녀를 조각상에 묶어 둔 밧줄을 자르기 시작했다. 마침내 그 소녀도 풀려났다. 해리는 소녀의 허리를 끌어안고 론의 로브 목덜미를 움켜쥔 채 호수 바닥을 박차고 올랐다.

속도가 매우 느렸다. 그는 더 이상 물갈퀴 달린 손을 사용해 앞으로 나아갈 수 없었다. 오리발 달린 다리를 격렬하게 휘저었지만 론과 플뢰르의 여동생은 감자를 잔뜩 넣은 자루처럼 자꾸만 그를 밑으로 끌어내렸다……. 그는 눈을 수면 쪽으로 고정시켰다. 머리 위의 물이 저렇게 어두운 걸 보면 아직도 꽤 깊은 곳에 있는 게 틀림없었다…….

인어들이 그와 함께 떠오르고 있었다. 인어들은 태평하게 해리 주위를 빙빙 돌며, 그가 물속에서 힘겹게 버둥거리는 모습을 지켜보았다……. 주어진 시간이 지나면 저들이 그를 다시 물속 깊은 곳으로 끌어내릴까? 혹시 인간을 잡아먹는 건 아닐까? 끊임없이 힘겹게 헤엄치던 해리의 다리가 점점 굳어 갔다. 론과 소녀를 끌고 가느라 어깨가 끔찍하게 아팠다…….

그는 너무나 힘겹게 숨을 들이쉬었다. 목 양쪽에서 다시 통증이 느껴졌다……. 물이 입안으로 새어 들어 오는 것이 확실히 느껴졌다……. 하지만 이제 어둠은 분명 옅어지고 있었다. 머리 위로 햇빛이 보였다.

물갈퀴 달린 발로 세차게 발길질을 하던 그는 이제 그것이 그저 평범한 발이라는 사실을 알아차렸다. 물이 입을 통과해 폐로 쏟아져 들어왔다. 현기증이 나기 시작했지만, 빛과 공기는 겨우 3미터 위에 있었다……. 조금만 더 올라가면 된다. 조금만 더…….

너무 격렬하게 발길질을 했는지 근육이 반항하며 비명

을 질러 대는 것 같았다. 다름 아닌 뇌가 물에 잠긴 것처럼 느껴졌다. 숨을 쉴 수 없었다. 산소가 필요했다. 계속 가야 돼, 멈춰선 안 돼…….

잠시 후 그는 머리가 수면 위로 솟아오르는 것을 느꼈다. 차갑고 신선한 끝내주는 공기가 닿자 얼굴이 따끔거렸다. 그는 한 번도 제대로 숨 쉬어 본 적이 없었던 것처럼 공기를 한껏 들이마셨다. 그리고 헐떡거리면서 론과 소녀를 끌어당겼다. 주위에서 거칠어 보이는 녹색 머리카락이 달린 머리들이 그와 함께 물 밖으로 나왔다. 하지만 그들은 그를 향해 미소 짓고 있었다.

관중석 사람들이 시끄럽게 떠들어 댔다. 고함을 치고 소리를 지르며, 모두가 일어나 있는 듯했다. 론과 소녀가 죽었을지도 모른다고 생각하는 것 같았다. 하지만 그들의 생각은 틀렸다……. 둘 다 눈을 뜨고 있었던 것이다. 소녀는 겁먹고 혼란스러운 표정인 반면, 론은 그저 엄청난 양의 물을 토하더니 밝은 빛에 눈을 깜빡이며 해리를 돌아보았다. "다 젖었네. 안 그래?" 그러더니 그는 플뢰르의 여동생을 발견했다. "쟤는 왜 데려왔어?"

"플뢰르가 나타나지 않았어. 두고 올 수는 없잖아." 해리가 헐떡거렸다.

"해리, 이 멍청아." 론이 말했다. "그 노래가 진짜라고 생각한 건 아니지? 덤블도어가 우리를 빠져 죽게 놔뒀겠냐!"

"하지만 노래는……."

"그저 대표 선수들을 제한 시간 안에 돌아오게 하려던 것뿐이야!" 론이 말했다. "영웅 노릇 하느라 저 밑에서 시간을 낭비한 건 아니지?"

해리는 멍청이가 된 것 같은 기분과 짜증을 동시에 느꼈다. 론이야 속 편했을 것이다. 그는 잠들어 있었으니까. 호수 저 밑에서 살인 정도는 거뜬히 해낼 것 같은 창 든 인어들에게 둘러싸여 있는 것이 얼마나 무시무시한 일인지도 못 느꼈을 테니까.

"가자." 해리가 무뚝뚝하게 말했다. "날 좀 도와줘. 저 애는 수영을 잘 못하는 것 같아."

그들은 플뢰르의 여동생을 데리고 심사위원들이 지켜보고 서 있는 기슭으로 헤엄쳐 갔다. 스무 명의 인어가 그 끔찍한 쇳소리로 노래를 부르며 근위대처럼 그들을 호위하고 있었다.

폼프리 선생이 법석을 떨면서 헤르미온느와 크룸, 세드릭과 초를 돌보는 모습이 보였다. 그들 모두 두꺼운 담요를 두르고 있었다. 해리와 론이 가까이 헤엄쳐 오자 덤블도어와 루도 배그먼이 자리에서 일어나 그들에게 활짝 미소 지었다. 하지만 퍼시의 얼굴은 백짓장처럼 하얗게 질려 있었고 왠지 평소보다 훨씬 어려 보였다. 그가 해리와 론을 맞이하러 물을 철벅거리며 달려왔다. 한편 막심 교장은 플뢰르 들라쿠르를 진정시키려 애쓰고 있었다. 플뢰르 들라쿠르는 매우 흥분한 기색으로 물에 다시 들어가려고 필사적으로 몸부림치고 있었다.

"가브리엘! 가브리엘! 살아 있능 거예요? 다청나요!"

"괜찮아!" 해리는 그녀에게 말하려 했지만, 너무 기진맥진해서 소리를 지르기는커녕 입을 열 수도 없을 지경이었다.

퍼시는 론을 붙잡고 기슭으로 끌고 갔다("저리 가, 퍼시. 괜찮다니까!"). 덤블도어와 배그먼이 해리를 일으켜 세워 주었다. 플뢰르가 막심 교장을 뿌리치고 달려와 동생을 끌어안았다.

"그린딜로들 때뭉이었어…… 그것들이 날 공격했어…… 아, 가브리엘, 나능…… 나능…….."

"너, 이리 와라." 폼프리 선생이 말했다. 그녀는 해리를 붙잡고 헤르미온느와 다른 사람들이 있는 쪽으로 끌고 가더니, 구속복을 입은 기분이 들 만큼 단단히 담요로 감쌌다. 뒤이어 상당량의 아주 뜨거운 마법약을 그의 목구멍에 억지로 밀어 넣었다. 해리의 귀에서 김이 뿜어져 나왔다.

"해리, 잘했어!" 헤르미온느가 소리쳤다. "해냈어. 너 혼자서 방법을 찾아낸 거야!"

"그게……." 해리가 입을 열었다. 그는 도비 얘기를 해 주고 싶었지만, 카르카로프가 지켜보고 있다는 사실을 금방 알아차렸다. 카르카로프는 단 한 번도 심사위원석을 떠나지 않은 유일한 심사위원이었다. 해리, 론, 플뢰르의 여동생이 안전하게 돌아온 사실에 기쁨과 안도의 기색을 전혀 드러내지 않는 유일한 심사위원이기도 했다. "응, 그래." 해리가 카르카로프에게 들리도록 살짝 목소리를 높이며 말했다.

"너 머리카락에 물방개가 붙어 있다, 헤르미-오우-니니." 크룸이 말했다.

해리는 크룸이 헤르미온느의 관심을 다시 끌어 보려 애쓰는 것 같은 인상을 받았다. 아마도 자신이 방금 호수에서 그녀를 구했다는 사실을 상기시키려는 것 같았다. 하지만 헤르미온느는 성마른 손놀림으로 물방개를 쓸어 내더니 다시 말했다. "그렇지만 넌 제한 시간을 한참 넘겼어, 해리……. 우리를 찾는 데 그렇게 오래 걸린 거야?"

"아니…… 너희를 찾는 건 문제 없었는데……."

멍청이가 된 기분이 점점 커지고 있었다. 지금 물 밖으로 나와서 생각해 보니, 대표 선수가 나타나지 않았다고 해서 덤블도어가 그 인질을 죽게 내버려 두었을 리가 없다는 사실은 아주 명백했다. 왜 그냥 론만 데리고 가지 않았을까? 1등으로 돌아올 수 있었는데⋯⋯. 세드릭과 크룸은 다른 사람 걱정을 하느라 시간 낭비를 하지 않았다. 인어의 노래를 진지하게 받아들이지 않은 것이다⋯⋯.

덤블도어는 호숫가에 웅크리고 앉아 우두머리처럼 보이는 인어와 깊은 대화를 나누고 있었다. 유난히 야성적이고 사나워 보이는 여자 인어였다. 덤블도어가 인어들이 물 밖으로 나왔을 때 내는 것 같은 쇳소리를 냈다. 인어어를 할 줄 아는 게 틀림없었다. 마침내 덤블도어가 허리를 펴고 동료 심사위원들에게 돌아서서 말했다. "점수를 주기 전에 회의를 해야 할 것 같군요."

심사위원들이 한데 모였다. 폼프리 선생은 퍼시의 손아귀에서 론을 구해 해리와 다른 사람들이 있는 곳으로 데리고 가서 담요와 페퍼업 마법약을 주었다. 그런 다음 그녀는 플뢰르와 그녀의 여동생을 데려왔다. 플뢰르는 얼굴과 팔에 상처가 많이 나 있고 로브는 찢겨 있었지만 신경 쓰지 않는 듯했다. 폼프리 선생이 상처를 닦아 주려는 것도 거절했다.

"가브리엘을 돌봐 주세요." 그녀가 폼프리 선생에게 말하더니 해리 쪽으로 고개를 돌렸다. "네가 내 동생을 구해주었어." 그녀가 숨을 헐떡이면서 말했다. "네 인질이 아니었는데도……."

"그래." 해리가 말했다. 이제는 진심으로 세 소녀 모두조각상에 묶여 있게 내버려 두고 왔어야 한다는 생각이 들었다.

플뢰르가 허리를 구부려 해리의 양 뺨에 각각 입을 맞췄다(해리는 얼굴이 달아오르는 것을 느꼈다. 귀에서 다시 김이 뿜어 나왔대도 놀라지 않았을 것이다). 그런 다음 그녀는 론에게 말했다. "그리고 너도. 너도 도와줬어……."

"응." 론이 엄청나게 기대에 찬 얼굴로 말했다. "맞아, 조금은……."

플뢰르는 허리를 구부리고 그의 뺨에도 입 맞춰 주었다. 헤르미온느는 그야말로 머리끝까지 화가 난 것 같았지만, 바로 그때 옆에서 마법으로 커진 루도 배그먼의 목소리가 쩌렁쩌렁 울렸다. 그 바람에 모두 화들짝 놀랐고 관중석 사람들은 아주 조용해졌다.

"신사 숙녀 여러분, 심사위원들이 결정을 내렸습니다. 인어 족장 머쿠스가 호수 밑바닥에서 무슨 일이 벌어졌는지 정확히 이야기해 주었고, 따라서 우리는 다음과 같이 각 대표 선수들에게 50점 만점 중 해당하는 점수를 주기로 했습니다……. 플뢰르 들라쿠르 양은 훌륭한 거품 머리 마법 솜씨를 보여 줬지만 목표물로 향하던 도중 그린딜로들의 공격을 받아 인질을 구하는 데 실패했지요. 들라쿠르 양에게 25점을 드립니다."

관중석에서 박수가 나왔다.

"나는 0점을 받아야 해." 플뢰르가 아름다운 머리를 흔들며 쉰 목소리로 말했다.

"세드릭 디고리 군도 거품 머리 마법을 사용해 1등으로 인질을 데리고 돌아왔습니다. 한 시간이라는 제한 시간을 1분 넘기기는 했지만요." 관중석의 후플푸프 학생들에게서 엄청난 환호성이 터져 나왔다. 해리는 초가 반짝반짝 빛나는 눈으로 세드릭을 바라보는 것을 보았다. "그러므로 디고리 군에게 47점을 드리겠습니다."

해리의 가슴이 철렁 내려앉았다. 세드릭도 제한 시간을 넘겼다면 해리는 말할 것도 없었다.

"빅토르 크룸 군은 불완전한 변환 마법을 썼지만, 어쨌거나 효과적이었습니다. 그래서 인질을 데리고 2등으로 돌아왔죠. 크룸 군에게는 40점을 드립니다."

카르카로프가 아주 거만한 표정으로 유난히 시끄럽게 손뼉을 쳤다.

"해리 포터 군은 아가미풀로 엄청난 효과를 보았습니다." 배그먼이 말을 이었다. "가장 마지막으로 돌아왔고 한 시간이라는 제한 시간도 훨씬 벗어났습니다. 하지만 인어 족장은 우리에게 인질들이 있는 곳에 가장 먼저 도착한 건 포터 군이고, 귀환이 늦은 건 포터 군이 자신의 인질만이 아니라 모든 인질을 구하려 했기 때문이었다고 알려 주었습니다."

론과 헤르미온느 모두 짜증과 위로가 반씩 섞인 눈으로 해리를 바라보았다.

"심사위원들 대부분은……." 배그먼은 그렇게 말하면서 카르카로프에게 아주 못마땅한 시선을 던졌다. "이것이 도덕심을 보여 주는, 만점을 받을 만한 행동이라고 봅니다. 하지만…… 포터 군의 점수는 45점입니다."

해리의 가슴이 철렁했다. 이제 그는 세드릭과 공동 1위였다. 깜짝 놀라 해리를 뚫어지게 바라보던 론과 헤르미온느도 곧 웃음을 터뜨리며 다른 관중과 함께 박수를 치기 시작했다.

"잘했어, 해리!" 론이 함성을 누르고 소리쳤다. "결국 넌
멍청했던 게 아니야······. 도덕심을 보여 준 거였어!"

플뢰르도 열심히 손뼉을 쳤지만 크룸은 전혀 기분 좋아
보이지 않았다. 그는 헤르미온느를 다시 대화에 끌어들이
려고 애썼지만, 그녀는 해리에게 환호를 보내느라 그의 말
에 귀 기울일 새가 없었다.

"세 번째이자 마지막 과제는 6월 24일 해 질 녘에 치러질
예정입니다." 배그먼이 말을 이었다. "대표 선수들은 정확
히 한 달 전에 앞으로 치를 과제에 대해 통지받을 것입니
다. 대표 선수들을 응원해 주신 모든 분들께 진심으로 감
사드립니다."

폼프리 선생이 대표 선수와 인질 들을 마른 옷으로 갈아
입히려고 성으로 몰고 가는 동안 해리는 이제 끝났다고, 멍
하니 생각했다. 끝났다, 그가 해냈다. 이제 6월 24일까지는
아무것도 걱정할 필요가 없다······.

성으로 들어가는 돌계단을 오르면서, 해리는 다음번에
호그스미드에 가면 도비에게 1년 내내 신을 양말을 사다
줘야겠다고 생각했다.

27장
패드풋의 귀환

두 번째 과제는 좋은 여파를 남겼다. 그중 가장 좋은 것은 모두가 호수 밑에서 무슨 일이 벌어졌는지 자세히 듣고 싶어 안달했다는 점이었다. 다시 말해, 론도 이번만큼은 해리가 받는 관심을 나눠 갖게 되었다. 해리는 론이 사건에 대해 설명할 때마다 말이 조금씩 달라진다는 사실을 눈치챘다. 처음에 론은 진실에 가까운 이야기를 들려주었다. 어쨌거나 그의 이야기는 헤르미온느의 이야기와 일치했다. 맥고나걸 교수의 연구실에서 덤블도어가 먼저 너희는 안전할 것이며 물 위로 올라오면 정신을 차릴 거라는 말로 인질들을 안심시킨 다음 마법을 걸어 잠들게 했다는 내용이었다. 하지만 1주일 뒤 론은 중무장한 인어 50명을 상대로 혼자 싸웠다는 내용의 박진감 넘치는 납치 이야기를 하고 있었다. 그의 말에 따르면 인어들은 두들겨 패서 항복시킨 뒤에야 그를 묶을 수 있었다.

"하지만 나는 소매에 마법 지팡이를 숨겨 놓고 있었어." 론은 틀림없다는 듯 파드마 파틸에게 그렇게 말했다. 그녀는 엄청난 관심을 받고 있는 지금의 론이 훨씬 더 마음에 드는 듯했다. 그녀는 복도에서 론을 지나칠 때마다 그에게 꼭 말을 걸었다. "그 멍청한 인어들은 내가 마음만 먹으면 언제든 해치울 수 있었을 거야."

"뭘 어쩌려고 했는데? 코라도 골아 주려고 했어?" 헤르미온느가 팩하며 말했다. 그녀는 빅토르 크룸이 가장 그리워하는 존재가 되었다는 이유로 사람들이 하도 놀려 대는 바람에 신경이 잔뜩 곤두서 있었다.

론은 귀가 빨개지더니 그 뒤로는 마법에 걸려 잠들었다는 이야기로 돌아갔다.

3월에 접어들자 날씨가 더 건조해졌다. 하지만 교정에 나갈 때마다 손과 얼굴을 에는 지독한 바람은 여전했다. 부엉이들이 바람에 날려 계속 경로를 이탈하는 바람에 우편 배달이 지연되었다. 해리가 호그스미드에 가는 날짜를 적어 시리우스에게 보낸 솔부엉이는 깃털이 반이나 뒤집힌 채 금요일 아침 식사 시간에 나타났다. 그 부엉이는 해리가 시리우스의 답장을 떼어 내자마자 날아가 버렸다. 다시 바깥에 내보낼까 봐 무서워하는 게 분명했다.

시리우스의 편지는 이전 것만큼이나 짧았다.

토요일 오후 2시에 호그스미드에서 나가는 길 끝에 있는 울타리에 있거라(더비시 앤 뱅스를 지나서). 음식을 최대한 많이 가져와 다오.

"호그스미드에 온 건 아니겠지?" 론이 믿을 수 없다는 듯 말했다.

"그런 것 같은데?" 헤르미온느가 대꾸했다.

"말도 안 돼." 해리가 긴장한 듯 말했다. "잡히기라도 하면……."

"그래도 지금까지 잘 버텨 왔잖아." 론이 그를 안심시키려는 듯 말했다. "그 동네에 아직도 디멘터들이 우글우글하다면 모를까."

해리는 편지를 접으며 생각에 잠겼다. 솔직히 말해서 그는 정말로 시리우스를 다시 만나고 싶었다. 그래서인지 오후 마지막 수업인 마법약 연강을 들으러 가는데도 평소 지하 감옥 계단을 내려갈 때보다 훨씬 마음이 가벼웠다.

말포이, 크래브, 고일이 팬지 파킨슨을 비롯한 슬리데린 여학생 무리와 한데 모여 교실 문 앞에 서 있었다. 그들은 모두 해리의 눈에는 보이지 않는 무언가를 보면서 실컷 킬킬거리고 있었다. 해리, 론, 헤르미온느가 다가가자, 팬지가 신이 나서 고일의 넓은 등짝 옆으로 퍼그처럼 생긴 얼굴을 내밀었다.

"저기 온다, 저기 와!" 그녀가 킥킥 웃으며 말했다. 슬리데린 학생들의 무리가 흩어졌다. 팬지의 손에 들린 잡지가 보였다. 《주간 마녀》였다. 앞표지의 움직이는 사진에는 앞니를 드러낸 채 미소 지으며 마법 지팡이로 큼직한 스펀지케이크를 가리키고 있는 곱슬머리 여자 마법사가 실려 있었다.

"여기 네가 관심을 가질 만한 기사가 실린 것 같은데, 그레인저!" 팬지가 큰 소리로 말하며 헤르미온느에게 잡지를 던졌다. 헤르미온느는 깜짝 놀란 얼굴로 잡지를 받았다. 그 순간 지하 감옥 문이 열리더니 스네이프가 모두에게 들어오라고 손짓했다.

헤르미온느, 해리, 론은 언제나처럼 지하 감옥 교실 뒷자리로 향했다. 스네이프가 칠판에 오늘 만들 물약 재료를 적으려고 등을 돌리자마자 헤르미온느는 책상 밑에서 잡지

를 빠르게 펄럭펄럭 넘겼다. 마침내 헤르미온느는 중간쯤
에서 찾던 것을 발견했다. 해리와 론이 몸을 가까이 기울였
다. 해리의 컬러 사진 밑에 짧은 기사가 실려 있었다. 제목
은 이랬다.

해리 포터의 비밀스러운 속앓이

(리타 스키터) 아무리 남다른 소년이라도 청소년기의 평범
한 고통은 모두 겪고 있을지 모르겠다. 부모의 비극적인 죽
음 이후 사랑에 굶주렸던 열네 살 소년 해리 포터는 호그와
트에서 계속 사귀어 온 머글 태생 여자 친구 헤르미온느 그
레인저에게서 위안을 찾았다고 생각했다. 이미 개인적 상실
로 얼룩진 삶에서 곧 또 한 번 감정적인 타격을 겪게 될 줄
몰랐던 것이다.

평범하지만 야심 찬 소녀인 그레인저 양은 해리만으로
는 만족할 수 없는, 유명한 마법사들을 좋아하는 취향을 갖
고 있는 것으로 보인다. 불가리아 퀴디치 국가 대표 수색꾼
이자 지난 퀴디치 월드컵 영웅인 빅토르 크룸이 호그와트에
도착한 이래 그레인저 양은 두 소년의 마음을 가지고 장난
을 쳐 왔다. 교활한 그레인저 양에게 푹 빠진 것으로 잘 알

려진 크룸은 이미 여름방학에 자기를 만나러 오라고 그녀를 불가리아에 초대까지 한 상태다. 그는 "어떤 사람에게도 이런 감정을 느껴 본 적이 없다"고 주장하고 있다.

하지만 이 불행한 소년들의 마음을 사로잡은 것은 그레인저 양의 타고난 매력이 아닐지도 모른다(사실, 그녀에게 그런 매력이 있는지조차 의심스럽다).

"걘 진짜 못생겼어요." 예쁘고 명랑한 4학년 학생 팬지 파킨슨은 말한다. "하지만 사랑의 묘약을 만드는 재주가 뛰어날 거예요. 머리가 꽤 좋거든요. 그게 비법인 것 같아요."

물론 호그와트에서 사랑의 묘약은 금지되어 있으며, 알버스 덤블도어가 이러한 혐의를 조사해야 한다는 점에는 반론의 여지가 없다. 한편, 해리 포터가 잘 지내기를 바라는 사람들은 그가 다음번에는 좀 더 가치 있는 후보에게 마음을 주기를 바라야 할 것이다.

"내가 그랬지!" 론이 헤르미온느를 보며 식식댔다. 헤르미온느는 기사를 빤히 내려다보고 있었다. "리타 스키터를 건드리지 말랬잖아! 이 여자가 너를 무슨…… 무슨 부정한 여자처럼 만들어 놨어!"

헤르미온느는 놀란 표정을 거두고 코웃음을 쳤다.

"부정한 여자?" 그녀가 되풀이했다. 그녀는 고개를 돌려 론을 보면서 키득거리는 웃음을 참느라 부들부들 떨었다.

"우리 엄마가 쓰는 말이야." 론이 중얼거렸다. 그의 귀가 다시 빨개지고 있었다.

"이게 최선을 다한 거라면 그 사람도 감을 잃어 가나 본데." 헤르미온느가 여전히 키득거리며 말했다. 그녀는 옆에 있는 빈 의자에 《주간 마녀》를 던졌다. "진부한 헛소리나 잔뜩 늘어놓고."

그녀는 슬리데린 학생들 쪽을 바라보았다. 그들 모두 그녀와 해리가 기사를 보고 화내는 모습을 보기 위해 교실 건너편에서 두 사람을 지켜보고 있었다. 헤르미온느는 그들에게 비웃는 듯한 미소를 던지며 손을 흔들어 주었다. 그녀와 해리, 론은 초롱초롱 마법약을 만들 때 필요한 재료들을 준비하기 시작했다.

"근데 좀 이상하긴 하다." 10분 뒤, 헤르미온느가 풍뎅이가 들어 있는 사발 위로 막자를 든 채 말했다. "어떻게 알았지⋯⋯?"

"뭘?" 론이 재빨리 물었다. "너, 사랑의 묘약을 만들고 있는 건 아니지? 그렇지?"

"멍청한 소리 하지 마." 헤르미온느가 다시 풍뎅이들을 빻기 시작하며 쏘아붙였다. "그게 아니라…… 빅토르가 나한 테 여름방학 때 놀러 오라고 한 걸 어떻게 알았나 싶어서."

헤르미온느는 그 말을 하면서 얼굴을 붉히더니 확실히 론의 눈을 피했다.

"뭐?" 론이 막자를 떨어뜨리자 시끄럽게 쨍그랑하는 소리가 났다.

"호수에서 나를 꺼내 주자마자 물어보더라." 헤르미온느가 중얼거렸다. "상어 머리는 없애고 나서. 폼프리 선생님이 담요를 갖다 준 다음에 크룸이 나를, 뭐랄까 심사위원들이 듣지 못하는 곳으로 데려가더니 말했어. 여름방학에 별다른 일이 없으면……."

"그래서 뭐라고 했는데?" 다시 막자를 집어 든 론이 헤르미온느를 보느라 사발에서 15센티미터는 족히 떨어진 곳의 책상 위를 갈아 대며 물었다.

"그리고 다른 사람한테는 이런 감정을 느껴 본 적 없다는 말도 분명히 했어." 헤르미온느가 말을 이었다. 얼굴이 어찌나 빨간지 그녀에게서 나오는 열기가 느껴질 정도였다. "근데 리타 스키터가 그 말을 어떻게 들었지? 그 자리에 없었는데……. 아니, 있었나? 어쩌면 그 여자도 투명 망토를 갖고 있는지 몰라. 두 번째 과제를 보려고 학교에 몰래 들어왔을지도……."

"그래서 넌 *뭐*라고 했냐니까?" 론이 다시 물었다. 막자를 너무 세게 내리찍는 바람에 책상에 흠집이 생겼다.

"음, 난 너랑 해리가 괜찮은지 확인하느라 너무 정신이 없어서……."

"네가 매력적인 사회생활을 하고 있다는 데는 의심할 여지가 없다만, 그레인저 양." 바로 뒤에서 얼음처럼 차가운 목소리가 말했다. "내 수업 시간에는 그런 얘기를 하지 말라고 부탁하지 않을 수 없군. 그리핀도르 10점 감점."

세 사람이 이야기하는 동안 스네이프가 그들의 책상으로 스르르 다가와 있었던 것이다. 이제 학생 전체가 그들을 바라보고 있었다. 말포이는 교실 건너편에서 해리에게 '포터는 구려' 배지를 내보일 기회를 놓치지 않았다.

"아…… 책상 밑에서 잡지까지 읽고 있었나?" 스네이프가 《주간 마녀》를 낚아채듯 가져가며 덧붙였다. "그리핀도르 10점 더 감점. 아, 물론……." 리타 스키터의 기사를 본 스네이프의 까만 눈동자가 번뜩였다. "포터는 계속 자기 기사를 스크랩해야겠지……."

슬리데린 학생들의 웃음소리가 지하 감옥 교실 가득 울려 퍼졌다. 스네이프의 가느다란 입술이 불쾌한 미소를 띠며 비틀렸다. 해리 입장에서는 열 받게도, 스네이프는 그 기사를 큰 소리로 읽기 시작했다.

"'해리 포터의 비밀스러운 속앓이'라……. 이런이런, 포터. 이번에는 또 뭐가 문제냐? '아무리 남다른 소년이라도……'."

해리는 얼굴이 달아오르는 것을 느꼈다. 스네이프는 슬리데린 학생들이 실컷 웃을 수 있도록 문장 하나가 끝날 때마다 잠깐씩 뜸을 들였다. 스네이프가 읽자 기사 내용이 열 배는 더 나쁘게 들렸다.

"'……해리 포터가 잘 지내기를 바라는 사람들은 그가 다음번에는 좀 더 가치 있는 후보에게 마음을 주기를 바라야 할 것이다.' 이렇게 감동적일 수가." 슬리데린 학생들이 계속 와자지껄 웃어 대는 가운데 스네이프는 잡지를 둘둘 말면서 비웃었다. "글쎄, 내 생각에는 너희 셋을 갈라 놓는 게 좋을 것 같다. 그래야 너희가 꼬인 연애사보다 마법약에 더 집중할 수 있겠지. 위즐리, 너는 여기 그대로 있어라. 그레인저 양, 너는 저쪽 파킨슨 양 옆으로 가라. 포터, 넌 교탁 앞 책상으로. 움직여. 당장."

해리는 화가 머리끝까지 치솟은 채 재료들과 가방을 솥에 던져 넣고, 그 솥을 지하 감옥 교실 앞 책상까지 끌고 갔다. 스네이프는 그의 뒤를 따라와 교탁 앞에 앉더니 해리가 솥에서 물건들을 꺼내는 모습을 지켜보았다. 해리는 스네이프를 쳐다보지 않기로 결심하고 다시 풍뎅이를 으깨기 시작했다. 풍뎅이 한 마리 한 마리가 스네이프의 얼굴이라고 상상하면서.

"이 모든 언론의 관심이 안 그래도 잔뜩 바람이 들어간 너를 더욱 부풀린 것 같은데, 포터." 교실 분위기가 진정되자마자 스네이프가 조용히 입을 열었다.

해리는 대답하지 않았다. 그는 스네이프가 자신을 도발하고 있다는 사실을 알고 있었다. 전에도 이런 적이 있었다. 그가 수업이 끝나기 전에 그리핀도르의 점수를 50점쯤 깎을 핑계를 찾고 있다는 데는 의심의 여지가 없었다.

"마법사 세계 전체가 너한테 감명받았다는 착각에 사로잡혀 있는지는 모르겠지만……." 스네이프가 너무 작아서 다른 사람은 아무도 들을 수 없는 소리로 말을 이었다(이미 아주 고운 가루가 됐지만 해리는 계속 풍뎅이를 빻았다). "나는 네 사진이 신문에 얼마나 실리든 관심 없다. 포터, 나에게 너는 너 자신이 규칙 위에 있다고 생각하는 못된 꼬마일 뿐이야."

해리는 가루가 된 풍뎅이를 솥에 붓고 생강 뿌리를 자르기 시작했다. 손이 분노로 살짝 떨렸지만 그는 스네이프의 말이 들리지 않는 것처럼 계속 눈을 내리깔고 있었다.

"그래서 너에게 합당한 경고를 하려고 한다, 포터." 스네이프가 좀 더 조용하고 위협적인 목소리로 말을 이었다. "한 줌의 인기를 얻고 있는 유명인이든 아니든, 또 한 번 내 연구실에 침입했다가 들통나는 날엔……."

"전 교수님 연구실 근처에도 가지 않았어요!" 말이 안 들리는 척하던 것도 잊은 채 해리가 버럭 화를 내며 소리쳤다.

"거짓말 마라." 스네이프가 나직한 목소리로 말했다. 깊이를 알 수 없는 검은 눈이 해리의 눈을 뚫어지게 바라보고 있었다. "붐슬랑 독사 가죽. 아가미풀. 둘 다 내 개인 저장고에 있던 거다. 나는 누가 그걸 훔쳤는지 알아."

해리는 스네이프를 마주 쏘아보았다. 결코 눈을 깜박이지도, 죄책감 깃든 표정을 짓지도 않을 작정이었다. 실제로 그는 그중 어떤 것도 스네이프에게서 훔치지 않았다. 2학년 때 붐슬랑 독사 가죽을 훔친 건 헤르미온느였고(폴리주스 마법약을 만드는 데 필요했다), 그때도 스네이프는 해리를 의심했지만 그가 훔쳤다는 것을 증명하지는 못했다. 물론, 아가미풀을 훔친 건 도비였다.

"무슨 말인지 모르겠는데요." 해리는 냉담하게 거짓말을 했다.

"누가 내 연구실에 침입한 날 밤 너는 침대 밖으로 나와 있었지." 스네이프가 나직이 말했다. "나는 알고 있다, 포터! 매드아이 무디는 네 팬클럽에 가입했는지 모르겠지만, 나는 네 행동을 용납하지 않아! 한 번만 더 한밤중에 내 연구실로 산책을 나왔다간 그 대가를 치르게 될 거다, 포터!"

"알았어요." 해리가 생강 뿌리로 눈을 돌리며 싸늘하게 말했다. "거기 들어가고 싶은 마음이 생긴다면 명심하죠."

스네이프의 눈이 번뜩였다. 그는 검은 로브 안으로 한 손을 집어넣었다. 순간 해리는 스네이프가 곧바로 마법 지팡이를 꺼내 저주 마법을 걸 거라고 생각했다. 잠시 후 그는 스네이프가 완전히 투명한 마법약이 들어 있는 작은 크리스털 병을 꺼내 놓은 것을 보았다. 해리는 그 병을 빤히 바라보았다.

"이게 뭔지 아나, 포터?" 스네이프가 또다시 눈을 위협적으로 번뜩이며 물었다.

"아뇨." 해리가 말했다. 이번에는 진짜로 솔직하게 대답했다.

"이건 베리타세룸이다. 워낙 강력해서 세 방울이면 네 마음속 가장 깊은 곳에 숨겨진 비밀도 이 교실에 있는 학생 모두에게 털어놓게 만드는 진실의 마법약이지." 스네이프가 악의를 가득 담고 말했다. "이 마법약의 사용은 정부의 엄격한 지침하에 규제된다. 그러나 앞으로 조심하지 않으면 내 손이 가끔 *미끄러지기도* 한다는 걸 알게 될 거다⋯⋯." 그는 크리스털 병을 살짝 흔들었다. "⋯⋯네가 저녁 식사 때 마시는 호박 주스 바로 위에서 말이야. 그때는, 포터⋯⋯ 그때는 네가 내 연구실에 들어왔는지 아닌지 알게 되겠지."

해리는 아무 말도 하지 않았다. 그는 다시 한 번 생강 뿌리로 눈을 돌리고 칼을 집어 그것들을 얇게 썰기 시작했다. 진실의 마법약 얘기는 전혀 마음에 들지 않았다. 스네이프는 약을 넣고도 남을 사람이었다. 스네이프가 그런 짓을 했을 때 자기 입에서 무슨 말이 흘러나올지를 생각하자 그는 오싹함에 온몸이 부르르 떨리는 것을 간신히 억눌렀다. 수많은 사람이 곤란해질 것이다. 헤르미온느와 도비는 물론이고, 그 밖에도 해리가 숨기고 있는 것들이 얼마나 많은가⋯⋯. 시리우스와 계속 연락하고 있다는 사실(생각만으로도 속이 뒤틀렸다), 초에 대한 감정⋯⋯. 그는 생강 뿌리 역시 솥단지 안에 부어 넣고, 무디처럼 개인 휴대용 술병에 들어 있는 것만 마셔야 할지 고민했다.

지하 감옥 문을 두드리는 소리가 들렸다.

"네." 스네이프가 평소와 같은 목소리로 말했다.

문이 열리자 학생들이 일제히 돌아보았다. 카르카로프 교장이 교실 안으로 들어왔다. 그가 스네이프가 있는 교탁으로 걸어가는 모습을 모두가 지켜보았다. 그는 또다시 염소수염을 손으로 배배 꼬며 불안한 표정을 짓고 있었다.

"얘기 좀 하지." 스네이프 앞에 다다른 카르카로프가 불쑥 말했다. 누구도 자신의 말을 듣지 못하게 하려는 듯 거의 입술도 열지 않았다. 마치 형편없는 복화술사 같았다. 해리는 생강 뿌리에서 눈을 떼지 않고 열심히 귀를 기울였다.

"카르카로프, 수업이 끝나고 얘기……." 스네이프가 중얼거렸지만 카르카로프는 그의 말을 끊었다.

"지금 얘기해야겠어. 세베루스 네가 빠져나갈 수 없을 때. 계속 나를 피했잖아."

"수업이 끝난 뒤에 얘기하자고." 스네이프가 쏘아붙였다.

해리는 아르마딜로 담즙을 충분히 부었는지 계량컵을 들고 보는 척하면서 그 두 사람을 곁눈질로 훔쳐보았다. 카르카로프는 굉장히 불안해 보였고 스네이프는 화가 난 듯했다.

카르카로프는 남은 수업 내내 스네이프의 교탁 뒤에서 서성거렸다. 수업이 끝나고 스네이프가 슬쩍 빠져나가지 못하게 하려는 심산인 듯했다. 카르카로프가 무슨 말을 하려는지 궁금해서 견딜 수 없었던 해리는 수업 종이 울리기 2분 전 일부러 아르마딜로 담즙이 담긴 병을 쳐서 넘어뜨렸다. 덕분에 다른 학생들이 시끄럽게 문 쪽으로 향하는 동안 솥단지 뒤에 웅크리고 걸레질을 할 핑계가 생겼다.

"뭐가 그렇게 급하지?" 스네이프가 카르카로프에게 나지막이 말하는 소리가 들렸다.

"이걸 봐." 카르카로프가 말했다. 해리는 솥단지 옆으로 고개를 내밀어, 카르카로프가 로브 왼손 소매를 걷어 스네이프에게 팔 안쪽을 보여 주는 모습을 보았다.

"어때?" 카르카로프가 여전히 입술을 움직이지 않으려고 용을 쓰며 말했다. "보이나? 이렇게 선명한 적이 없었어. 그때 이후로는 한 번도……."

"저리 치워!" 스네이프가 버럭 소리 질렀다. 그의 검은 눈이 교실 안을 훑었다.

"하지만 너도 분명 눈치챘을 텐데……." 카르카로프가 불안한 목소리로 입을 열었다.

"나중에 얘기해도 돼, 카르카로프!" 스네이프가 내뱉었다. "포터! 뭐 하는 거냐?"

"아르마딜로 담즙을 닦고 있는데요, 교수님." 해리는 허리를 펴고 아무것도 모르는 척 말하며 스네이프에게 들고 있던 젖은 걸레를 보여 주었다.

카르카로프가 홱 돌아서더니 성큼성큼 지하 감옥 교실을 나갔다. 불안한 동시에 화가 난 얼굴이었다. 평소보다 더 화가 나 있는 스네이프와 단둘이 있고 싶지는 않았기에 해리는 책과 재료들을 가방에 던져 넣고, 론과 헤르미온느에게 방금 목격한 일을 이야기해 주기 위해 최대한 빠르게 교실을 떠났다.

그들은 다음 날 정오에 성을 나섰다. 희미한 은빛 햇살이 교정을 비추고 있었다. 날씨는 한 해 중 어느 때보다 온화했으며, 호그스미드에 도착했을 때쯤에는 셋 모두 망토를 벗어 어깨에 걸치고 있었다. 시리우스가 가져오라고 한 음식은 해리의 가방에 들어 있었다. 점심 식탁에서 닭 다리 열두 개, 빵 한 덩이, 호박 주스 한 병을 몰래 가지고 나온 것이다.

세 사람은 도비에게 줄 선물을 사러 글래드래그스 마법사 의류 전문점에 들어가 화려한 양말이란 양말은 모두 고르면서 즐거운 시간을 보냈다. 그중에는 반짝이는 금색 은색 별들이 그려진 양말도 있고, 발 냄새가 심하면 비명을 질러 대는 양말도 있었다. 그런 다음 1시 30분이 되자 그들은 큰길로 나가서 더비시 앤 뱅스를 지나 마을 외곽으로 향했다.

이쪽으로는 한 번도 와 본 적이 없었다. 구불구불한 길이 그들을 호그스미드 부근의 거친 외곽 지대로 이끌었다. 이곳은 집이 더 드물었고 정원들은 더 널찍했다. 그들은 호그스미드를 산그늘에 품고 있는 산을 향해 걸어갔다. 모퉁이를 돌자 길 끝에 울타리가 보였다. 아주 크고 털이 북슬북슬한 검은 개가 울타리의 층계형 출입구 위에 앞발을 올려놓고 그들을 기다리고 있었다. 신문을 입에 물고 있는 모습이 꽤 낯이 익었다.

"안녕하세요, 시리우스." 그 앞에 다다라 해리가 말을 걸었다.

검은 개는 열심히 해리의 가방 냄새를 맡고 한차례 꼬리를 흔들더니 돌아서서 덤불이 무성한 길을 가로질러 총총히 멀어지기 시작했다. 바위투성이 산자락과 만나는 오르막길이었다. 해리, 론, 헤르미온느는 울타리를 넘어서 그를 따라갔다.

시리우스는 산 바로 밑까지 그들을 데려갔다. 그곳은 온통 둥근 돌과 바위로 뒤덮여 있었다. 다리가 네 개인 시리

우스는 쉽게 움직였지만 해리, 론, 헤르미온느는 곧 숨이
차서 헐떡거렸다. 그들은 시리우스를 따라 더 높은 곳까지
산을 올라갔다. 시리우스의 흔들리는 꼬리를 따라 30분 가
까이 돌이 깔린 가파르고 구불구불한 길을 오르다 보니 햇
볕에 온몸이 땀으로 젖었다. 묵직한 가방 끈이 해리의 어깨
를 파고들었다.

잠시 후, 마침내 시리우스가 시야 밖으로 슬며시 사라졌
다. 그가 사라진 곳에 도착하자 바위 사이로 좁은 틈이 보
였다. 세 사람은 안으로 몸을 욱여넣었다. 어느새 그들은
시원하고 어둑어둑한 동굴에 들어와 있었다. 동굴 끝 바위
에 매어 놓은 밧줄에 뭔가가 묶여 있었다. 반은 회색 말이
고 반은 거대한 독수리의 모습을 한 히포그리프 벅빅이었
다. 벅빅의 사나운 오렌지색 눈이 그들을 보고 번쩍 빛났
다. 셋 모두 깊숙이 허리를 숙였다. 잠시 그들을 도도하게
바라보던 벅빅이 비늘로 덮인 무릎을 구부리자, 헤르미온
느가 얼른 달려가 깃털로 뒤덮인 목을 쓰다듬어 주었다. 하
지만 해리는 검은 개를 보고 있었다. 그가 방금 해리의 대
부로 변한 터였다.

시리우스는 해진 회색 로브를 입고 있었다. 아즈카반을
탈출할 때 입었던 바로 그 옷이었다. 검은 머리카락은 벽난

로 안에 나타났을 때보다 더 길었고 또다시 마구 헝클어져 있었다. 그는 매우 야위어 보였다.

"닭고기구나!" 그가 입에 물고 있던 《예언자일보》를 동굴 바닥에 뱉더니 쉰 목소리로 말했다.

해리는 가방을 열고 닭 다리와 빵 꾸러미를 건넸다.

"고맙다." 시리우스가 꾸러미를 열고 닭 다리를 쥐더니 동굴 바닥에 앉아 한입 크게 물어뜯으며 말했다. "보통은 쥐를 먹고 살았다. 호그스미드에서 음식을 너무 많이 훔칠 수는 없었거든. 그러면 주의를 끌게 되니까."

그가 해리를 올려다보며 씩 웃었지만 마주 웃는 해리의 마음은 편치 않았다.

"여기서 뭐 하는 거예요, 시리우스?" 그가 물었다.

"대부의 의무를 다하는 중이지." 시리우스가 진짜 개처럼 닭 뼈를 갉아 먹으며 말했다. "내 걱정은 마라. 나는 사랑스러운 떠돌이 개인 척하고 있으니."

계속 미소 짓던 그는 해리의 표정에서 불안을 읽고 좀 더 진지하게 말했다. "일이 벌어지는 곳에 있고 싶어서 그래. 네가 마지막으로 보낸 편지 말이다……. 뭐, 그냥 일이 점점 수상하게 돌아간다고만 해 두자. 매번 누가 버린 신문을 주워서 읽고 있는데, 돌아가는 꼴을 보니 앞날을 걱정하는 사람이 나만은 아닌 것 같더구나."

그는 동굴 바닥에 놓인, 누레져 가는 《예언자일보》를 고 갯짓으로 가리켰다. 론이 신문을 들어 펼쳤다.

반면 해리는 시리우스한테서 눈을 떼지 않았다. "만약에 붙잡히면요? 누가 보기라도 하면 어쩌려고요?"

"이 근처에서 내가 애니마구스인 걸 아는 사람은 너희 셋 과 덤블도어 교수님뿐이야." 시리우스가 어깨를 으쓱하며 말하더니 계속 닭 다리를 게걸스럽게 먹어 치웠다.

론이 해리의 옆구리를 쿡 찌르며 《예언자일보》를 내밀었 다. 신문은 두 부였다. 첫 번째 신문의 헤드라인은 '바티미어 스 크라우치의 수상한 병'이었고 두 번째는 '정부 소속 마법 사, 여전히 실종 중—마법 정부 총리가 직접 개입하다'였다.

해리는 크라우치 관련 기사를 살펴보았다. 문장들이 그 에게로 달려드는 듯했다. '11월 이후 공식적으로 모습을 드 러낸 적이 없다'……. '집은 방치된 것처럼 보인다'……. '세 인트 멍고 마법 질병 상해 병원은 언급을 피했다'……. '정 부는 심각한 병에 대한 소문 확인을 거부하고 있다'…….

"크라우치가 죽어 가기라도 하는 것처럼 썼네요." 해리 가 천천히 입을 열었다. "하지만 여기까지 올 수 있을 정도 면 그렇게 아플 리가 없어요……."

"우리 형이 크라우치의 개인 비서인데요." 론이 시리우스에게 알려 주었다. "형 말로는 크라우치가 과로로 아픈 거라던데요."

"하긴, 마지막으로 가까이에서 봤을 때 *진짜로* 아파 보이긴 했어요." 해리가 계속 기사를 읽으며 천천히 말했다. "불의 잔에서 제 이름이 나온 날 밤에요……."

"윙키를 해고한 벌을 받는 거 아니겠어?" 헤르미온느가 차갑게 말했다. 그녀는 시리우스가 먹고 남긴 닭 뼈를 우적거리는 벅빅을 쓰다듬어 주고 있었다. "장담하는데, 지금쯤 그러지 말 걸 그랬다고 후회하고 있을 거야. 자기를 돌봐 줄 윙키가 없으니 틀림없이 차이를 느끼겠지."

"헤르미온느는 집요정에게 집착하고 있거든요." 론이 헤르미온느에게 험악한 눈길을 던지며 시리우스에게 웅얼거렸다.

하지만 시리우스는 그녀의 말에 관심을 보이는 듯했다. "크라우치가 집요정을 해고했니?"

"네, 퀴디치 월드컵에서요." 해리가 대답했다. 그는 어둠의 징표가 나타난 일, 윙키가 해리의 마법 지팡이를 들고 발견된 일, 크라우치 장관이 화를 낸 일에 대해 자세히 들려주었다.

해리가 이야기를 마치자 시리우스는 다시 자리에서 일어나 동굴 안을 이리저리 서성거리기 시작했다. "확실히 짚어 보자." 잠시 후 그가 새로운 닭 다리를 흔들며 말했다. "그 집요정을 1등석에서 처음 봤다고 했지? 집요정은 크라우치의 자리를 맡아 놓고 있었고. 맞니?"

"네." 해리, 론, 헤르미온느가 동시에 대답했다.

"그런데 크라우치는 경기장에 나타나지 않았다?"

"네." 해리가 말했다. "너무 바쁘다고 했던 것 같아요."

시리우스는 말없이 동굴 안을 왔다 갔다 했다. 잠시 후 그가 입을 열었다. "해리, 1등석을 나선 다음 마법 지팡이가 있는지 주머니를 확인했니?"

"음……." 해리는 열심히 생각했다. "아뇨." 그가 한참 만에 대답했다. "숲으로 들어가기 전까지는 마법 지팡이를 쓸 일이 없었거든요. 그때서야 주머니에 손을 넣어 봤는데 옴니오큘러스밖에 없더라고요." 그는 시리우스를 똑바로 바라보았다. "어둠의 징표를 만들어 낸 사람이 1등석에서 제 마법 지팡이를 훔쳤다는 말씀이세요?"

"충분히 그럴 수 있지." 시리우스가 말했다.

"윙키가 훔친 게 아니에요!" 헤르미온느가 날카롭게 소리쳤다.

"그 자리에 집요정만 있었던 건 아니지." 시리우스가 이마를 찌푸린 채 계속 서성거리면서 말했다. "해리 네 뒤에 또 누가 앉아 있었지?"

"여러 명 있었어요." 해리가 말했다. "무슨 불가리아 마법 정부 사람들이랑…… 코닐리어스 퍼지…… 말포이네……."

"말포이!" 론이 갑자기 소리쳤다. 어찌나 크게 외쳤던지 그의 목소리가 동굴 전체를 쩌렁쩌렁 울렸다. 벅빅이 긴장한 듯 고개를 홱 젖혔다. "루시우스 말포이가 그런 게 틀림없어요!"

"다른 사람은?" 시리우스가 물었다.

"없었어요." 해리가 말했다.

"아냐, 또 있었어. 루도 배그먼이 있었잖아." 헤르미온느가 상기시켜 주었다.

"아, 그러네……."

"나는 배그먼에 대해서는 잘 모른다. 예전에 윔본 와스프스 몰이꾼이었다는 것 말고는." 시리우스가 계속 왔다 갔다 하며 말했다. "어떤 사람이지?"

"나쁘진 않아요." 해리가 말했다. "트라이위저드 대회에서 계속 저를 도와주고 싶어 해요."

"아, 그래?" 시리우스가 이마를 더욱 찌푸리며 말했다.

"왜 그러는지 궁금하구나."

"제가 마음에 든대요." 해리가 말했다.

"흠." 시리우스는 생각에 잠긴 듯 보였다.

"어둠의 징표가 나타나기 직전에 숲에서 그 사람을 봤어요." 헤르미온느가 시리우스에게 말했다. "기억나지?" 그녀가 해리와 론을 돌아보았다.

"그래, 하지만 숲에 계속 있지는 않았잖아." 론이 말했다. "우리가 폭동 얘기를 하자마자 야영장으로 갔어."

"네가 그걸 어떻게 알아?" 헤르미온느가 쏘아붙였다. "그 사람이 어디로 순간이동을 했는지 네가 어떻게 아냐고."

"그만해." 론이 어이가 없다는 듯 말했다. "루도 배그먼이 어둠의 징표를 불러냈다고 생각하는 거야?"

"윙키보다는 그 사람이 더 가능성이 높지." 헤르미온느가 고집스럽게 말했다.

"제가 그랬죠?" 론이 의미심장한 표정으로 시리우스를 보며 말했다. "쟤는 집요정들한테 집착……."

하지만 시리우스는 손을 들어 론의 말을 막았다. "어둠의 징표가 나타나고 해리의 마법 지팡이를 들고 있는 집요정이 발견되자 크라우치는 어떻게 행동했지?"

"덤불 속을 살펴보러 갔어요." 해리가 말했다. "하지만 거기에 다른 사람은 없었어요."

"물론 그렇겠지." 시리우스가 계속 왔다 갔다 하며 중얼 거렸다. "뻔해. 크라우치라면 자기 집요정이 아닌 누구에 게든 혐의를 뒤집어씌우려 했을 테니까……. 그런 다음에 집요정을 해고했다고?"

"네." 헤르미온느가 흥분한 목소리로 말했다. "해고했어요. 텐트에 남아서 가만히 사람들한테 짓밟히기를 기다리지 않았다는 이유로……."

"헤르미온느, 집요정 얘기는 잠깐 쉴 수 없냐?" 론이 짜증을 냈다.

하지만 시리우스는 고개를 젓더니 말했다. "크라우치에 대해서는 헤르미온느가 너보다 잘 판단하고 있다, 론. 어떤 사람을 알고 싶다면 그 사람이 자신과 동등한 존재가 아닌 자기보다 약한 존재들을 어떻게 대하는지 잘 살펴봐야 해."

그는 깊은 생각에 잠긴 듯, 수염이 까칠한 얼굴을 손으로 쓸었다. "바티 크라우치가 이렇게 오랫동안 자리를 비운 것도 그렇고…… 퀴디치 월드컵에서 집요정을 보내 일부러 자리까지 맡아 놓고 경기를 보러 오지 않은 것도 그래. 트라이위저드 대회를 다시 열기 위해 그렇게 애를 써 놓고 그 행사에도 오지 않았지……. 크라우치답지 않은걸. 그자가 아프다는 이유로 하루라도 출근하지 않은 적이 있다면 내가 벅빅이라도 잡아먹으마."

"크라우치를 아세요?" 해리가 물었다.

시리우스의 얼굴이 어두워졌다. 그는 해리와 처음 만난 날, 해리가 아직 그를 살인자라고 믿고 있던 날 밤처럼 갑자기 위협적으로 보였다.

"아, 크라우치야 잘 알지." 그가 조용히 말했다. "나를 아즈카반에 보내라고 명령한 게 바로 그 사람이니까. 재판도 없이 말이야."

"뭐라고요?" 론과 헤르미온느가 동시에 소리쳤다.

"말도 안 돼요!" 해리가 큰 소리로 말했다.

"아니, 사실이야." 시리우스가 닭고기를 한 번 더 크게 베어 물며 말했다. "크라우치는 예전 마법 정부 사법부 장관이었거든. 몰랐니?"

해리, 론, 헤르미온느는 고개를 끄덕였다.

"다음번 마법 정부 총리가 될 거라는 얘기가 돌았지." 시리우스가 말했다. "바티 크라우치는 위대한 마법사다. 강력한 마법을 쓸 줄 알고…… 권력에 굶주려 있지. 물론, 볼드모트의 추종자는 절대 아니야." 그가 해리의 표정을 읽고 말했다. "그래, 바티 크라우치는 언제나 어둠의 편에 반대한다고 공공연하게 밝혔다. 하긴, 어둠의 편에 반대하던 많은 사람들도 결국은······. 뭐, 너희는 이해하지 못할 거다. 너무 어리니까."

"월드컵에서 우리 아빠도 그렇게 말하던데." 론이 짜증 섞인 목소리로 말했다. "이해하는지 못 하는지 한번 보시지 그래요?"

시리우스의 깡마른 얼굴에 미소가 스쳤다. "좋다, 시험해 보지."

그는 동굴 저쪽으로 걸어갔다가 돌아오며 말했다. "지금 볼드모트의 힘이 강력하다고 상상해 봐라. 너희는 누가 그자의 추종자인지, 누가 그자를 위해 일하고 누가 그렇지 않은지 모른다. 하지만 볼드모트가 사람들을 조종해서 그들이 통제력을 잃고 끔찍한 일을 하게 만들 수 있다는 건 알고 있어. 너희 자신도, 가족도, 친구들도 두렵게 느껴질 거다. 매주 더 많은 사망과 실종과 고문에 대한 소식이 들려오고······ 마법 정부는 혼란에 빠져서 뭘 해야 하는지도 모른 채 이 모든 걸 머글들에게 감추는 데 급급하지. 하지만 한편으로는 머글들도 죽어 가고 있어. 사방에 공포가 가득했다······. 공황······ 혼란······ 옛날엔 그랬어. 그래, 그런 시절은 사람들에게서 최고의 모습을 끌어내기도 하고 최악의 모습을 끌어내기도 하지. 크라우치의 원칙도 처음에는 좋았을 거야. ……나는 모르지만. 그는 정부에서 빠르게 승진했고, 볼드모트의 추종자들에게 매우 가혹한 조치를 내렸어. 오러들에게 새로운 권한이 주어졌지. 예컨대, 체포하기보다는 죽일 수 있는 권한이라든가. 게다가 재판도 없이 곧장 디멘터들에게 보내진 사람은 나뿐만이 아니었다. 크라우치는 폭력에 폭력으로 맞섰고, 혐의가 있는 사람들에게 용서받지 못하는 저주들을 쓰도록 승인해 주었지. 난 그자가 어둠의 편에 선 수많은 사람들만큼이나 무자비하고 잔인해졌다고 본다. 그래, 크라우치를 지지하는 사람들도 있었어……. 꽤 많은 사람이 그자가 일을 제대로 하고 있다고 생각했고, 그자가 마법 정부 총리 자리에 올라야 한다고 떠들어 대는 마법사도 아주 많았단다. 볼드모트가 사라졌을 때, 크라우치가 최고의 자리에 오르는 건 그저 시간문제처럼 보였지. 하지만 그때 아주 불행한 일이 벌어졌어." 시리우스가 음울하게 웃었다. "크라우치의 아들이 죽음을 먹는 자들과 함께 체포된 거야. 말재주를 부린 덕분에 아즈카반에서 빠져나온 자들이었지. 듣자 하니 그자들은 볼드모트를 찾아서 그를 다시 권좌에 올려놓으려 했던 것 같다."

"크라우치의 아들이 붙잡혔다고요?" 헤르미온느가 숨을 헉 들이켰다.

"그래." 시리우스가 벅빅 쪽으로 닭 뼈를 던지며 말했다. 그런 다음 빵 덩어리 옆에 털썩 주저앉아 빵을 반으로 잘랐다. "바티 영감한테는 지독한 충격이었을 거다. 하지만 집에서 가족과 좀 더 시간을 보냈어야지. 가끔씩 일찍 퇴근하기도 하고…… 자기 아들에 대해 잘 알았어야 해."

그는 커다란 빵 덩어리를 게걸스럽게 먹기 시작했다.

"크라우치의 아들이 죽음을 먹는 자였어요?" 해리가 말했다.

"그건 모르겠다." 시리우스가 여전히 빵을 입에 밀어 넣으면서 말했다. "그 녀석이 잡혔을 때 나부터가 아즈카반에 있었으니까. 이 얘기들은 대부분 내가 탈출한 뒤에 알아낸 거다. 크라우치의 아들과 함께 붙잡힌 자들이 죽음을 먹는 자들이라는 것만은 내가 목숨 걸고 장담할 수 있어……. 하지만 그 아들 녀석은 하필 그때, 가서는 안 될 장소에 있었던 것뿐인지도 몰라. 그 집요정처럼 말이다."

"크라우치가 아들을 풀어 주려고 했나요?" 헤르미온느가 작은 소리로 물었다.

시리우스는 짖는 것에 가까운 웃음소리를 냈다. "크라우

233

치가 아들을 풀어 줘? 난 네가 그자를 제대로 파악한 줄 알
았는데, 헤르미온느. 그자는 자신의 명성을 더럽힐 수 있는
것이라면 무엇이든 없애 버리는 사람이야. 그자는 마법 정
부 총리가 되려고 평생을 바쳤다. 자신을 또다시 어둠의 징
표와 연관된 것처럼 보이게 했다는 이유로 헌신적인 집요
정을 해고하는 걸 봤잖니. 그 정도면 그자가 어떤 사람인지
알 수 있지 않을까? 크라우치가 가진 부성애라는 건 고작
아들한테 재판받을 기회를 주는 것뿐이었다. 사람들 말로
는 그 재판조차 크라우치가 그 애를 얼마나 싫어하는지 보
여 줄 핑계에 지나지 않았다는구나……. 그런 다음 크라우
치는 아들을 즉시 아즈카반으로 보내 버렸지."

"자기 아들을 디멘터들한테 보냈다고요?" 해리가 나직한
목소리로 물었다.

"그래." 시리우스가 대답했다. 이제 그는 전혀 즐거워 보
이지 않았다. "나는 감방 문 창살 사이로 디멘터들이 그 녀
석을 끌고 들어오는 걸 봤다. 기껏해야 열아홉 살이었을 거
다. 디멘터들은 그 녀석을 내 감방 근처에 가뒀어. 밤이 되
자 어머니를 찾으며 비명을 지르더구나. 하지만 며칠이 지
나자 조용해졌지. ……결국은 모두가 조용해지거든. 잠자
다가 비명을 지를 때만 빼면."

순간 눈동자 뒤에서 셔터가 닫히기라도 한 듯, 시리우스의 눈에 떠오른 생기 없는 빛이 어느 때보다 두드러졌다.

"그래서 지금도 아즈카반에 있나요?" 해리가 물었다.

"아니." 시리우스가 멍하니 말했다. "아니다. 이제 거기에 없어. 디멘터들이 그 녀석을 끌고 온 지 1년쯤 됐을 때 죽었거든."

"죽었다고요?"

"그 녀석만이 아니야." 시리우스가 씁쓸하게 말했다. "그곳에서는 대부분 정신이 나가고, 결국엔 많은 사람들이 음식을 끊어 버리지. 살려는 의지를 잃는 거야. 죽음이 다가올 때마다 항상 알 수 있었어. 디멘터들이 그걸 느끼고 흥분하거든. 크라우치의 아들은 도착했을 때도 상태가 꽤 안 좋아 보였다. 크라우치는 정부의 주요 인사였기 때문에 아내와 함께 아들의 마지막을 지켜볼 수 있도록 면회를 허락받았지. 내가 바티 크라우치를 본 건 그때가 마지막이었다. 아내를 거의 끌고 가다시피 하면서 내 감방을 지나가더구나. 얼마 안 있어 그 아내도 죽은 모양이야. 슬픔에 못 이겨서. 아들처럼 그렇게 기운을 잃어 갔다지. 크라우치는 아들의 시체를 찾으러 오지도 않았어. 나는 디멘터들이 요새 밖에다 그 녀석을 묻는 걸 봤다."

시리우스는 방금 입 앞에까지 들어 올린 빵을 옆으로 던지더니 대신 호박 주스 병을 들어 단숨에 마셔 버렸다.

"그렇게 크라우치는 모든 걸 잃고 말았다. 마침내 모든 걸 이뤘다고 생각한 바로 그 순간에 말이야." 그는 손등으로 입을 닦으며 말을 이었다. "한순간 마법 정부 차기 총리로 주목받는 영웅이었다가…… 다음 순간 아들과 아내를 잃고 가족의 명예도 더럽혀진 처지가 된 거야. 탈옥하고 나서 들으니 그 일로 인기가 뚝 떨어졌다더구나. 아들이 죽자 사람들은 그 아이에게 동정심을 갖게 됐고, 좋은 가문 출신의 괜찮은 젊은이가 어쩌다 그렇게 나쁜 길로 빠지게 됐는지 묻기 시작했지. 그리고 아버지가 아들에게 많은 관심을 보였던 적이 한 번도 없었기 때문이라고 결론 내렸다. 그래서 총리 자리는 코닐리어스 퍼지가 차지했고 크라우치는 국제 마법 협력부로 밀려났어."

긴 침묵이 이어졌다. 해리는 퀴디치 월드컵 당시 숲 속에서 명령을 어긴 집요정을 내려다보며 눈을 부라리던 크라우치의 모습을 떠올렸다. 윙키가 어둠의 징표 아래에서 발견됐을 때 크라우치가 과민 반응을 보인 것도 이런 이유 때문이었을 것이다. 그 일이 아들에 대한 기억과 오래전의 충격적인 사건, 정부에서 실추된 명예를 떠올리게 한 것이다.

"무디 교수님은 크라우치가 어둠의 마법사들을 잡는 데 집착한다고 말했어요." 해리가 시리우스에게 말했다.

"그래, 크라우치가 그 일에 광적으로 집착한다는 얘기는 나도 들었다." 시리우스가 고개를 끄덕이며 말했다. "여전히 죽음을 먹는 자를 한 명이라도 더 잡으면 옛 인기를 되찾을 수 있을 거라 생각하는 거겠지."

"그래서 스네이프의 연구실을 조사하러 학교에 몰래 들어온 거구나!" 론이 그것 보라는 듯 헤르미온느를 보면서 말했다.

"그랬지. 그런데 그건 전혀 말이 안 돼." 시리우스가 말했다.

"아뇨, 말이 되죠!" 론이 흥분해서 말했다.

하지만 시리우스는 고개를 저었다. "들어 봐라. 크라우치가 스네이프를 조사하고 싶었다면 왜 대회 심사위원으로 오지 않았겠니? 그러면 호그와트에 정기적으로 방문해서 스네이프를 감시할 좋은 구실이 될 텐데 말이다."

"그러니까 아저씨도 스네이프를 의심하시는 거예요?" 해리가 물었지만 헤르미온느가 끼어들었다.

"저기, 전 아저씨가 뭐라고 하든 상관없어요. 덤블도어 교수님이 스네이프를 믿는……."

"아, 그만 좀 해, 헤르미온느." 론이 짜증을 내며 말했다. "덤블도어가 똑똑하다는 것도 알고 다 아는데, 그게 진짜 영리한 어둠의 마법사조차 덤블도어를 속일 수 없다는 뜻은 아니야."

"그럼 1학년 때는 왜 스네이프가 해리의 목숨을 구해 준 거야? 왜 그때 해리를 죽게 놔두지 않았는데?"

"그거야 나도 모르지. 덤블도어한테 쫓겨날 거라고 생각했거나……."

"어떻게 생각하세요, 시리우스?" 해리가 큰 소리로 물었다. 론과 헤르미온느는 말다툼을 그치고 귀를 기울였다.

"나는 둘 다 말이 된다고 생각한다." 시리우스가 생각에 잠긴 채 론과 헤르미온느를 바라보며 말했다. "스네이프가 여기에서 교수 노릇을 하고 있다는 사실을 안 순간 나는 덤블도어 교수님이 그 녀석을 채용한 이유가 무엇인지 궁금했어. 스네이프는 전부터 어둠의 마법을 좋아했고 학교에서도 그걸로 유명했거든. 머리카락이 끈적끈적하고 기름지고 지저분한 애송이였지." 시리우스가 덧붙였다. 해리와 론은 서로를 보며 씩 웃었다. "스네이프는 입학할 때부터 학생 절반이 7학년이 되어서야 겨우 알게 되는 것보다 더 많은 저주를 알고 있었어. 그 녀석이 속해 있던 슬리데린 패거리가 대부분 죽음을 먹는 자가 되기도 했고.”

시리우스가 손가락을 들어 이름을 꼽기 시작했다. “로지어와 윌크스…… 둘 다 볼드모트가 몰락하기 전해에 오러들에게 죽임을 당했다. 그리고 레스트레인지 부부는 지금 아즈카반에 있어. 에이버리는 임페리우스 저주 때문에 그랬다는 말로 궁지를 벗어났다고 들었는데 아직 체포되지 않았지. 하지만 내가 아는 한 스네이프는 단 한 번도 죽음을 먹는 자였다는 혐의조차 받아 본 적이 없어. 그게 중요하다는 건 아니다만. 그중에는 한 번도 잡히지 않은 사람도 많으니까. 게다가 스네이프는 곤경을 계속 빠져나갈 만큼 확실히 똑똑하고 교활하지.”

“스네이프는 카르카로프랑 꽤 잘 아는 사이 같던데 그 사실을 숨기고 싶어 해요.” 론이 말했다.

“네, 어제 카르카로프가 마법약 수업에 나타났을 때 스네이프가 지은 표정을 보셨어야 하는데!” 해리가 재빨리 말을 이었다. “카르카로프는 스네이프랑 얘기하고 싶어 했어요. 스네이프가 자기를 피한다면서요. 카르카로프는 정말 불안해하는 표정이었어요. 그자가 자기 팔에 있는 뭔가를 스네이프한테 보여 줬는데 그게 뭔지는 못 봤어요.”

“카르카로프가 스네이프한테 팔에 있는 것을 보여 줬다

고?" 시리우스는 어리둥절한 표정을 감추지 못했다. 그는 심란한 듯 손가락으로 더러운 머리카락을 쓸어 올리더니 다시 어깨를 으쓱했다. "글쎄, 뭐였는지 전혀 모르겠구나. 하지만 카르카로프가 진심으로 걱정하면서 스네이프한테 답을 들으려고 한다면……."

시리우스는 동굴 벽을 뚫어지게 바라보더니 답답한 듯 얼굴을 찡그렸다. "그렇더라도 덤블도어 교수님이 스네이프를 믿는 건 엄연한 사실이야. 덤블도어 교수님은 분명 다른 사람들이 신뢰하지 않는 사람도 믿어 주는 분이지. 하지만 만약 스네이프가 볼드모트를 위해 일한 적이 있다면 호그와트에서 교수 노릇을 하도록 내버려 두지 않으셨을 거다."

"그럼 무디랑 크라우치는 왜 그렇게 스네이프의 연구실에 들어가고 싶어서 안달이래요?" 론이 고집스럽게 말했다.

"글쎄." 시리우스가 천천히 입을 열었다. "나는 무디가 호그와트에 도착하자마자 교수 전원의 연구실을 하나하나 조사하고도 남을 사람이라고 본다. 무디 그 사람은 어둠의 마법 방어법을 진지하게 받아들이거든. 무디가 믿는 사람이 있기나 한지도 잘 모르겠어. 그가 보아 온 것들을 생각하면 그렇게 놀랄 일도 아니고. 어쨌든 이 말은 해 두마.

무디는 어쩔 수 없는 경우가 아니라면 결코 사람을 죽이지 않았어. 웬만하면 반드시 산 채로 데려왔지. 거칠긴 했지만 단 한 번도 죽음을 먹는 자들과 같은 수준으로 떨어지지는 않았다. 하지만 크라우치는…… 그자는 경우가 달라……. 정말 아픈 걸까? 만약 그렇다면 왜 굳이 아픈 몸을 이끌고 스네이프의 연구실까지 왔을까? 그리고 아픈 게 아니라면…… 무슨 일을 꾸미고 있는 걸까? 퀴디치 월드컵 때는 얼마나 중요한 일을 하고 있었기에 경기장에 나타나지 않은 걸까? 대회 심사를 보고 있어야 할 시간에 뭘 하고 있었을까?"

시리우스는 여전히 동굴 벽을 응시한 채 침묵에 잠겼다. 벅빅은 혹시 못 보고 지나친 뼈다귀가 있을까 싶어 바위 바닥을 여기저기 뒤지고 다녔다.

마침내 시리우스가 눈을 들어 론을 바라보았다. "네 형이 크라우치의 개인 비서라고 했지? 혹시 최근에 크라우치를 봤는지 물어볼 수 있을까?"

"물어볼 수는 있어요." 론이 불확실한 어조로 말을 이었다. "하지만 크라우치가 뭔가 수상한 일에 관련되어 있다고 생각하는 티를 내서는 안 될 거예요. 퍼시는 크라우치를 사랑하거든요."

"그러면서 버사 조킨스에 대해 뭔가 알아낸 게 있는지도 한번 알아봐 다오." 시리우스가 버사 조킨스 실종에 관한 기사가 실린 《예언자일보》를 가리키며 말했다.

"배그먼한테 물어봤는데 아직 못 찾았다고 했어요." 해리가 말했다.

"그래, 저 신문 기사에도 배그먼의 말이 실려 있더구나." 시리우스가 턱으로 신문을 가리키며 말했다. "버사의 기억력이 얼마나 나쁜지 아느냐고 떠벌렸던데. 글쎄, 내가 알던 때와는 다를지 모르지만 버사는 결코 건망증이 심하지 않았어. 오히려 그 반대였지. 조금 흐리멍덩한 구석도 있긴 했지만 소문이나 험담 같은 건 엄청나게 잘 기억했거든. 그래서 많은 말썽을 일으키기도 했지. 입을 다물어야 할 때를 몰랐으니까. 마법 정부에서도 약간 골칫거리였을 거다. 배그먼이 이렇게 오랫동안 굳이 버사를 찾지 않은 것도 그 때문일지 몰라."

시리우스가 땅이 꺼져라 한숨을 쉬더니 그늘진 눈을 비볐다. "몇 시지?"

손목시계를 확인한 해리는 호수에 한 시간 있다 나온 뒤부터 시계가 멈춰 버렸다는 사실을 떠올렸다.

"3시 30분이에요." 헤르미온느가 말했다.

"너희는 그만 학교로 돌아가는 게 좋겠다." 시리우스가 일어나며 말했다. "자, 잘 들어라⋯⋯." 그는 특히 해리를 똑바로 바라보았다. "날 만나겠다고 학교를 몰래 빠져나와선 안 돼. 알겠지? 그냥 여기로 편지를 보내. 조금이라도 이상한 일이 생기면 나에게 알려 다오. 하지만 허락 없이 호그와트를 빠져나와서는 안 된다. 누군가 널 공격할 좋은 기회가 될 테니까."

"아직까지는 아무도 저를 공격하려 들지 않았어요. 용이랑 그린딜로 몇 마리를 빼면요." 해리가 말했다.

하지만 시리우스는 날카로운 눈으로 그를 바라보았다. "그런 건 상관없어. ⋯⋯이 대회가 끝나야 나는 다시 편안하게 숨 쉴 수 있을 거다. 6월이 되었을 때의 얘기지. 그리고 잊지 마라. 너희끼리 내 얘기를 할 때에는 나를 멍멍이라고 불러. 알았지?"

그는 해리에게 빈 종이 봉지와 병을 건네준 다음 벅빅의 등을 토닥이며 작별 인사를 했다. "마을 근처까지 바래다주마." 시리우스가 말했다. "다른 신문을 구해 봐야겠다."

그는 동굴을 나서기 전 커다란 검은 개로 변신했다. 그들은 시리우스와 함께 산비탈을 내려가 바위가 흩어져 있는 땅을 지나고 울타리로 돌아왔다. 시리우스는 세 사람이 그의 머리를 쓰다듬을 수 있게 해 준 다음 돌아서서 마을 외곽을 따라 달려가기 시작했다.

호그스미드로 돌아온 해리, 론, 헤르미온느는 호그와트로 향했다.

"퍼시도 크라우치에 관한 얘기를 다 알지 궁금한데?" 성으로 들어가는 마찻길을 따라가면서 론이 말했다. "하지만 신경 쓰지 않을지도 몰라……. 어쩌면 크라우치를 더 존경하게 될 수도 있어. 그래, 퍼시는 규칙을 사랑하잖아. 아마 아들이 관련된 일에서조차 크라우치가 규칙을 어기길 거부했다고 할걸."

"하지만 퍼시라면 절대 가족을 디멘터들에게 넘겨주지 않을 거야." 헤르미온느가 단호하게 말했다.

"글쎄다." 론이 말했다. "우리가 자기 출셋길을 막는다고 생각하면……. 퍼시는 야심이 엄청나잖아……."

그들은 돌계단을 올라가 현관홀로 들어갔다. 저녁 식사가 차려진 대연회장에서 맛있는 냄새가 퍼져 나왔다.

"불쌍한 멍멍이." 론이 숨을 깊게 들이쉬며 말했다. "너를 진짜 아끼는 게 틀림없어, 해리……. 쥐를 먹고 살아야 한다고 생각해 봐."

28장
크라우치 장관의 광기

해리, 론, 헤르미온느는 일요일에 아침을 먹고 부엉이장으로 올라갔다. 시리우스의 말대로 퍼시에게 편지를 보내, 최근에 크라우치 장관을 본 적이 있는지 물어보기 위해서였다. 헤드위그에게 일거리를 준 게 너무 오래전이었기에 이번에는 헤드위그를 보냈다. 그들은 헤드위그가 부엉이장 창밖으로 나가 보이지 않는 곳으로 날아가는 모습을 지켜본 다음 도비에게 새 양말을 주러 주방으로 내려갔다.

집요정들은 아주 쾌활하게 그들을 환영해 주었다. 허리를 굽히고 무릎을 구부려 인사하면서 또 차를 끓여 주겠다고 수선을 떨었다. 선물을 받은 도비는 황홀해했다.

"해리 포터는 도비에게 너무 잘해 줘요!" 그가 큼직한 두 눈에서 흘러나온 굵은 눈물방울을 닦으며 꿱꿱거렸다.

"그 아가미풀 덕분에 목숨을 구했어, 도비. 정말이야." 해리가 말했다.

"그때 그 에클레어 좀 더 먹을 수 없을까?" 허리를 숙인 채 활짝 웃는 집요정들을 둘러보며 론이 물었다.

"방금 아침 먹었잖아!" 헤르미온느가 짜증을 내며 말했지만, 이미 집요정 넷이 에클레어가 담긴 커다란 은접시를 들고 빠르게 다가오고 있었다.

"멍멍이한테 보낼 것도 좀 구해야 할 텐데." 해리가 중얼거렸다.

"좋은 생각이야." 론이 말했다. "피그한테 시키면 되겠네. 남는 음식 좀 줄래?" 그가 주위를 둘러싼 집요정들에게 말하자 집요정들은 기쁘게 허리를 숙이더니 서둘러 더 많은 음식을 가지러 갔다.

"도비, 윙키는 어디 있어요?" 헤르미온느가 주위를 둘러보다가 물었다.

"윙키는 저기 벽난로 앞에 있어요." 도비가 양쪽 귀를 축 늘어뜨리고 조용히 말했다.

"아, 이런." 헤르미온느가 윙키를 발견하고 신음을 내뱉었다.

해리도 벽난로 쪽을 바라보았다. 윙키는 지난번과 같은 의자에 앉아 있었지만, 몸이 더러워져도 신경 쓰지 않은 탓에 얼핏 봐서는 등 뒤 그을린 벽돌과 구분되지 않을 정도였다. 옷은 너덜너덜했고 세탁을 하지도 않았다. 그녀는 버터 맥주 한 병을 움켜쥐고 의자에 앉아 몸을 조금씩 흔들며 벽난로를 들여다보고 있었다. 그들이 지켜보고 있는데, 윙키가 큰 소리로 딸꾹질을 했다.

"이제 하루에 여섯 병씩 마시고 있어요." 도비가 해리에게 속삭였다.

"뭐, 저게 센 술은 아니니까." 해리가 말했다.

하지만 도비는 고개를 저으며 말했다. "집요정한테는 센 술이랍니다."

윙키가 다시 딸꾹질을 했다. 에클레어를 갖다준 집요정들이 일하러 돌아가면서 탐탁잖은 눈으로 그녀를 쏘아보았다.

"윙키는 몹시 슬퍼하고 있어요, 해리 포터." 도비가 슬픈 듯 속삭였다. "윙키는 집으로 돌아가고 싶어 해요. 아직도 크라우치 씨가 자기 주인이라고 생각하고 있어요. 도비가 아무리 말해도 이제는 덤블도어 교수님이 주인이라는 사실을 받아들이지 않아요."

"저기, 윙키." 갑자기 뭔가를 떠올린 해리가 윙키에게 다가가 허리를 구부리고 말을 걸었다. "크라우치 장관님이 뭘 하고 계신지 알아? 트라이위저드 대회 심사를 하러 나오시지도 않던데."

윙키의 눈이 깜빡거렸다. 커다란 눈동자가 해리에게 초점을 맞췄다. 그녀는 또다시 살짝 몸을 흔들다가 입을 열었다. "주, 주인님이, 딸꾹, 아, 안 오신다고요?"

"그래." 해리가 말했다. "첫 번째 과제 이후로는 못 봤어. 《예언자일보》 기사를 보니 아프다던데."

윙키가 흐릿한 눈으로 해리를 바라보며 조금 더 몸을 흔들었다. "주인님이, 딸꾹, 편찮으시다고요?"

그녀의 아랫입술이 떨리기 시작했다.

"근데 그게 사실인지 잘 모르겠어요." 헤르미온느가 재빨리 말했다.

"주인님은 윙키가, 딸꾹, 필요하신 거예요!" 집요정이 훌쩍거렸다. "주인님 혼자서, 딸꾹, 모든 걸, 딸꾹, 돌보실 수는 없어요……."

"저기, 다른 사람들은 직접 집안일을 해요, 윙키." 헤르미온느가 엄격한 어조로 말했다.

"윙키는, 딸꾹, 주인님을 위해서, 딸꾹, 집안일만 하는 게 아니에요!" 윙키는 화가 나서 더욱 격렬하게 몸을 흔들며 꽥꽥거렸다. 그 바람에 이미 잔뜩 얼룩진 블라우스에 버터맥주가 출렁출렁 쏟아졌다. "주인님은, 딸꾹, 가장 중요하고, 딸꾹, 가장 비밀스러운 일을 맡기실 만큼, 딸꾹, 윙키를 믿으셨……."

"그게 뭔데?" 해리가 물었다.

하지만 윙키는 아주 세차게 고개를 저으며 옷에다 더 많은 버터맥주를 쏟았다.

"윙키는, 딸꾹, 주인님의 비밀을 지켜요." 그녀가 반발하듯 말했다. 이제는 아주 심하게 몸을 흔들며, 눈이 가운데로 몰린 채 해리를 향해 얼굴을 찡그리고 있었다. "당신은 진짜, 딸꾹, 참견쟁이네요."

"윙키는 해리 포터한테 그런 식으로 말하면 안 돼!" 도비가 화를 내며 말했다. "해리 포터는 용감하고 고귀해. 해리 포터는 참견쟁이가 아니야!"

"참견하잖아, 딸꾹, 우리 주인님의, 딸꾹, 개인적이고 비밀스러운…… 딸꾹, 윙키는 착한 집요정이야…… 딸꾹, 윙키는 비밀을 지켜…… 딸꾹, 사람들이 캐묻고, 딸꾹, 찔러봐도…… 딸꾹." 눈꺼풀이 처지는가 싶더니 윙키는 갑자기, 아무런 예고도 없이 의자에서 난로 앞 깔개로 미끄러져서 시끄럽게 코를 골았다. 빈 버터맥주 병이 돌바닥 저쪽으로 굴러갔다.

대여섯 명의 집요정이 넌더리가 난다는 표정으로 황급히 나섰다. 그중 하나가 병을 집어 들었고, 다른 집요정들은 커다란 체크무늬 식탁보로 윙키를 완전히 덮어 안 보이게 가렸다.

"이런 걸 보여 드려서 죄송해요!" 가까이 있던 집요정이 고개를 저으며 아주 부끄럽다는 표정으로 꽥꽥거렸다. "윙키를 보고 우리 모두를 평가하지는 말아 주세요!"

"윙키는 슬퍼하는 거예요!" 헤르미온느가 버럭 화를 내며 말했다. "왜 윙키를 가릴 생각만 하고 위로해 주지 않는 거죠?"

"죄송해요." 집요정이 다시 깊숙이 허리를 숙이며 말했다. "하지만 집요정들은 할 일이 있고 모셔야 할 주인이 있는 한 슬퍼할 권리가 없어요."

"아, 세상에!" 헤르미온느가 화를 냈다. "다들 들어 봐요! 당신들한테도 마법사들만큼이나 슬퍼할 권리가 있어요! 당신들도 임금과 휴일과 적절한 옷을 가질 권리가 있다고요. 시키는 일을 뭐든지 다 할 필요가 없다니까요. 도비를 봐요!"

"부디 도비는 이 일에서 빼 주세요." 도비가 겁에 질린 표정으로 웅얼거렸다. 주방 집요정들의 얼굴에서 쾌활한 미소가 사라졌다. 그들은 갑자기 헤르미온느가 미친 사람이나 위험한 존재라도 되는 듯 그녀를 바라보았다.

"음식을 더 가져왔어요!" 해리의 팔꿈치 근처에서 집요정 하나가 꽥꽥거리더니 커다란 햄과 케이크 열두 조각, 과일 몇 개를 안겨 주었다. "안녕히 가세요!"

집요정들이 해리, 론, 헤르미온느 주위에 몰려와 그들을 주방에서 몰아내기 시작했다. 수많은 조그만 손들이 그들의 등을 떠밀었다.

"양말 고마워요, 해리 포터!" 벽난로 근처에서 도비가 애처롭게 소리쳤다. 그는 식탁보로 덮인 윙키 옆에 서 있었다.

"넌 도대체 입을 다물 줄 모르는구나. 그치, 헤르미온느?" 그들 뒤에서 주방 문이 쾅 닫히자 론이 화를 내며 말했다. "쟤네는 이제 우리가 오는 걸 싫어할 거야! 윙키한테서 크라우치 얘기를 좀 더 캐 볼 수 있었는데!"

"아, 그것 때문에 그래?" 헤르미온느가 코웃음을 쳤다. "넌 그냥 음식을 먹으러 오는 게 좋은 거잖아!"

이후 짜증 나는 시간이 이어졌다. 휴게실에서 숙제를 하

는 동안 계속 티격태격하는 론과 헤르미온느에게 넌더리
가 난 해리는 그날 저녁 시리우스에게 보낼 음식을 들고 혼
자 부엉이장으로 갔다.

피그위전은 햄 한 덩어리를 산 위로 나르기에는 너무 작
았으므로, 해리는 학교 가면올빼미 두 마리에게 도움을 구
했다. 가면올빼미들이 커다란 꾸러미를 양쪽에서 든 아주
이상한 모습으로 노을 속으로 날아가자 해리는 창턱에 기
대서서 어두운 교정을 바라보았다. 금지된 숲의 우듬지가
부스럭거리고, 덤스트랭 배의 돛은 잔잔하게 나부끼고 있
었다. 해그리드의 굴뚝에서 피어오르는 연기를 뚫고 수리
부엉이 한 마리가 날아왔다. 수리부엉이는 성을 향해 날아
올라 부엉이장을 돌더니 보이지 않는 곳으로 사라졌다. 해
리는 아래를 내려다보다가 오두막 앞의 땅을 힘차게 파고
있는 해그리드를 발견했다. 그가 뭘 하는 건지 궁금했다.
아마도 채소밭을 새로 일구려는 모양이었다. 해리가 지켜
보고 있는데, 막심 교장이 보바통 마차에서 나와 해그리드
에게 걸어갔다. 그녀는 그에게 말을 걸려는 것처럼 보였다.
해그리드는 삽을 짚고 몸을 폈지만, 막심 교장이 얼마 지나
지 않아 마차로 돌아간 것을 보면 대화를 이어 가고 싶어
하지 않는 것 같았다.

그리핀도르 탑으로 돌아가 론과 헤르미온느가 서로에게
으르렁대는 소리를 듣고 싶지 않았던 해리는 주위가 완전
히 어두워질 때까지 해그리드가 땅 파는 모습을 지켜보았
다. 주위의 부엉이들이 깨어나기 시작하더니 그를 휙휙 지
나쳐 깜깜한 밤하늘로 날아갔다.

이튿날 아침 식사 시간에는 론과 헤르미온느의 안 좋은
기분도 진정되었다. 헤르미온느가 집요정들을 모욕해서 그
들이 그리핀도르 식탁에 수준 미달의 음식을 올려 보낼 거
라던 론의 암울한 예언은 다행히 거짓으로 밝혀졌다. 베이
컨과 달걀, 훈제 청어는 평소와 같이 훌륭했다.

우편 부엉이들이 도착했을 때 헤르미온느는 기대감에 찬
눈으로 부엉이들을 올려다보았다. 뭔가 기다리는 게 있는
듯했다.

"아직 퍼시한테서 답장 올 때 안 됐어." 론이 말했다. "겨
우 어제 헤드위그를 보냈잖아."

"아니, 그걸 기다리는 게 아니야." 헤르미온느가 말했다.
"《예언자일보》 구독 신청을 했거든. 그 온갖 얘기를 슬리데
린 애들을 통해 알게 되는 게 지긋지긋해서."

"좋은 생각이야!" 해리 또한 부엉이들을 올려다보며 말

했다. "야, 헤르미온느. 너 운 좋다."

회색 부엉이가 헤르미온느를 향해 날아 내려왔다.

"근데 신문이 아니네." 그녀가 실망한 표정으로 말했다. "이건……."

하지만 당황스럽게도 회색 부엉이가 그녀의 접시 앞에 내려앉자마자 외양간올빼미 네 마리와 솔부엉이, 황갈색 올빼미가 바로 뒤따랐다.

"대체 몇 부나 신청한 거야?" 해리가 부엉이 떼에 치여 엎어지기 직전인 헤르미온느의 잔을 붙잡으며 말했다. 부엉이들은 서로 제일 먼저 편지를 전하려고 그녀에게 바짝 다가들었다.

"대체 무슨……?" 헤르미온느가 회색 부엉이가 가지고 온 편지를 펼쳐서 읽기 시작했다. "아, 진짜!" 그녀가 빨개진 얼굴로 식식댔다.

"왜 그래?" 론이 물었다.

"이건…… 나 참, 기가 막혀서……." 그녀는 들고 있던 편지를 해리에게 홱 내밀었다. 그것은 손으로 쓴 것이 아니라 《예언자일보》에서 오려 낸 것처럼 보이는 글자들을 붙여서 만든 편지였다.

이 사악한 계집애야.

해리 포터는 너보다 나은 사람을 만날 자격이 있어.

네가 태어난 곳으로 돌아가, 머글아.

"전부 똑같아!" 헤르미온느가 편지를 하나하나 열어 보면서 절망적인 목소리로 말했다. "'해리 포터는 너 같은 것보다 훨씬 좋은 사람을 만날 수 있어'……. '너 같은 건 개구리 알이랑 같이 푹 삶아야 해'……. 아얏!"

헤르미온느가 마지막 봉투를 열자 휘발유 냄새가 심하게 나는 연두색 액체가 그녀의 손등에 쏟아졌다. 헤르미온느의 손에 크고 노란 물집이 생기기 시작했다.

"멍울초 고름 원액이야!" 론이 조심스럽게 봉투를 집어 들고 냄새를 맡으며 말했다.

"아얏!" 헤르미온느가 소리쳤다. 냅킨으로 손등을 닦던 그녀의 눈에서 눈물이 흐르기 시작했다. 고통스러운 종기로 잔뜩 덮인 그녀의 손가락은 이제 두껍고 울퉁불퉁한 장갑을 낀 것처럼 보였다.

"병동에 가는 게 좋겠어." 헤르미온느 주위에 있던 부엉이들이 날아가자 해리가 말했다. "스프라우트 교수님한테는 우리가 말씀드릴게……."

"내가 경고했잖아!" 헤르미온느가 손을 감싼 채 다급히 대연회장을 나가자 론이 소리쳤다. "리타 스키터를 건드리지 말랬더니! 이걸 봐……." 그는 헤르미온느가 남기고 간 편지 한 통을 소리 내서 읽었다. "'《주간 마녀》에서 네가 해리 포터를 어떻게 가지고 놀았는지 읽었어. 걘 이미 시련을 겪을 만큼 겪었어. 큰 봉투만 찾으면 다음번에는 저주를 써서 보내 주마.' 제기랄, 진짜 조심해야 할 것 같은데."

헤르미온느는 약초학 수업에 나타나지 않았다. 마법 생명체 돌보기 수업을 들으러 온실을 나서던 해리와 론은 말포이, 크래브, 고일이 성 돌계단을 내려오는 모습을 보았다. 그들 뒤에서는 팬지 파킨슨이 슬리데린 여학생 무리와 함께 뭔가를 속닥거리면서 킥킥 웃고 있었다. 해리를 발견한 팬지가 외쳤다. "포터, 여자 친구랑은 깨졌니? 걔, 아침 식사 시간에 왜 그렇게 기분이 나빴던 거야?"

해리는 그녀의 말을 들은 척도 하지 않았다. 그녀가 《주간 마녀》 기사가 얼마나 큰 말썽을 일으켰는지 알고 흐뭇해하는 꼴은 보고 싶지 않았다.

해그리드는 지난번 수업 시간에 유니콘에 대해 다 배웠다고 말했다. 그는 위가 뚫린 나무 상자 여러 개를 발밑에 새로 가져다 놓고 오두막 앞에서 학생들을 기다리고 있었다. 상자를 본 해리의 가슴이 철렁 내려앉았다(설마 또 스크루트를 부화시키는 건 아니겠지?). 하지만 상자 안이 보일 만큼 가까이 가자, 긴 주둥이에 털이 복슬복슬한 검은색 동물 여러 마리가 보였다. 마치 삽처럼 이상할 만큼 납작한 앞발을 가진 그 동물들은 이 모든 관심에 얌전히 어리둥절함을 표현하면서 학생들을 향해 눈을 깜빡거리고 있었다.

"이 녀석들은 니플러야." 학생들이 모여서자 해그리드가 말했다. "보통은 광산 깊은 데서 발견되지. 반짝이는 물건들을 좋아한단다……. 자, 봐라."

갑자기 니플러 한 마리가 펄쩍 뛰어올라 팬지 파킨슨의 손목시계를 물어뜯으려고 했다. 그녀는 날카롭게 소리 지르며 얼른 뒤로 물러났다.

"쓸모가 많고 귀여운 보물 탐지기지." 해그리드가 즐겁게 말했다. "오늘은 이 녀석들이랑 좀 놀아 볼까 한다. 저기 보이냐?" 해그리드는 새로 갈아엎은 넓은 땅뙈기를 가리켰다. 해리가 부엉이장 창밖으로 내려다볼 때 해그리드가 파고 있던 곳이었다. "내가 금화를 좀 묻어 놨거든. 가장 많은 금화를 파내는 니플러를 고른 사람에게 상을 주마. 귀중품은 다 떼 놓고 니플러를 고른 다음에 풀어놓을 준비를 해라."

해리는 습관처럼 차고 다니던 고장 난 손목시계를 풀어 주머니에 쑤셔 넣고 니플러를 골랐다. 녀석은 긴 주둥이를 해리의 귀에 갖다 대고 열심히 냄새를 맡았다. 꼭 안아 주고 싶을 정도로 귀여운 동물이었다.

"잠깐." 해그리드가 상자를 내려다보며 말했다. "여기 니플러가 한 마리 남는데……. 누가 안 왔지? 헤르미온느는 어디 있냐?"

"병동에 갔어요." 론이 말했다.

"나중에 설명할게요." 해리가 중얼거렸다. 팬지 파킨슨이 듣고 있었던 것이다.

지금까지 들었던 마법 생명체 돌보기 수업 중에서 단연 최고였다. 니플러들은 물속에 뛰어드는 것처럼 땅을 파고 들어갔다가, 자기를 풀어 준 학생에게 재빨리 돌아와 그들의 손에 금화를 뱉어 냈다. 론의 니플러가 유독 뛰어났다. 머잖아 론의 무릎 위는 금화로 가득해졌다.

"이거 반려동물로 살 수 있어요, 해그리드?" 자신의 니플러가 로브에 흙을 튀기며 다시 땅속으로 뛰어들자 론이 신이 나서 물었다.

"엄마가 별로 안 좋아하실 거다, 론." 해그리드가 씩 웃으며 말했다. "이 녀석들은 집을 엉망진창으로 만들거든.

이제 거의 끝난 것 같은데." 그가 땅뙈기 주위를 왔다 갔다 하면서 덧붙였다. 그러는 동안 니플러들은 끊임없이 땅속을 파고들었다. "금화를 딱 100개만 묻어 놨거든. 어, 왔구나, 헤르미온느!"

헤르미온느가 잔디밭을 걸어오고 있었다. 그녀는 양손에 두껍게 붕대를 감고 시무룩한 얼굴을 하고 있었다. 팬지 파킨슨이 눈을 반짝이며 그런 그녀의 모습을 지켜보았다.

"자, 어떻게들 했는지 보자!" 해그리드가 말했다. "금화를 세어 봐라! 훔치려고 해 봐야 소용없다, 고일." 그가 딱정벌레 같은 눈을 가늘게 뜨며 덧붙였다. "레프러콘 금화니까. 몇 시간 지나면 사라져."

고일은 한껏 부루퉁한 얼굴로 주머니를 비웠다. 론의 니플러가 가장 많은 금화를 모은 것으로 밝혀졌다. 해그리드는 그에게 상으로 커다란 허니듀크스 초콜릿을 주었다. 점심시간을 알리는 종이 교정에 울려 퍼졌다. 다른 학생들은 성으로 돌아갔지만 해리, 론, 헤르미온느는 남아서 해그리드가 니플러를 상자에 다시 넣는 것을 도왔다. 해리는 막심 교장이 마차 창밖으로 그들을 지켜보고 있다는 사실을 눈치챘다.

"손은 왜 그러냐, 헤르미온느?" 해그리드가 걱정스러운 얼굴로 물었다.

헤르미온느는 그날 아침에 받은 협박 편지와 멍울초 고름으로 가득 찬 봉투 얘기를 해 주었다.

"아아, 걱정 마라." 해그리드가 그녀를 보며 부드럽게 말했다. "나도 리타 스키터가 우리 엄마에 관한 기사를 쓴 뒤에 그런 편지를 잔뜩 받았어. '너는 괴물이야. 없애 버려야 해.' '네 어머니는 무고한 사람들을 죽였어. 조금이라도 염치가 있다면 호수에 빠져 죽어라.'"

"말도 안 돼요!" 헤르미온느가 충격받은 표정으로 소리쳤다.

"그러게 말이다." 해그리드가 니플러 상자를 오두막 벽쪽에 들어다 놓으며 말했다. "그냥 정신 나간 놈들이야, 헤르미온느. 또 편지가 오면 열어 보지 마라. 그대로 벽난로에 던져 버려."

"너, 진짜 좋은 수업을 놓쳤어." 성으로 돌아가는 길에 해리가 헤르미온느에게 말했다. "니플러 정말 멋진 동물이더라. 안 그래, 론?"

하지만 론은 눈썹을 찌푸린 채 해그리드가 준 초콜릿을 바라보고 있었다. 뭔가에 단단히 화가 난 것처럼 보였다.

"왜 그래?" 해리가 물었다. "맛이 이상해?"

"아니." 론이 짤막하게 말했다. "너 왜 나한테 금화 얘기 안 했냐?"

"무슨 금화?" 해리가 되물었다.

"퀴디치 월드컵 때 내가 너한테 준 금화." 론이 말을 이었다. "내가 1등석에서 옴니오큘러스 값으로 준 레프러콘 금화 말이야. 왜 그 금화가 사라졌다고 말 안 했어?"

해리는 잠깐 생각한 뒤에야 론이 무슨 얘기를 하는지 깨달았다.

"아……." 마침내 기억이 떠오르자 그가 말했다. "모르겠어……. 없어진 줄도 몰랐어. 그보다는 내 마법 지팡이가 더 걱정됐으니까. 안 그래?"

현관홀로 들어가는 계단을 올라간 그들은 점심을 먹으러 대연회장으로 향했다.

"좋겠다." 식탁에 앉아 구운 쇠고기와 요크셔 푸딩을 덜기 시작했을 때 론이 불쑥 입을 열었다. "주머니 가득 들어 있던 갈레온이 사라져도 모를 정도로 돈이 많다니."

"야, 그날 밤에 나는 딴생각을 하고 있었다고!" 해리가 화를 못 참고 말했다. "우리 모두가 그랬잖아. 기억 안 나?"

"나는 레프러콘 금화가 사라지는 건 줄 몰랐어." 론이 중얼거렸다. "너한테 돈을 갚았다고 생각했는데. 너는 나한테 크리스마스 선물로 처들리 캐넌스 모자를 주지 말았어야 했어."

"그냥 잊어버려. 응?" 해리가 말했다.

론은 포크로 구운 감자를 푹 찌르더니 그것을 노려보았다. 잠시 후 그가 말했다. "가난한 거 진짜 싫다."

해리와 헤르미온느는 서로 시선을 주고받았다. 정말이지 두 사람 모두 무슨 말을 해야 할지 알 수 없었다.

"쓰레기 같아." 론이 여전히 감자를 내려다보며 말했다. "프레드랑 조지가 돈을 많이 벌려고 하는 것도 뭐라 할 일은 아니야. 나도 그랬으면 좋겠는걸. 나도 니플러 한 마리 있었으면 좋겠다."

"그럼, 다음번 네 크리스마스 선물 고민은 끝!" 헤르미온느가 밝은 목소리로 말했다. 그래도 론이 계속 우울한 표정을 짓고 있자 그녀가 말을 이었다. "그러지 마, 론. 더 나쁜 일도 있어. 적어도 네 손가락은 고름으로 가득 차 있지 않잖아." 헤르미온느는 손가락이 너무 뻣뻣하고 잔뜩 부풀어 오른 탓에 나이프와 포크를 다루기 무척 힘들어하고 있었다. "그 스키터라는 여자, 너무 싫어!" 그녀가 사납게 소리 질렀다. "무슨 일이 있어도 이 빚은 갚아 줄 거야!"

그다음 주에도 헤르미온느에게 계속 협박 편지가 왔다. 그녀는 해그리드의 조언에 따라 더 이상 편지를 열어 보지 않았지만, 그녀가 잘못되기를 바라는 몇몇은 하울러를 보내기도 했다. 그리핀도르 식탁에서 터진 하울러는 온 연회장에 들리도록 날카로운 목소리로 그녀를 향해 욕설을 쏟아 냈다. 이제는 《주간 마녀》를 보지 않은 사람들도 해리와 크룸과 헤르미온느가 맺고 있다는 삼각관계에 대해 알게 됐다. 해리는 헤르미온느와 사귀는 사이가 아니라고 말하는 일에도 지쳐 갔다.

"그래도 수그러들 거야." 그가 헤르미온느에게 말했다. "우리가 그냥 무시하면…… 사람들은 지난번에 리타 스키터가 나에 대해 쓴 기사에도 질려서……."

"난 교내에 들어오지 못하게 되어 있는 사람이 어떻게 개인적인 대화를 들을 수 있었는지 알고 싶어!" 헤르미온느가 화를 내며 말했다.

헤르미온느는 다음번 어둠의 마법 방어법 수업이 끝나고 무디 교수에게 뭔가를 묻기 위해 교실에 남았다. 다른 학생들은 빨리 교실을 나가고 싶어 안달이었다. 무디가 공격 마법 반사 연습을 호되게 시키는 바람에 많은 학생이 작은 상처들을 치료하고 있었던 것이다. 해리는 씰룩 귀 마법에 너무 심하게 걸려 교실을 나가면서도 손으로 귀를 꽉 누르고 있어야 했다.

"그래, 리타 스키터가 투명 망토를 사용하지 않은 것은 확실해!" 5분 뒤 현관홀에서 해리와 론을 따라잡은 헤르미온느가 헐떡거리며 말했다. 그녀는 해리가 들을 수 있도록 그의 손을 씰룩거리는 귀에서 떼어 냈다. "무디 교수님은 두 번째 과제 때 심사위원석 근처 어디에서도 그 여자를 보지 못했대. 호수 근처에서도!"

"헤르미온느, 너한테 그만 좀 하라고 말하는 게 뭔가 의미가 있을까?" 론이 말했다.

"아니!" 헤르미온느가 고집스럽게 외쳤다. "난 리타 스키터가 내가 빅토르한테 하는 얘기를 어떻게 들었는지 알고 싶어! 그리고 해그리드의 엄마에 대해 어떻게 알아냈는지도!"

"너한테 도청을 붙였을 수도 있어." 해리가 말했다.

"도충?" 론이 어리둥절한 얼굴로 물었다. "도충이 무슨 곤충인데?"

해리는 남의 말을 엿듣기 위해 숨겨 놓은 마이크와 녹음 장비에 대해 설명하기 시작했다.

론은 설명에 푹 빠졌지만 헤르미온느가 그의 말을 끊었

다. "너희 둘은 《호그와트의 역사》를 영원히 읽지 않을 생각이니?"

"그걸 뭐 하러 읽냐?" 론이 말했다. "네가 그 책을 다 외우고 있잖아. 그냥 너한테 물어보면 되지."

"머글들이 사용하는 그 모든 마법 대용품 말이야, 전기며 컴퓨터, 레이더, 그런 것들. 그것들은 모두 호그와트 가까이 오면 고장 나 버려. 공중에 너무 많은 마법이 걸려 있기 때문에. 아냐, 리타는 마법을 사용해서 엿들은 거야. 분명⋯⋯. 어떤 마법인지만 알아도⋯⋯ 아아, 불법을 저지른 거면 내가 확⋯⋯."

"걱정거리는 이미 많지 않냐?" 론이 그녀에게 물었다. "리타 스키터를 상대로 복수까지 시작해야 돼?"

"너한테 도와 달라고 한 적 없어!" 헤르미온느가 쏘아붙였다. "내가 직접 할 거야!"

그녀는 뒤도 돌아보지 않고 단호한 발걸음으로 대리석 계단을 올라갔다. 해리는 그녀가 도서관에 가는 거라고 확신했다.

"쟤, '나는 리타 스키터가 싫어' 배지 한 상자 들고 올 것 같지 않냐?" 론이 말했다.

그러나 헤르미온느는 정말로 해리와 론에게 리타 스키터

한테 복수하는 일을 도와 달라고 부탁하지 않았다. 부활절 연휴가 다가오면서 공부해야 할 것들이 산더미처럼 늘었기 때문에 두 사람 입장에서는 고마운 일이었다. 해리는 해야 하는 공부에 더해 마법적 도청 방법에 대한 조사까지 할 수 있는 헤르미온느가 말 그대로 경이롭게 느껴졌다. 해리는 숙제를 모두 끝내는 것만도 벅찼다. 물론 산속 동굴에 있는 시리우스에게 정기적으로 음식 꾸러미를 보내는 것은 잊지 않았다. 지난여름 이후로 해리는 계속 굶주린다는 것이 어떤 느낌인지 기억하고 있었다. 시리우스에게 보내는 편지도 동봉했다. 평소와 다른 일은 아무것도 전혀 일어나지 않았고 아직 퍼시의 답장을 기다리고 있다는 내용이었다.

헤드위그는 부활절 연휴가 끝나서야 돌아왔다. 퍼시의 편지는 위즐리 부인이 보낸 부활절 달걀 꾸러미에 들어 있었다. 해리와 론의 달걀 모두 용의 알 만한 크기였고 집에서 만든 토피 사탕으로 가득 차 있었다. 그러나 헤르미온느의 것은 보통 달걀보다도 작았다. 그걸 본 그녀가 속상한 표정을 지었다.

"혹시 너희 엄마가 《주간 마녀》를 읽으시는 건 아니지? 응? 론." 그녀가 조용히 물었다.

"읽으셔." 입에 토피 사탕을 가득 문 채 론이 말했다. "요리법을 보려고 구독하시거든."

헤르미온느는 슬픈 눈으로 작디작은 달걀을 바라보았다.

"퍼시가 뭐라고 썼는지 보지 않을래?" 해리가 재빨리 그녀에게 물었다.

퍼시의 짧은 편지는 짜증으로 가득했다.

《예언자일보》측에도 계속 설명했지만, 크라우치 장관님은 정당한 휴식을 누리고 계셔. 정기적으로 부엉이를 통해 지시 사항을 보내시고. 그래, 그분을 직접 뵌 적은 없지만, 나는 내가 직속 상사의 손 글씨 정도는 알아볼 수 있을 거라고 믿는다. 이 우스꽝스러운 소문들을 잠재우는 것 말고도 지금 나에겐 할 일이 충분히 많아. 중요한 일이 아니라면 두 번 다시 날 방해하지 말았으면 좋겠다. 부활절 잘 보내라.

여름 학기가 시작되면 해리는 보통 그 시즌 마지막 퀴디치 경기를 위해 열심히 훈련했다. 그러나 그가 올해에 대비해야 할 것은 트라이위저드 대회의 세 번째이자 마지막 과제였다. 그는 아직도 뭘 해야 하는지 알지 못했다. 그러다가 마침내 5월 마지막 주, 맥고나걸 교수가 변환 마법 수업 시간에 그를 불렀다.

"오늘 밤 9시에 퀴디치 경기장으로 오너라, 포터." 그녀
가 말했다. "그곳에서 배그먼 장관님이 대표 선수들에게
세 번째 과제에 대해 말해 주실 거다."

그래서 그날 밤 8시 30분이 되자 해리는 그리핀도르 탑
에 있는 론과 헤르미온느를 뒤로하고 아래층으로 내려갔
다. 현관홀을 지나는데 세드릭이 후플푸프 휴게실에서 올
라왔다.

"어떤 과제가 나올까?" 함께 돌계단을 내려가 구름 낀 밤
하늘 아래로 나가며 그가 해리에게 물었다. "플뢰르는 계
속 지하 터널 얘기를 하더라. 보물을 찾는 과제가 나올 것
같다던데."

"그럼 그렇게 어렵지 않겠네." 해리는 해그리드에게서
자기 대신 그 일을 해 줄 니플러 한 마리를 빌리기만 하면
될 거라고 생각했다.

그들은 컴컴한 잔디밭을 지나 퀴디치 경기장으로 향했
다. 두 사람은 관중석 사이를 지나 경기장으로 들어갔다.

"뭘 어떻게 한 거야?" 세드릭이 우뚝 멈춰 서서 화난 목
소리로 말했다.

퀴디치 경기장은 더 이상 매끄럽지도, 평평하지도 않았

다. 누군가가 경기장 전체에 구불구불하고 사방팔방으로 엇갈리는 낮은 담을 길게 세워 놓은 것 같았다.

"울타리네!" 해리가 가장 가까운 곳에 있는 울타리를 살펴보려고 허리를 구부리며 말했다.

"거기 안녕!" 쾌활한 목소리가 외쳤다.

루도 배그먼이 크룸, 플뢰르와 함께 경기장 한가운데 서 있었다. 해리와 세드릭은 울타리를 넘어 그곳으로 향했다. 해리가 다가오자 플뢰르는 활짝 미소 지었다. 해리가 그녀의 동생을 호수에서 구해 준 뒤로 그에 대한 플뢰르의 태도는 완전히 달라졌다.

"자, 어떠냐?" 해리와 세드릭이 마지막 울타리를 넘어오자 배그먼이 신이 난 듯 말했다. "멋지게 자라고 있지 않니? 한 달만 있으면 해그리드가 이것들을 6미터까지 키워 놓을 거야. 아, 걱정할 것 없다." 그가 해리와 세드릭의 얼굴에서 언짢은 기색을 발견하고 씩 웃으며 덧붙였다. "너희 퀴디치 경기장은 과제가 끝나는 대로 본래 모습을 되찾을 테니까! 자, 우리가 여기서 뭘 만들고 있는 걸까?"

잠깐 동안 아무도 입을 열지 않았다. 그때……

"미로요." 크룸이 툴툴거리듯 말했다.

"그렇지!" 배그먼이 말했다. "미로다. 세 번째 과제는 정말 아주 간단해. 미로 중심부에 트라이위저드 우승컵이 놓여 있고, 우승컵에 가장 먼저 손을 대는 대표 선수가 만점을 받게 되지."

"그냥 미로만 통과하명 되나요?" 플뢰르가 물었다.

"물론 장애물이 있을 거야." 배그먼이 발끝으로 깡충깡충 뛰며 신나서 말했다. "해그리드가 수많은 생명체를 제공할 거다. 깨뜨려야 하는 마법 주문이라든가, 뭐 그런 게 아주 많을 거야. 자, 점수가 가장 높은 대표 선수 두 명이 먼저 미로로 들어갈 거다." 배그먼이 해리와 세드릭을 보며 씩 웃었다. "그다음 크룸 군이 들어가고…… 그다음이 들라쿠르 양 순서지. 하지만 장애물을 얼마나 잘 통과하느냐에 따라서 너희 모두에게 우승할 기회가 주어져. 재밌겠지? 응?"

해그리드가 이런 일에 어떤 생물들을 준비할지 뻔히 아는 해리는 결코 재미있을 것 같지 않았지만, 다른 대표 선수들처럼 예의 바르게 고개를 끄덕였다.

"아주 좋아……. 다른 질문이 없다면 성으로 돌아가자꾸나. 조금 쌀쌀하네……."

일행이 자라고 있는 미로를 나설 때 배그먼이 서둘러 해리 옆에 다가왔다. 해리는 그가 또다시 도움을 제안하려는 모양이라고 생각했다. 바로 그때, 크룸이 해리의 어깨를 탁 쳤다.

"참깐 얘기 좀 할 슈 있을까?"

"응, 괜찮아." 해리가 조금 놀라며 말했다.

"같이 좀 걸을까?"

"그래." 해리는 그가 무슨 말을 하려는지 궁금했다.

배그먼은 살짝 당황한 듯 보였다. "내가 기다려 줄까, 해리?"

"아뇨, 괜찮아요, 배그먼 장관님." 해리가 웃음을 참으며 말했다. "성은 저 혼자서도 찾을 수 있거든요. 고맙습니다."

해리와 크룸은 함께 경기장을 나섰다. 크룸은 덤스트랭 배 쪽으로 향하는 대신 금지된 숲을 향해 걸었다.

"왜 이쪽으로 가는 거야?" 해그리드의 오두막과 불이 밝혀진 보바통 마차를 지나면서 해리가 물었다.

"누가 엿듣는 건 싫다." 크룸이 짧게 말했다.

그들은 마침내 보바통 말들이 있는 방목지에서 조금 떨어진 조용한 공터에 도착했다. 크룸은 나무 그늘 아래서 걸음을 멈추고 해리를 향해 돌아섰다.

"알고 싶다." 그가 눈을 번뜩이며 말했다. "너랑 헤르미-

오우-니니가 어떤 사이인치."

크룸의 비밀스러운 태도를 보고 훨씬 심각한 얘기를 예상했던 해리는 놀라서 그를 멀뚱히 쳐다보았다.

"아무 사이도 아닌데." 해리가 대답했지만 크룸은 그를 매섭게 노려보고 있었다. 해리는 크룸의 키가 얼마나 큰지를 새삼 깨닫고 설명을 덧붙였다. "우린 친구 사이야. 헤르미온느는 내 여자 친구가 아니고, 여자 친구였던 적도 없어. 그냥 그 스키터라는 여자가 지어낸 얘기야."

"헤르미-오우-니니는 네 얘기를 아추 자주 한다." 크룸이 의심스러운 눈으로 해리를 바라보며 말했다.

"그렇겠지." 해리가 말했다. "그야 친구니까."

세계적으로 유명한 국가 대표 퀴디치 선수인 빅토르 크룸과 이런 대화를 나누고 있다니 도저히 믿을 수가 없었다. 마치 열여덟 살인 크룸이 그, 해리를 동등한 존재로, 즉 진짜 라이벌로 생각하는 것 같았다…….

"너는 한 번도…… 한 번도……."

"그런 적 없어." 해리가 아주 단호하게 말했다.

크룸은 기분이 조금 좋아진 듯했다. 그는 잠시 해리를 뚫어지게 바라보더니 입을 열었다. "비행을 아추 찰 하던데. 첫 번째 과체 때 치켜봤다."

"고마워." 해리가 활짝 웃으며 말했다. 갑자기 키가 훨씬 커진 것 같은 기분이 들었다. "나도 퀴디치 월드컵에서 네 경기를 봤어. 그 브론스키 페인트 진짜……."

그때 크룸 뒤의 나무 사이에서 뭔가가 움직였다. 금지된 숲에 도사리고 있는 것들을 어느 정도 경험해 본 해리는 본능적으로 크룸의 팔을 잡고 끌어당겼다.

"왜 그러냐?"

해리는 움직임이 보였던 곳을 유심히 바라보면서 고개를 저었다. 그는 로브 안으로 슬쩍 손을 집어넣고 마법 지팡이를 뽑으려 했다.

다음 순간, 한 남자가 키 큰 오크나무 뒤에서 비틀거리며 나타났다. 잠깐 동안 해리는 그 남자가 누군지 알아보지 못했다……. 그러다가 그 사람이 크라우치 장관이라는 사실을 깨달았다.

그는 며칠 내내 여행을 한 것 같은 모습이었다. 로브의 무릎 부분이 찢어져 피투성이가 되어 있었고, 수염을 깎지 않은 얼굴은 잔뜩 긁히고 피로로 허옇게 질려 있었다. 깔끔하던 머리카락과 콧수염은 지저분하고 길게 자라 있었다. 하지만 이상한 겉모습은 그의 행동에 비하면 아무것도 아니었다. 중얼거리면서 손짓 발짓을 하는 모습이 꼭 그의 눈에만 보이는 누군가에게 이야기를 하고 있는 듯했다. 그 모습을 보자 해리의 머릿속에는 더즐리 가족과 함께 쇼핑하러 갔을 때 본 나이 든 부랑자의 모습이 생생하게 떠올랐다. 그 남자도 허공에 대고 미친 듯이 말을 걸고 있었다. 피튜니아 이모는 더들리의 손을 잡고 그 남자를 피해 길을 건넜다. 그런 다음에는 버넌 이모부가 거지나 부랑자들을 어떻게 처리하고 싶은지에 대해 가족들에게 일장연설을 늘어놓았다.

"처 사람 심사위원 아닌가?" 크룸이 크라우치 장관을 빤히 바라보며 말했다. "너희 청부 사람?"

해리는 고개를 끄덕이고 잠깐 망설였다가 천천히 크라우치 장관을 향해 걸어갔다. 그는 해리 쪽은 보지도 않은 채 가까이 있는 나무에 대고 끊임없이 말을 걸고 있었다. "……그리고 웨더비, 그 일이 끝나면 덤블도어 교수에게 부엉이를 보내서 대회에 참석할 덤스트랭 학생들의 숫자를 확인하게. 카르카로프가 방금 열두 명이 올 거라고 전갈을 보냈네만……."

"크라우치 장관님?" 해리는 조심스럽게 말을 걸었다.

"……그런 다음에는 막심 교장에게 부엉이를 보내도록. 카르카로프가 학생 수를 열두 명으로 늘렸으니 막심 교장도 데려올 학생들의 숫자를 늘리고 싶어 할지 몰라……. 그렇게 하게, 웨더비. 알겠나? 알겠느냐고? 알겠……." 크라우치 장관은 눈을 부릅뜨고 있었다. 그는 소리 없이 입만 벙긋거리며 가만히 서서 나무를 뚫어지게 바라보았다. 잠시 후 그가 옆으로 비틀거리며 걷다가 무릎을 꿇고 쓰러졌다.

"크라우치 장관님?" 해리가 큰 소리로 물었다. "괜찮으세요?"

크라우치의 눈동자가 뒤로 돌아갔다. 해리는 크룸을 돌아보았다. 해리를 따라 숲속으로 들어온 그는 깜짝 놀란 얼굴로 크라우치를 내려다보고 있었다.

"이 사람 왜 이러지?"

"모르겠어." 해리가 중얼거렸다. "저기, 가서 누굴 좀 데려와 줄……."

"덤블도어!" 크라우치 장관이 숨을 헉 내뱉었다. 그가 손을 뻗어 해리의 로브를 움켜쥐더니 그를 가까이 끌어당겼다. 하지만 눈은 해리의 머리 뒤의 허공을 보고 있었다. "덤블도어를 만나야 해……. 알겠나……. 덤블도어……."

"알았어요." 해리가 말했다. "크라우치 장관님, 일어나셔서 성으로……."

"나는…… 어리석은 짓을…… 저질렀어……." 크라우치 장관이 나직한 목소리로 말했다. 정신이 완전히 나간 것처럼 보였다. 툭 튀어나온 눈알은 이리저리 굴렀고, 턱으로는 침이 질질 흘러내렸다. 한 마디 한 마디 내뱉는 일이 엄청나게 힘들어 보였다. "반드시…… 말해야 해……. 덤블도어에게……."

"일어나세요, 크라우치 장관님." 해리가 크고 분명한 소리로 말했다. "일어나시라고요. 제가 덤블도어 교수님께 데려다드릴게요!"

크라우치 장관이 눈을 굴려 해리를 바라보았다.

"너…… 누구?" 그가 속삭이듯 물었다.

"저는 이 학교 학생이에요." 해리는 도와 달라는 듯 크룸을 돌아보며 말했다. 하지만 크룸은 엄청나게 불안한 얼굴로 멀찍이 물러나 있었다.

"너 설마…… *그자 편이냐?*" 크라우치가 입술을 늘어뜨리면서 속삭였다.

"아니에요." 크라우치가 무슨 말을 하고 있는지 전혀 모르면서도 해리는 그렇게 대답했다.

"그럼 덤블도어 편이냐?"

"맞아요." 해리가 말했다.

크라우치가 그를 더 가까이 끌어당겼다. 해리는 로브를 쥔 크라우치의 손을 풀려고 애썼지만 그의 힘이 너무 셌다.

"경고해라……. 덤블도어한테……."

"놔주시면 덤블도어 교수님을 데려올게요." 해리가 말했다. "놓으시라고요, 크라우치 장관님. 제가 가서 데려온다니까요……."

"고맙네, 웨더비. 그 일을 처리한 다음에는 차를 한 잔 마시고 싶군. 내 아내와 아들이 곧 도착할 거라네. 오늘 밤 퍼지 부부와 함께 콘서트를 보러 갈 거야……." 크라우치는 이제 나무를 상대로 다시 유창하게 말을 하고 있었다. 해리가 그곳에 있다는 사실을 전혀 의식하지 못하는 듯했다. 해리는 너무 놀라서 크라우치가 자신을 놓아준 것도 알아채지 못했다. "그래, 내 아들이 최근에 O.W.L 열두 개를 받았네. 그럼, 굉장히 만족스럽지. 고맙네. 그래, 솔직히 아주 자랑스러워. 자, 안도라 마법 정부 총리가 보낸 편지를 가져다주지 않겠나? 답장 초안을 쓸 시간이 조금은 있을 것 같은데……."

"이 사람이랑 같이 좀 있어 줘!" 해리가 크룸에게 말했다. "내가 덤블도어 교수님을 데려올게. 내가 더 빠를 거야. 교수님 연구실이 어딘지 알거든."

"이 사람은 미쳤다." 크룸이 미심쩍은 눈으로 크라우치를 내려다보며 말했다. 크라우치는 그것이 퍼시라고 확신하는 듯 여전히 나무를 향해 지껄이고 있었다.

"그냥 같이만 있어 줘." 해리가 몸을 일으키며 말했다. 하지만 그런 움직임이 크라우치 장관에게 또 한 번 급격한 변화를 이끌어 낸 것 같았다. 그는 해리의 무릎을 꽉 끌어안고 바닥에 주저앉혔다.

"나를…… 두고 가지…… 마!" 그가 다시 눈을 부릅뜨고 작게 소리쳤다. "나는 도망쳤어…… 경고해야 해…… 말해야 해…… 덤블도어를 만나서…… 내 잘못이야…… 전부 내 잘못…… 버사…… 죽었어…… 전부 내 잘못…… 내 아들이…… 내 잘못이야…… 덤블도어한테 말해…… 해리 포터…… 어둠의 왕…… 더 강해져서…… 해리 포터……."

"크라우치 장관님, 놔주시면 덤블도어 교수님을 데려오겠다고요!" 해리가 말했다. 그는 화가 나서 크룸을 돌아보았다. "좀 도와줘."

크룸은 한껏 불안한 표정으로 앞으로 나와 크라우치 장관 옆에 쭈그리고 앉았다.

"그냥 여기에 붙들어만 놔." 해리가 크라우치 장관에게서 몸을 빼내며 말했다. "덤블도어 교수님하고 같이 돌아올게."

"서둘러라. 알았치?" 금지된 숲에서 전속력으로 달려 나가는 해리의 뒤에 대고 크룸이 소리쳤다. 해리는 어둠에 휩싸인 교정을 지났다. 교정은 텅 비어 있었다. 배그먼도, 세드릭도, 플뢰르의 모습도 보이지 않았다. 해리는 돌계단을 달려 올라가 오크나무 정문을 지났다. 그리고 대리석 계단을 올라 3층으로 향했다.

5분 뒤 그는 텅 빈 복도 중간에 서 있는 가고일 석상에게 돌진하고 있었다.

"셔, 셔벗 레몬!" 그가 석상에 대고 헐떡거리며 말했다.

덤블도어의 연구실로 향하는 비밀 계단의 암호였다. 아니, 적어도 2년 전에는 그랬다. 하지만 암호가 바뀐 게 틀림없었다. 가고일 석상은 퍼뜩 살아나 옆으로 비켜서기는 커녕 꼼짝도 않고 서서 심술궂은 눈으로 해리를 노려보고만 있었다.

"움직여!" 해리가 소리쳤다. "어서!"

하지만 호그와트에서 그저 크게 소리 지른다고 움직이는 것은 아무것도 없었다. 해리도 아무 소용이 없다는 사실을 알고 있었다. 그는 어두운 복도 이쪽저쪽을 살폈다. 어쩌면 덤블도어는 교무실에 있을지도 모른다. 그는 최대한 빠르게 계단으로 달려갔다. 그런데……

"포터!"

해리는 바닥에 끼익 멈춰 서서 주위를 둘러보았다.

가고일 석상 뒤 숨겨진 계단에서 스네이프가 막 나타났다. 그가 해리를 손짓해 부르는 순간 그의 등 뒤에서 벽이 미끄러지듯 닫혔다. "여기서 뭘 하고 있지, 포터?"

"덤블도어 교수님을 만나야 해요!" 해리가 다시 복도를 달려와 스네이프 앞에 미끄러지듯 멈춰 서며 말했다. "크라우치 장관이…… 나타났어요……. 숲에 있어요……. 크라우치 장관이 부탁해서……."

"무슨 헛소리냐?" 스네이프가 검은 눈을 번뜩이며 말했다. "무슨 소리를 하는 거지?"

"크라우치 장관 말이에요!" 해리가 소리쳤다. "마법 정부의 그 장관! 아프거나 뭐 그런 건지, 그분이 지금 금지된 숲에 있다고요. 덤블도어 교수님을 만나고 싶어 해요! 그냥 올라가는 암호만 알려 주시면……."

"교장 선생님은 바쁘시다, 포터." 스네이프가 말했다. 그가 얇은 입술을 비틀며 불쾌한 미소를 지었다.

"덤블도어 교수님한테 말해야 한다고요!" 해리가 길길이 뛰며 소리쳤다.

"내 말 못 들었나, 포터?"

스네이프는 해리가 이토록 전전긍긍하면서 부탁하는 일을 거절하는 것이 굉장히 즐거운 모양이었다.

"저기요." 해리가 화를 내며 말했다. "크라우치 장관이 이상하다고요. 그분, 그 사람 정신이 나갔어요. 경고를 해야겠다고……."

스네이프의 등 뒤에서 돌벽이 스르르 열렸다. 긴 초록색 로브를 입은 덤블도어가 살짝 의아한 표정을 짓고 서 있었다.

"무슨 문제가 생겼나?" 그가 해리와 스네이프를 번갈아 보면서 물었다.

"교수님!" 스네이프가 입을 열기도 전에, 해리가 옆걸음질로 나서며 말했다. "크라우치 장관이 여기 나타났어요. 저 아래 금지된 숲에 있는데, 교수님한테 할 말이 있대요!"

해리는 덤블도어가 이것저것 물을 거라 생각했지만 다행히 덤블도어는 그러지 않았다. "앞장서거라." 그는 신속하게 말한 뒤 해리를 따라 복도를 빠르게 나아갔다. 가고일 석상 앞에 남겨진 스네이프는 평소보다 두 배는 더 추해 보였다.

"크라우치 장관이 뭐라고 하더냐, 해리?" 대리석 계단을 빠르게 내려가면서 덤블도어가 물었다.

"교수님한테 경고하고 싶대요……. 자기가 뭔가 끔찍한 짓을 저질렀다고……. 아들 얘기를 했어요……. 버사 조킨스 얘기도요……. 그리고…… 그리고 볼드모트랑…… 볼드모트가 점점 강해지고 있다고……."

"그랬구나." 덤블도어가 말했다. 그는 칠흑 같은 어둠 속으로 나아가며 속도를 높였다.

"정상이 아닌 것처럼 행동했어요." 해리가 열심히 덤블도어를 쫓아가면서 말했다. "본인이 어디에 있는지 모르는 것 같더라고요. 계속 퍼시 위즐리가 그곳에 있는 것처럼 말하다가, 돌변하더니 교수님을 만나야 한다고……. 빅토르 크룸한테 붙들어 놓으라고 했어요."

"그래?" 덤블도어가 날카롭게 대꾸하더니 더욱 큰 걸음으로 나아가기 시작했다. 해리는 그와 보조를 맞추느라 달리고 있었다. "누구 다른 사람이 크라우치 장관을 보지는 않았니?"

"아뇨." 해리가 말했다. "크룸이랑 저 둘이서 이야기하고 있었거든요. 배그먼 장관님이 막 세 번째 과제에 대해 얘기해 준 다음에요. 저희는 성에 돌아가지 않고 남아 있다가 크라우치 장관님이 금지된 숲에서 나오는 것을 봤어요."

"어디 있지?" 보바통 마차가 어둠 속에서 모습을 드러내자 덤블도어가 물었다.

"이쪽이에요." 해리가 덤블도어보다 앞서 수풀 사이로 움직이면서 말했다. 크라우치의 목소리는 더 이상 들려오지 않았지만 해리는 어디로 가야 하는지 알고 있었다. 보바통 마차에서 그리 떨어지지 않은 곳이었다……. 이 근처 어딘가…….

"빅토르?" 해리가 소리 높여 불렀다.

아무도 대답하지 않았다.

"여기 있었어요." 해리가 덤블도어에게 말했다. "확실히 이 근처 어디쯤에……."

"루모스." 덤블도어가 주문을 외워 마법 지팡이 끝에 불을 켠 다음 높이 들어 올렸다.

마법 지팡이의 가느다란 빛이 바닥을 비추며 어두운 나무줄기에서 또 다른 나무줄기로 움직였다. 그러더니 한 쌍의 발을 비췄다.

해리와 덤블도어는 서둘러 앞으로 달려갔다. 크룸은 땅바닥에 대자로 뻗어 있었다. 정신을 잃은 듯했다. 크라우치 장관의 모습은 전혀 보이지 않았다. 덤블도어가 크룸 위로 몸을 구부리고 부드럽게 눈꺼풀을 젖혀 보았다.

"기절했구나." 그가 조용히 말했다. 주위 나무들을 둘러

보는 그의 반달 안경이 마법 지팡이 빛에 비쳐 번쩍였다.

"가서 누굴 데려올까요?" 해리가 물었다. "폼프리 선생님이라도요."

"아니다." 덤블도어가 재빨리 말했다. "여기 있거라."

그는 마법 지팡이를 공중으로 들어 올리고 해그리드의 오두막 쪽을 가리켰다. 지팡이에서 은빛을 띤 뭔가가 쏜살같이 튀어나오더니 유령 새처럼 나무들 사이를 빠르게 날아갔다. 곧 덤블도어가 크룸 위로 다시 몸을 구부리고 마법 지팡이를 겨누면서 중얼거렸다. "레네르바테."

크룸이 눈을 떴다. 멍한 표정이었다. 그는 덤블도어를 보고 일어나 앉으려 했지만, 덤블도어는 그의 어깨에 손을 얹고 가만히 누워 있게 했다.

"그자가 나를 공격했습니다!" 크룸이 손으로 머리를 문지르며 중얼거렸다. "그 늙은 미치광이가 나를 공격했습니다! 나는 포터가 어디로 갔는지 보려고 주위를 둘러보고 있었는데, 그자가 등 뒤에서 공격했습니다!"

"잠시 가만히 누워 있거라." 덤블도어가 말했다.

천둥 같은 발소리가 들렸다. 해그리드가 팽을 데리고 헐떡거리며 달려왔다. 그는 석궁을 들고 있었다.

"덤블도어 교수님!" 그가 눈을 휘둥그레 뜨고 말했다.

"해리, 이게 무슨……?"

"해그리드, 카르카로프 교장을 데려와 주게." 덤블도어가 말했다. "카르카로프의 학생이 공격을 당했네. 그러고 나서 무디 교수에게도 알려 주면 고맙겠군."

"그럴 필요 없습니다, 덤블도어." 바람이 새는 듯한 걸걸한 목소리가 말했다. "여기 왔으니까." 무디가 마법 지팡이에 불을 켠 채 늘 그랬듯 지팡이를 짚고 절뚝거리면서 다가왔다.

"망할 놈의 다리." 그가 성난 듯 말했다. "이것만 아니었어도 더 빨리 오는 건데……. 무슨 일입니까? 스네이프가 크라우치 어쩌고 하던데…….."

"크라우치요?" 해그리드가 어리둥절한 얼굴로 물었다.

"카르카로프를 부탁하네, 해그리드!" 덤블도어가 날카롭게 소리쳤다.

"아, 네…… 바로 가겠습니다, 교수님……." 해그리드는 그렇게 말하고 몸을 돌려 어두운 숲속으로 사라졌다. 팽이 그를 따라 종종걸음 쳤다.

"바티 크라우치가 어디 있는지 모르겠군." 덤블도어가 무디에게 말했다. "하지만 지금은 무엇보다 그 사람을 찾는 게 먼저네."

"내가 찾아보죠." 무디는 으르렁거리듯 말하더니 마법 지팡이를 들고 절뚝거리며 숲속으로 사라졌다.

덤블도어도 해리도, 해그리드와 팽이 돌아오는, 그 잘못 알아들을 수 없는 소리가 들릴 때까지 아무 말도 하지 않았다. 카르카로프가 해그리드를 뒤따라 허겁지겁 달려왔다. 반지르르한 은빛 털옷을 입은 그는 하얗게 질린 얼굴에 걱정스러운 표정을 짓고 있었다.

"이게 뭡니까?" 그가 바닥에 드러누운 크룸을 보고 그 곁에 있던 덤블도어와 해리에게 소리쳤다. "이게 무슨 일이오?"

"공격을 당했습니다!" 크룸이 일어나 앉아 머리를 문지르며 말했다. "크라우치 장관인치 뭔치 하는 사람이⋯⋯."

"크라우치가 너를 공격했다고? *크라우치가 너를 공격해?* 트라이위저드 심사위원 말이냐?"

"이고르." 덤블도어가 입을 열었지만 카르카로프는 몸을 꼿꼿이 펴고 격노한 표정으로 몸에 두른 털옷을 꽉 잡았다.

"배반이로군!" 그가 덤블도어를 가리키며 소리쳤다. "음모야! 당신과 당신네 마법 총리가 능청스럽게 나를 여기로 꾀어낸 거로군, 덤블도어! 이건 공정한 시합이 아니야! 처음에는 나이가 안 된 포터를 대회에 슬쩍 참가시키더니 이제는 정부에 있는 당신 친구 하나가 우리 대표 선수를 움직이지 못하게 만들려 하다니! 이 모든 일에서 속임수와 부패의 냄새가 나는군. 그리고 당신, 덤블도어 당신 말이오, 국제 마법사들끼리 유대를 강화해야 한다느니, 예전의 연대를 되살려야 한다느니, 해묵은 대립은 잊자느니 떠들어 대더니만...... 이게 바로 당신에 대한 내 생각이오!"

카르카로프가 덤블도어의 발 앞에 침을 퉤 뱉었다. 해그리드가 단 한 번의 빠른 움직임으로 카르카로프의 멱살을 움켜쥐더니 그를 공중으로 들어 올려 근처에 있던 나무에 쾅 처박았다.

"사과해!" 해그리드가 으르렁거렸다. 해그리드의 거대한 주먹이 그의 목을 짓누르는 바람에 카르카로프는 숨이 막혀서 헐떡거렸다. 그의 발이 공중에서 달랑거렸다.

"해그리드, 안 돼!" 덤블도어가 눈을 번뜩이며 소리쳤다.

해그리드가 카르카로프를 나무에 짓누르고 있던 손을 떼자 그는 나무줄기를 따라 쭉 미끄러지더니 뿌리 위에 쿵 떨어졌다. 잔가지와 나뭇잎이 그의 머리 위로 우수수 쏟아졌다.

"해리를 성에 데려다주게, 해그리드." 덤블도어가 날카롭게 말했다.

해그리드는 거칠게 숨을 쉬며 카르카로프를 노려보았다. "제가 여기 있는 게 좋을 것 같은데요, 교장 선생님……."

"해리를 학교로 데려가게, 해그리드." 덤블도어가 다시 한 번 단호하게 말했다. "곧장 그리핀도르 탑으로 데리고 가게나. 그리고 해리, 너는 거기에 그대로 있어 주길 바란 다. 뭔가를 하고 싶거나 올빼미를 보내고 싶을지도 모르겠 다만 그런 일은 아침까지 기다렸다가 하면 된다. 내 말 알 아듣겠니?"

"어…… 네." 해리가 그를 뚫어지게 바라보며 대답했다. 그 순간 해리는 시리우스에게 피그위전을 보내 무슨 일이 일어났는지 알려야겠다고 생각하고 있었다. 덤블도어가 그걸 어떻게 알았을까?

"그럼 팽을 남겨 놓겠습니다, 교장 선생님." 해그리드가 여전히 위협적인 눈으로 카르카로프를 바라보며 말했다. 카르카로프는 털옷과 나무뿌리에 뒤얽힌 채 아직도 나무 밑에 널브러져 있었다. "여기 있어, 팽. 가자, 해리."

그들은 조용히 보바통 마차를 지나 성으로 향했다.

"감히 그런 짓을." 호숫가를 성큼성큼 지나며 해그리드 가 으르렁거렸다. "감히 덤블도어 교수님을 비난하다니. 덤블도어 교수님이 그런 짓을 할 리가 없잖아. 덤블도어 교

수님이 애초에 너를 대회에 참가시키려고 작정했다는 것
처럼. 그분은 걱정하고 계셔! 덤블도어 교수님이 이렇게 걱
정하시는 모습을 언제 봤는지 모르겠다. 그리고 너도 그
래!" 해그리드가 갑자기 화를 내며 해리에게 말했다. 해리
는 깜짝 놀라 그를 올려다보았다. "크룸이란 녀석이랑 돌
아다니면서 뭘 하고 있었던 거냐? 그 녀석은 덤스트랭 학
생이야, 해리! 그 자리에서 너한테 저주를 걸 수도 있었다
고! 도대체 무디 교수한테 뭘 배운 거야? 딴 데도 아니고
네가 다니는 학교에서 그놈이 너를 꾀어내서……."

 "크룸은 괜찮은 애예요!" 현관홀로 들어가는 계단을 오
르며 해리가 말했다. "크룸은 저한테 저주를 걸려던 게 아
니었어요. 그냥 헤르미온느 얘기를 하고 싶어서……."

 "내가 헤르미온느랑 다른 애들한테도 다 얘기해 둬야겠
다." 해그리드가 쿵쿵거리며 계단을 올라가면서 엄하게 말
했다. "이 외국인들이랑은 얽히지 않는 게 좋아. 한 놈도
믿을 수 없어."

 "아저씨는 막심 교장하고 잘 지내시잖아요." 해리가 짜
증이 나서 말했다.

 "그 여자 얘기는 하지 마라!" 해그리드가 말했다. 그는
잠깐 아주 무서워 보였다. "무슨 속셈인지 이제는 알아! 나

를 다시 구슬려서 세 번째 과제로 뭐가 나올지 알아내려는 거야. 하! 저것들은 아무도 믿을 수 없어!"

해그리드의 기분이 너무 안 좋아 보여서 해리는 뚱뚱한 귀부인 앞에서 그와 헤어지게 되자 무척 기뻤다. 해리는 초상화 구멍을 통해 휴게실로 들어가, 무슨 일이 있었는지 말해 주려고 얼른 론과 헤르미온느가 앉아 있는 구석으로 향했다.

(제4권《해리 포터와 불의 잔 4》에서 계속됩니다.)

강동혁은 서울대학교 영문학과와 사회학과를 졸업하고 같은 학교 대학원에서 영문학 석사학위를 받았다. 옮긴 책으로는 《신비한 동물사전 원작 시나리오》, 《일곱 건의 살인에 대한 간략한 역사》, 《레스》, 《이 소년의 삶》 등이 있다.

해리 포터와 불의 잔 3(래번클로 기숙사 에디션)

초판 1쇄 인쇄 2022년 7월 12일
초판 1쇄 발행 2022년 8월 16일

지은이 | J.K. 롤링
옮긴이 | 강동혁
발행인 | 강봉자, 김은경

펴낸곳 | (주)문학수첩
주소 | 경기도 파주시 회동길 503-1(문발동 633-4) 출판문화단지
전화 | 031-955-9088(마케팅부), 9532(편집부)
팩스 | 031-955-9066
등록 | 1991년 11월 27일 제16-482호

홈페이지 | www.moonhak.co.kr
블로그 | blog.naver.com/moonhak91
이메일 | moonhak@moonhak.co.kr

ISBN 978-89-8392-936-5 04840
      978-89-8392-901-3 (세트)

* 파본은 구매처에서 바꾸어 드립니다.